ハヤカワ文庫 NV
〈NV1518〉

暗殺者の屈辱
〔下〕

マーク・グリーニー
伏見威蕃訳

早川書房
9013

BURNER

by

Mark Greaney

Translated by

Iwan Fushimi

First published 2023 in Japan by
HAYAKAWA PUBLISHING, INC.
This book is published in Japan by
arrangement with
TRIDENT MEDIA GROUP, LLC
through THE ENGLISH AGENCY (JAPAN) LTD.

暗殺者の屈辱

〔下〕

登場人物

コートランド・ジェントリー……グレイマンと呼ばれる暗殺者。フリーランスの情報資産
ゾーヤ・ザハロワ…………………フリーランスの情報資産。元ＳＶＲ（ロシア対外情報庁）将校
アンジェラ・レイシー……………ＣＩＡ作戦本部上級作戦担当官
スーザン・ブルーア………………同作戦本部本部長付き特別補佐官
ジェイ・カービー…………………同長官
アレクサンドル（アレックス）・ヴェリスキー……ブルッカー・ゾーネ・ホールディングスのバンカー
イーゴリ・クループキン…………ロシアのフィナンシャル・プランナー
エズラ・オールトマン……………ニューヨークの法廷会計士
アンドリーイ・メリニク…………ウクライナ人オリガルヒ。ジェントリーの依頼人
キャサリン・キング………………《ワシントン・ポスト》国家安全保障問題担当上級記者
ダニール・スパーノフ……………ロシア連邦安全保障会議書記
ルカ・ルデンコ……………………ＧＲＵ（ロシア連邦軍参謀本部情報総局）29155部隊少佐
ウラン・バキエフ…………………同29155部隊曹長
ミーシャ……………………………同29155部隊員
ペトロ・モズゴヴォイ……………ドネツク人民共和国保安大隊の秘密諜報員
ヘンリー・カルヴィン……………弁護士
セバスティアン・ドレクスラ……フィクサー

39

　ゾーヤ・ザハロワは、アレックス・ヴェリスキーとイタリア人ふたりのあとから三号車を通って四号車にはいり、そこで状況を見極めることができた。

　国境警備隊員は見当たらなかった。もっとうしろの食堂車へ行ったのだろう。だが、アドヴェンチャーウェアを着た十数人と、そのほかの乗客十数人がその車両にいた。

　その連中はすべて、国境警備隊員たちにパスポートをふってみせただけにちがいない。真剣な検査ができるはずもなく、国境警備隊はつぎの車両に進んだのだろう。手荷物ラックに巨大なバックパックが山のように積んであるので、この乗客たちは登山クラブのたぐいに属しているのだと思われた。頻繁（ひんぱん）にここへ来ていて顔見知りなので、国境警備隊はあっさり通り過ぎたのかもしれないと、ゾーヤは思った。

ヴェリスキーは走ってはいなかったが、通路をすばやく進んでいた。イタリア人ふたりは、ヴェリスキーが逃げようとしているのを察しているらしく、やはり早足であとを追っていた。登山者たちはすべてイタリア語でしゃべっていて、話に熱中し、自分たちの目の前でくりひろげられている事件にまったく気づいていなかった。

ヴェリスキーを襲おうとしている男たちを攻撃できる距離を保つために、ゾーヤも足を速めたとき、客車の中央でヴェリスキーが急に立ちどまった。

イタリア人ふたりとゾーヤも立ちどまった。

ヴェリスキーの前方に目を向けたゾーヤは、デッキに出るドアの手前、最後部の席に座っている男三人を見た。ヴェリスキーが立ちどまったのは、それが原因だろうかと思った。

男三人がいっせいに立ちあがり、ヴェリスキーが携帯電話のマイクに向かっていった。

「ああ、まずい」

「なんなの？」ヴェリスキーを追っている男ふたりを挟んで、五歩うしろに立っていたゾーヤはきいた。

ヴェリスキーが急に向きを変えて、イタリア人ふたりのほうへ戻りはじめた。イタリア人ふたりが、それをさえぎるために腕を突き出した。

乗客で席が三分の一以上埋まっている客車のここで、彼らがヴェリスキーに襲いかかろうとしていることに、ゾーヤは気づいた。

ヴェリスキーは、イタリア人ふたりのあいだを突破しようとしたが、殴られて、ふたりといっしょに通路の床に倒れた。それによって、座席を立って通路に出てきた男三人の姿が、ゾーヤから見えるようになった。

茶色のワッチキャップをかぶった男が、先頭に立っていた。

ゾーヤとその男が睨み合い、ゾーヤの足もとで大柄なイタリア人ふたりに抑え込まれているヴェリスキーが叫んだ。

「こいつだ！」

そのとき、茶色のワッチキャップをかぶった男がにやりと笑い、ロシア語でいった。

「バンシーだな？」

ゾーヤもその男を見分けた。ヴェリスキーを拉致した男だ。ふた晩前にゾーヤはその男の車にバンを追突させた。

ゾーヤはなにも持っていない片手をあげて、哀願するように突き出した。二十五人ないし三十人の乗客に囲まれているそこで、ゆっくり首をふり、英語でいった。「お願い。ここでやるのはやめて」

だが、男の目に犯意が浮かぶのを、ゾーヤは見た。「どこだっておなじだ」薄笑いを浮かべて、男がいった。

　くそ。

そのとき、男がひざまずこうとした。

その動きがなにを意味するか、ゾーヤにはわかっていた。男は背後からの射撃に邪魔にならないようにしている。ゾーヤは男の膝が床に触れる前に拳銃を抜こうとした。

男のうしろで、仲間の男ふたりが、ずんぐりしたサブマシンガンを持ち、肩付けしようとしていた。それと同時に、ゾーヤはコートの下から拳銃を抜いた。

ゾーヤは拳銃を抜きながら左に身を躍らせ、先に引き金を引いた。周囲の乗客が驚いて悲鳴をあげた。

国境警備隊員の女性がパスポートをちらりと見てから返したとき、食堂車のテーブル席でコートランド・ジェントリーは笑みを浮かべた。そのとき、くぐもっていたがまちがえようがない銃声が、前の車両から聞こえた。国境警備隊員ふたりが、音のほうを向いて、拳銃に手をかけたが、なんの音なのか、はっきりわかっていないようだった。

だが、ジェントリーには、その音がなにかはっきりわかっていた。銃声だ。ところが、ジェントリーが反応する前に、それとほとんど同時に自動火器一挺の連射音が響いた。

アンジェラ・レイシーがその方角にいて、指示どおり通路を歩いているにちがいないとわかっていたので、ジェントリーは国境警備隊員を押しのけて進もうとしたが、男の隊員に腕をつかまれ、銃声のほうへ進むのを制止された。

サブマシンガンの射撃がふたたび開始され、列車前方から聞こえる騒音がいっそう激しくなった。

ジェントリーは腕をふり払って駆け出したが、そのとき前方の軽食カウンターにいたコート姿の男ふたりが、カウンターによじ登って、身を隠すために、レジ係の女性の横に転げ落ちた。

ジェントリーはそのふたりを見て、すばやい動きは練度が高いからだと見抜いた。すでにカウンターの奥でしゃがみ、銃を抜いているにちがいない。

ジェントリーはテーブルの蔭に跳び込み、腰からグロックを抜いた。

うしろにいる国境警備隊員ふたりに向けて、「伏せろ!」とフランス語でどなった。だが、ふたりはなにが起きているのかわからないらしく、車両後部の通路に立ったままだった。女性のほうは肩の無線機に向かってなにかをいったが、それを除けばふたりともこの事態に対応していなかった。

ロシア人ふたりは身を隠したままで、サブマシンガンのあらたな連射が、列車前方から食堂車を襲った。

国境警備隊員ふたりがようやく折り敷いて拳銃を抜き、乗客数人がわめきながらほかの乗客の上を這って乗り越え、後部ドアを通ってうしろの安全な車両に行こうとした。

二秒間、銃声が熄み、ジェントリーは起きあがろうとしたが、そのとたんに、銃声、ガラスの割れる音、金属が引き裂かれる音がふたたび湧き起こり、全員がまた伏せた。

ジェントリーは、国境警備隊員ふたりがいるほうをふりかえった。ふたりは、ふたつうしろのテーブルの蔭でしゃがんでいた。ジェントリーはフランス語でいった。「ロシアの工作員だ！　人数はわからない！　カウンターの向こうにいるふたりも、そいつらの仲間だ」GRU（ロシア連邦軍参謀本部情報総局）のふたりが隠れているカウンターに狙いをつけながら、ジェントリーは駆け出した。

ユーロシティ42の運転士は、列車のかなり後方の銃声を聞きつけ、とっさに首を縮めてから、手をのばし、乗客が安全に避難できるように、緊急停止ブレーキを引こうとした。だが、ブレーキのレバーを握ったところで、手をとめた。

風防ごしに夜の闇を見た運転士は、列車がシンプロン・トンネルにはいったばかりだということに気づいた。この速度では、急ブレーキをかけても停止するまでに数百メートル進んでしまう。バックでトンネルを出るのに、何分もかかる。そのあいだに怯(おび)えた乗客が列車から雪崩(なだれ)を打って狭いトンネルにおりるだろう。バックすれば、そういう乗客を轢(ひ)くおそれがある。

シンプロン・トンネルは、一九〇〇年代はじめに岩盤を約二〇キロメートル掘削して建設され、一九八〇年代までは世界最長の鉄道トンネルだった（大清水トンネルや青函トンネルの完成によって世界一の座を譲った）。一日あたり三千人の労働者が働き、一日七メートル掘り進んで、わずか七年のあいだに巨大な地下建造物が完成した。

建設中に百六人が命を落とした。

いま、あらたな悲劇的事件が起きていることに、運転士は気づいた。

好都合な選択肢はなかった。列車が二〇キロメートル疾走したあと、トンネルのスイス側のブリーク駅で停車するか、それともいま三分か四分かけて緊急停車しバックするか。

また後方で銃声が響いた。

国境警備隊が状況をコントロールしてくれるだろうと、運転士は自分にいい聞かせた。最高速度で走りつづけることにした。そうすれば、トンネル内を走っている時間を八分か九分に短縮できる。襲撃のことを通報しようとして、運転士は無線機に手をのばしたが、そこで手をとめた。

くそトンネル。あと八分のあいだ、電波が届かない。

列車が時速一六〇キロメートルに加速したとき、また数発、銃声がした。運転士は体をかがめたが、席を離れなかった。機関車はデッドマンズ・スイッチを装備しているので、運転士が制御しつづけていることを伝えるために、四十五秒置きに両手でそのレバーを握らなければならない。床に伏せるわけにはいかない。両手をずっとダッシュボードに近づけていないと、デッドマンズ・スイッチを操作できず、列車が自動的に停止する。

まもなく自分が死人(デッドマン)になるのではないかと、運転士は思った。そうなったら、狭く暗いトンネルのまんなかで列車がとまり、乗客はどこへも逃げられなくなる。

ゾーヤは、四号車のなかごろで、座席と座席のあいだにひざまずき、自分が置かれているひどい苦境を分析しようとした。

ヴェリスキーは、数メートル離れたところで押さえ込まれていて、食堂車に通じるドアの手前のロシア人に姿をさらけ出している。自分が放った弾丸が三人のうちひとりに命中したことを、ゾーヤは知っていた。その男は引き金を引いたまま仰向(あおむ)けに倒れて、九ミリ弾を扇形(おうぎがた)に撒(ま)き散らした。だが、あとのふたりは座席の蔭に跳び込んでいた。わめいたり悲鳴をあげたりして、必死で身を隠そうとしている乗客が、ゾーヤとその男たちのあいだにいた。

難しい状況に陥ったと、ゾーヤは思った。敵が四人か五人、狭い客車内にいる。だが、ゾーヤの右うしろ、列車の進行方向から叫び声が聞こえ、状況はいっそう悪化した。身を起こしてそちらを見ることはしなかったが、一号車で見かけた男の中央アジアのなまりがあるロシア語を、ゾーヤは聞き取った。

「女はどこだ（グジェ・アナ）？」

くそ。ゾーヤは心のなかで毒づいた。

ヴェリスキーのところへどうやって行けばいいのかわからず、それが心配だったが、クループキンの電話を持っているのは自分なので、それをニューヨークまで持っていかなければならない。ロシアが西側との貿易を再開する機会をぶち壊すほうが、ヴェリスキーよりも重要だった。それをやれるのはゾーヤだけだった。

ゾーヤは身を起こして、前方のロシア人ふたりを狙い撃とうとしたが、ふたりは身を隠していた。

向きを変えて、うしろの敵を確認しようとしたとき、右耳から三〇センチほど離れたところを銃弾がうなりをあげて飛び、その圧力を感じた。ゾーヤは通路を跳び越し、反対側の座席にぶつかってから、うずくまっていた乗客ふたりの上に転げ落ちた。

恐怖にかられて自分の体を見おろしたが、被弾していなかった。

とはいえ、位置をばらしてしまったので、騒音を利用してひそかに移動する潮時だった。

ゾーヤは、隠れていた座席の背もたれの上に手をのばして、列車の進行方向へ数発放ってから、乗客ふたりの上に伏せ、応射の弾丸が飛んでくるあいだ、体重でふたりを押し潰した。

ゾーヤは応射が熄むまで待ち、三号車寄りのデッキから撃ってきた男が弾倉の全弾を撃ち尽くしたようだと判断した。それに、食堂車寄りのふたりは、その男がゾーヤめがけて放つ弾丸が飛ぶ方向にいるので、物蔭に隠れているはずだった。

ひとりが弾倉を交換し、あとのふたりが身を縮めているというのは絶好の機会だったので、ゾーヤは起きあがって座席の背もたれを跳び越え、つぎの列でもおなじようにして、悲鳴をあげたり泣き叫んだりしている乗客のそばを通った。負傷者もいるだろうと思ったが、あえて見なかった。最初に交戦したロシア人の生き残りふたりからできるだけ遠ざかるのが、唯一の目的だった。さらに、独りきりのロシア人に近づいて殺す。そうすれば、列車の前部まで、敵がいない通り道ができる。

三列戻ると、ゾーヤは通路で押さえ込まれているヴェリスキーの上を、後部のロシア人めがけて何度か撃った。幸運をたのみに調子に乗りすぎたと気づき、座席のあいだに伏せたとき、二方向からサブマシンガンの射撃が開始された。

ゾーヤの上で、座席の詰め物、生地、金属が飛び散った。ゾーヤは仰向けになって拳銃を胸の上で握り、猛攻撃が弱まって反撃できるようになるのを待った。

40

隣の車両の銃撃が強まったり弱まったりするあいだ、ジェントリーはうしろにいる国境警備隊員ふたりには目もくれなかった。ふたりともテーブルの蔭でしゃがみ、襲撃者たちがドアから跳び込んでくると思っているのか、前方の客車のほうに銃口を向けていた。

隣の客車の銃撃は、容赦なくつづき、デッキを抜けてくる弾丸が、ときどき食堂車のガラスや金属を砕いたり、へこませたりしていた。

国境警備隊員ふたりに向かって、ジェントリーはフランス語でいった。「おれを撃つな。おれがいなかったら、あんたたちに勝ち目はない」

そして、ロシア人ふたりが隠れているカウンターに向けて、通路をなおも進んでいった。近づくと、床に伏せて、胸をこするような感じで這っていった。国境警備隊員ふたりが敵の銃撃をすこし引き受け、接近する時間を稼いでくれることを願っていた。

不意にうしろの動きが聞こえた。国境警備隊の女性隊員が通路に出て、拳銃を前に構え、足早に前進していた。

まずいやりかただと、ジェントリーにはわかっていた。敵に体をさらけ出している。ジェントリーが叫ぼうとしたとき、女性隊員がカウンターに向けて撃ちはじめた。

銃撃が起きている客車側のドアから、ひとりの男が食堂車に駆け込んできた。男はアルプス登山用の大型バックパックを背負い、怯(おび)えた顔をしていた。銃撃から逃げてきたにちがいない。だが、カウンターの奥にロシア人ふたりがいるので、食堂車も安全ではない。ジェントリーは手をふって、物蔭に隠れるよう合図した。

突然、間近で自動火器の発射音が湧き起こった。伏せていたジェントリーにはよく見えなかったが、登山者はたちまち胸に一連射をくらい、カウンターの奥に通じる扉に近い通路のまんなかで仰向(あおむ)けに倒れた。

スイス国境警備隊の女性隊員が、ジェントリーの頭ごしにカウンターの蔭の男たちに向けて発砲したが、そのとたんに腕を撃たれてひっくりかえった。男の隊員が、通路に仰向けに倒れた女性隊員の撃たれていないほうの腕をつかんで、テーブルの蔭にひきずっていった。

ジェントリーは、死んだ登山者のそばのカウンターの扉まで行って、そこをあけ、グロックを構えて跳び込んだ。すぐさまGRUのひとりと遭遇した。その男は国境警備隊員ひとりを撃ったばかりで、まだそっちに銃口を向けていたので、左側に突然現われた武装した男に対抗できなかった。

ジェントリーはその男の頬を撃ち、男の首がガクンとうしろに折れた。もうひとりのGRU工作員がジェントリーのほうを向いて、カウンターの奥の低いところから発砲した。

ジェントリーはうしろ向きに扉をさっと脱け出した。女性のレジ係が敵のうしろにいたので、応射できなかった。カウンターの奥の男の放った弾丸をかろうじてかわし、隣の車両の銃撃に耳を澄ました。

そこへ行ってアンジェラを助けなければならないが、その前にこのGRU工作員を始末する必要がある。ジェントリーは体をまわして扉から離れ、両脚をふりあげて、カウンターに跳びあがった。

生き残りのロシア人はMP9を持ちあげようとしていて、跳んでいたジェントリーと激突した。ジェントリーが着地する前に、ロシア人がMP9を向けようとした。

ジェントリーは、ロシア人の利き腕を払いのけてから、カウンターの奥でぶざまに着地した。ロシア人が重いブーツで蹴り、ジェントリーの手首にそれが当たった。

グロックが床に落ちて跳ね、扉の外の通路で、死んだ登山者のそばに落ちた。

武器を失ったジェントリーは、ロシア人のMP9を蹴って狙いをそらした。連射された弾丸が、食堂車の薄い天井を貫いた。

ジェントリーはロシア人に跳びかかり、カウンターの裏側にふたりは激突して、酒瓶、コーヒーポット、食べ物が、あらゆる方向に吹っ飛んだ。ジェントリーはロシア人のMP9をつかんだが、カンバスの負い紐(ひも)で首から吊ってあったので、奪うことができなかった。

ふたりとも片手でMP9をつかみ、空いているほうの手で相手を殴った。ジェントリーはロシア人の股間を膝蹴(ひざげ)りしようとしたが、太腿(ふともも)に当たっただけだった。

「くそったれ(スーカ)!」もみ合いながらロシア人が叫び、ジェントリーも罵倒(ばとう)で応じた。

「くそくらえ(ファック・ユー)!」

ふたりの体がカウンターに激突しているあいだに、床にしゃがんでいた六十代のレジ係の女性がようやくカウンターを乗り越えて、通路に転げ落ち、国境警備隊員たちのほうへ走っていった。

前の車両からの自動火器の連射が、ふたたび食堂車を切り裂いた。ジェントリーは、そばを銃弾が通過するのを感じ、金属が裂ける音と乗客の叫び声が聞こえた。だが、ロシア人戦闘員とともに膝をついていたので、なにが起きているのか、見定めることができなかった。乱闘の最中に、赤ワイン一本とマヨネーズのプラスティック容器が割れた。割れたガラスが脚に食い込み、ジェントリーはとっさに反応して、体の向きを変え、空いている手で膝のすぐ下でふくらはぎに突き刺さったガラスの破片をつかんだ。

そのため、敵が乗じることができる隙ができた。ロシア人が両膝をつき、床のマヨネーズを潤滑剤の代わりにして、体の向きを変えた。ガラスの破片も食い込むにちがいないが、巧妙な動きだとジェントリーは気づいた。

ロシア人は力業でジェントリーのうしろをとり、右手でサブマシンガンをひっぱりながら、左腕で首を絞めた。数十秒で意識を失うとわかっているので、ジェントリーはサブマシンガンの前部を右手でつかんだままで、左手をうしろにのばし、ふくらはぎから引き抜いたガラス片を貧弱な武器に使おうとしたが、急激に悪化している状況から脱け出すのに使えるものはないかと、あたりを見まわした。

目の前に、そういうものがあった。カウンターの扉があいていて、ジェントリーは顔を客車のほうに向けていた。登山者の死体が正面の通路で、バックパックに支えられ、上半身が起きた格好で横たわっていた。登山者の背中の黒いバックパックの左右に、ピッケルが一本ずつさかさまに取り付けてあった。柄はアルミニウムで、ステンレスの鋭い鋸刃のピックと、ずんぐりしたハンマー型ブレードのバランスがとれている。

ピッケルはそれぞれ、〈ベルクロ〉二本で固定してあった。上のほうに一本、下のほうにもう一本。そして、ピックを下にしてさかさまに取り付けてあり、座っているように見える死体の背中で、床から一五センチ上にあった。

ジェントリーは、登山と滑落停止——凍った斜面から落ちるのを防ぐこと——のために、おなじようなピッケルを使ったことがあったが、攻撃に使ったことは一度もなかった。しかし、いまは目の前にあるピッケルが武器として有効かどうかを考えている場合ではない。行動しなければならない。あと数秒で、脳に酸素が供給されなくなって、意識を失う。

ジェントリーは、血とマヨネーズがこびりついているガラス片を、左手から落とした。右手は右肩で支えて、ずんぐりした形のサブマシンガンの前部レールを渾身(こんしん)の力で握り締めていた。ジェントリーとロシア人は、MP9をひっぱり合っていたが、肝心な引き金とグリップはロシア人が制御していた。首を絞めている腕を懸命に押しのけようとしながら、ジェントリーは前方のピッケルのほうに左手をのばした。指先が上のほうの〈ベルクロ〉に届き、それを引きはがすと、アルミの柄がたちまち死体の腰のあたりの床に滑り落ちた。

ピッケルのブレードが上になり、届きそうに思えたが、左腕をのばして左手の指が届き、下側の〈ベルクロ〉からピッケルを引き出そうとしたとき、ジェントリーは激しくうしろにひっぱられて、マヨネーズに覆(おお)われた床を滑って離れた。ジェントリーがなにをやっているか気づいたロシア人が、武器に使えるピッケルに手が届かないように引き戻したのだ。

「くそったれ(スーカ)」ロシア人がまたうめいた。力を使い果たしかけ、疲労困憊(こんぱい)している声だったが、決意がにじんでいた。

ジェントリーはもう一度ピッケルのほうに手をのばしたが、いまでは指が二五センチほど離れていた。前に滑っていこうとしたが、ロシア人にがっちりつかまれていた。こんどは英語で、ロシア人がいった。「おまえの首を折る」

酸素が脳に届かなくなり、サブマシンガンをつかむ力が弱まるのがわかった。あと三秒ほどで力が抜け、意識を失うはずだと、ジェントリーにはわかっていた。ひどくうろたえ、酸素が足りなくなっていたにもかかわらず、名案が浮かんだ。ジェントリーはMP9を自分の頭の右側にもっと近づけて、それに頭突きをくれた。

もう一度、もっと激しく頭突きした。

うしろのロシア人が、苦しそうに呼吸しながら笑い、ジェントリーの左の耳もとでいった。「なんのつもりだ、くそったれ。阿呆(あほう)な死にかけのアメリカ人」

ジェントリーは、サブマシンガンに三度目の頭突きをくれた。だが、今回は右手でつかんでいた前部をすこし押しあげ、頭がぶつかるときに一センチぐらい上に来るようにした。

ジェントリーの頭の右側が、MP9のマガジンリリース・ボタンに激突した。それによって、弾倉が抜けて、ジェントリーの右肩の前に落ちた。ジェントリーは左手を右にさっと動かして、弾倉の端を握り、すばやいひとつの動作で左腕をのばして、長さ二四センチ三十発入りの弾倉をピッケルの下にひっかけた。

目が閉じそうになったが、ジェントリーは目をあけて弾倉を上に持ちあげ、ピッケルを宙にはじき飛ばした。

ジェントリーは、弾倉を落として、ピッケルのアルミニウムの柄をつかみ、ピックの向きを変えて、自分の頭のまうしろに叩きつけた。

ステンレスのピックが、ロシア人の頭蓋骨のてっぺんに突き刺さった。ロシア人がたちまちサブマシンガンを取り落とした。ジェントリーはサブマシンガンをロシア人の手から完全に奪い、向きを変えて、マヨネーズで二度、足を滑らしながら、周囲に散乱するガラス片をどうにか避けて、よろよろと立ちあがった。

ロシア人は膝をついたまま、背中をゆっくりと丸めた。頭のてっぺんから目に血が流れ込み、顎鬚と口の上を沢のように流れ落ちて、床にぽたぽたと垂れた。

ロシア人は死んではいなかった。まばたきをしていた。だが、脳に損傷をあたえたので、体を動かす機能が働きづらくなっているか、停止したはずだと、ジェントリーは判断した。

ジェントリーはしっかり立ちあがると、ロシア人の頭からピッケルを抜き、もう一度叩きつけた。

ロシア人が仰向けに倒れ、目をあけたまま死んだ。軽食カウンターの裏側はなにもかも血飛沫に染まった。

ジェントリーは格闘で疲れ果てていたが、脳への血の流れは回復していた。そのとき、四号車からあらたな連射が聞こえ、さらに頭がはっきりした。

ジェントリーは、血まみれのピッケルを投げ捨て、ロシア人の首からMP9の負い紐(ひも)をはずして、ピッケルを取るのに使った弾倉をあらためて押し込んだ。ポリマー製の弾倉を覗(のぞ)いて、弾薬が半分くらい残っているのを見届けただけで、ロシア人のコートに予備弾倉があるかどうかを調べる手間は省いた。

そんな余裕はない。これがはじまったあと、一分前までは時間が重要だった。いまは重要どころか、まったく時間がない。アンジェラを助け、ヴェリスキーをロシア人から奪回するために、なにか手を打たなければならない。

ジェントリーは食堂車から跳び出し、四号車へ行く途中で、デッキの洗面所のそばで身をかがめた。二方向への射撃がふたたびはじまり、薄いアルミの隔壁を銃弾が貫いて、戦闘の場から見えないそこでも、被弾するおそれがあった。

前方にいる敵の人数も位置も、まったくわからなかった。だが、食堂車の銃撃戦は敵に聞こえたはずだし、たったいまジェントリーが殺したロシア人ふたりを呼び出しても応答がないことから、ここにだれかがいるのを敵は気づくにちがいない。

ジェントリーは、デッキの角から用心深く覗き、ガラスが割れているドアを通して、前方の車両のなかを覗いた。たちまち何者かがジェントリーのいるほうに発砲し、それが右に大きくそれた。狙い撃たれたのかどうかわからなかったが、その位置から四号車にはいろうとするのは自殺にひとしいと、ジェントリーは悟った。

これは致命的な漏斗状射界（フェイタル・ファンネル・オヴ・ファイア）と呼ばれるものだった。そこからかならず突入するとわかっている戸口に、敵は容易に射撃を集中できる。

ジェントリーはふたたび床に伏せて、洗面所のドアがある角から這（は）ってひきかえした。銃撃の煙と、負傷しているかただうずくまっている乗客がさきほど見えたが、無辜（むこ）の乗客多数が殺されないように四号車へ突入するのは不可能だった。急いで考えをめぐらし、ジェントリーは食堂車に駆け戻って、GRU工作員を殺すのに使ったピッケルを取り、死んだ登山者のバックパックから、もう一本のピッケルをはずした。

あとのものには手をつけず、ジェントリーはサブマシンガンをすばやく背負って負い紐をきつく締め、食堂車の後部にいる国境警備隊員ふたりのほうへ行った。

ジェントリーは、国境警備隊員ふたりのそばを通りながら、被弾した女性隊員を見おろし、もうひとりの隊員に向かっていった。「ベルトを止血帯に使え。腕の上のほうをきつく締めれば、その程度の怪我（けが）ならだいじょうぶだ」

隊員が黙ってうなずき、相棒の手当てに専念した。

ジェントリーは、テーブル席のそばの座席に立ち、右足をあげた。ロシア人の銃撃によって窓に三カ所、穴があいていたので、片脚で蹴ると、ガラスが割れて、細かい破片が猛スピードで走っている列車の外に落ちた。

たちまち、轟々（ごうごう）という騒音と猛烈な寒気が、食堂車に侵入した。

ジェントリーは外を見て、トンネルの壁との距離が一メートルなのか、それとも一〇メートルなのか、判断がつかなかったが、左手を右にのばして、窓枠のすぐ上の車体にピッケルをバックハンドで打ち込んだ。ピッケルが確実に車体に食い込むと、ジェントリーは体を揺すって車外に出て、右手を左にのばし、右に思い切りスイングして、強化されたステンレスのピックでアルミの車体を貫いた。

風の騒音は、この世のものとも思えないくらい激しかった。列車は時速一六〇キロメートル以上で走っているような感じだった。それに、狭いトンネル内を走っていることを、ジェントリーは意識していた。列車の側面を登るあいだ、体をできるだけ車体にくっつけていた。左手のピッケルを抜いて回収し、右腕で体を持ちあげ、ブーツで探って冷たいアルミの車体に足がかりを探しながら、列車の上部に左手のピッケルを叩きつけた。

すさまじい風の抵抗と戦いながら、ジェントリーは漆黒（しっこく）の闇のなかを前方へ進んでいった。トンネル内にいて、見えないコンクリートの壁との距離がわからないのが不安だった。

立ちあがったら首が吹っ飛ぶにちがいないが、膝立ちしてもそうなるかどうか、見当がつかなかったので、できるだけぴったり伏せて、ステンレスのピッケルを列車の屋根に打ち込み、体を四、五〇センチ引き寄せ、つぎに反対の手のピッケルを使っておなじことをやるという手順をくりかえした。

前方の客車内の散発的な銃撃で、銃弾が天井を貫き、上半身に突き刺さることがないよう願いながら、ジェントリーは食堂車の屋根を進んでいった。だが、食堂車のデッキから四号車を目指したら、待ち構えている致命的な漏斗状射界（フェイタル・ファンネル・オヴ・ファイア）に突入するはめになる。それよりは、ここで危険を冒すほうがましだと思った。

一号車から三号車までのいずれかの車両にはいり、反対側から攻撃するというのが、ジェントリーの計画だった。うまくすると、敵を不意打ちできるかもしれない。このほうがましな選択肢だと思っていたが、一両もしくは二両前まで行くあいだに、手遅れになりかねない。ロシア人はいまにもヴェリスキーとデータを手に入れて、べつの車両に移動し、列車がトンネルを出るまで、そこに立てこもるかもしれない。

ズボンの左ポケットにイヤホンを入れて、連絡ができなくなっていることを思い出し、列車の外に出る前に耳にはめなかったことに悪態をついたが、この激しい風のなかでは吹っ飛んでしまうおそれがあると思い直した。

　ジェントリーは、両腕と背中の力を使って、必死でピッケルに体を引き寄せ、できるだけ早く前に進もうとした。風の抵抗に押し戻されるので、垂直の崖を登っているような感じだった。ジェントリーは破れかぶれになり、意志の力、九ミリ・ホローポイント弾が弾倉に半分残っているサブマシンガン一挺、馬鹿な計画、祈りだけが頼りだった。

41

三十一歳のジョエル・ズッター軍曹は、スイス国境警備隊に六年勤務しているが、使用する目的で軍用拳銃を抜くのは、これがはじめてだった。二号車のデッキにある洗面所で用を足したとき、銃撃がはじまったので、ズッターは急いでベルトを締めて、ワルサー・セミオートマティック・ピストルを抜き、同僚ふたりになんとか追いつこうとして、身を低くして列車内を移動しはじめた。

必死で前寄りの車両に行こうとしている乗客に、何度も行く手を阻まれた。銃撃から遠ざかろうとしているのだろうが、下車できるように列車をとめろと運転士に懇願するためかもしれないと、ズッターは思った。

だが、列車はトンネル内を走っている。運転士が故意に停車することはありえない。

ズッターは三号車にたどりつき、銃声から判断して、銃撃戦は四号車でくりひろげられていると気づいた。そこでも逆上している乗客を押しのけて通った。乗客ふたりは、流れ弾が当たった腕を押さえていた。

ズッターは、三号車と四号車のあいだのデッキにようやく達した。用心深く前方を覗いた。銃撃がつかのま熄んだので、拳銃を前でふりながら、デッキに跳び込んだ。

そこにはだれもいなかったので、洗面所の横を通り、通路のほうへ狙いをつけて、前進しはじめた。四号車にはいると、折り重なっている男三人が見えた。動いているようだったが、全員生きているのか、負傷者がそのなかにいるのか、見定めることができなかった。

ズッターは、客車内を進んでいった。恐怖のために心臓が激しく打っていたが、無辜の乗客を救おうと決意していた。そのとき、ひとりの男が車両の反対側の端で背もたれの向こうから、サブマシンガンを持って立ちあがった。男がズッターの方角にすばやく連射を放ち、ズッターも数発を放った。

その男がふたたびしゃがみ、ズッターは通路をさえぎっている三人を片目で見ながら、脅威のほうへ前進した。

右側で黒ずくめの女が背もたれを乗り越えた。降参のしるしに両腕を高くあげていた。女が座席から跳びあがり、ひとつ後部寄りの座席に落ちた。女がもう一度おなじことをやったが、ズッターは彼女を脅威ではないと見なして、客車内に視線を配った。

GRUのウラン・バキエフ曹長は、最後の弾倉をB&Tサブマシンガンに装塡するために、三号車と四号車のあいだのデッキにある洗面所に跳び込んだ。洗面所を出て、四号車のほうに目を向けると、スイス国境警備隊のダークブルーの制服を着ている大柄な男がすぐに目にはいった。男は拳銃で五号車側のドアのほうを狙い、バキエフに背中を向けていた。バキエフは落ち着いてサブマシンガンを構え、男の背中に狙いをつけた。

だが、撃つ前にバンシーが国境警備隊員の向こうの右側で背もたれを乗り越えるのが見えた。バキエフがその動きのほうに狙いをずらし、発砲すると同時に、女が座席のあいだに落ちた。

アンジェラ・レイシーは、怯えた乗客たちといっしょにかがみ、四号車の座席のあいだで身を縮めていた。片手を左耳に当て、イヤホンを押し込んだ。「6？　6？」

応答はなかった。

この一分のあいだに、何人もの乗客が上から落ちてきた。銃撃から遠ざかるのに通路を使わず、座席を乗り越えて逃げている乗客がほとんどだったが、アンジェラは床で身を縮めたままでいた。

あらたな連射のあと、黒いコートを着て黒いニットキャップをかぶった女が、背もたれを跳び越えて、真向かいの座席の床に着地するのが、目に留まった。女は両手になにも持っておらず、上の座席が四号車の前寄りからの銃撃をまともにくらっても、通路に足が出ないように膝（ひざ）を胸にくっつけた格好で、落ち着き払って横になっていた。

彼女は数分前に一号車で自分が男だと見なした人物だと、アンジェラは悟った。

銃撃が熄んだとたんに女が上半身を起こし、一瞬、アンジェラと目が合った。アンジェラは、予想もしていなかった表情を目にした。アンジェラは動転し、極度の恐怖にかられていたが、女の顔にそういう表情は見られなかった。

女の顔は冷静で、決意がみなぎっていた。視線を左――アンジェラからは向かって右――に向け、客車の進行方向から、だれかが通路を進んでくるのを見たような感じだった。女がさらに身を低くした。アンジェラもとっさにおなじようにしたとき、あらたな銃撃の応酬が、右と左の両方から聞こえた。

アンジェラが一瞬目を閉じ、すぐにまたあけると、スイス国境警備隊員の男が、左膝から血を流し、アンジェラと黒ずくめの女のあいだの通路をよろよろと近づいているのが見えた。国境警備隊員は前に拳銃を構え、黒い銃身から煙が出ていた。

顎鬚（あごひげ）を生やした男の顔は、痛みと狼狽（ろうばい）と決意のために歪（ゆが）み、汗が滴（したた）っていた。座席のあいだに伏せていたアンジェラには見えないターゲットに向けて一発放ってから、国境警備隊員が目を大きく見ひらくのが見えて、あらたなターゲットに狙いをつけようとしているのだとわかった。だが、引き金を引く前に、自動火器の連射がアンジェラの右側から湧き起こり、国境警備隊員はうしろによろけて、アンジェラからは見えなくなった。

国境警備隊員が持っていた拳銃が手から落ちて、アンジェラが伏せているところのすぐ前の通路ではずんだ。

また銃撃が熄み、アンジェラは座席の蔭で縮こまったまま、拳銃を凝視した。釘づけになって動くことができないアンジェラの右側から、胸が悪くなるようなゴボゴボという音が聞こえた。撃たれた国境警備隊員が、自分の血に溺(おぼ)れて最期の呼吸をしている。自分のほうへひっぱる方法が、アンジェラにはわからなかった。通路にブーツが見えているだけだし、敵は客車の前方と後方にいるから、助けようとして這(は)い出したら、まちがいなく見られる。

だが、拳銃は手の届かないところに転がっていた。通路まですばやく三〇センチ這っていけば、つかむことができるはずだ。

自分とこの客車の乗客が助かるには、最後の手段としてそれをやらなければならないと、アンジェラは自分にいい聞かせた。膝立ちになり、拳銃のほうを見たが、そのとき、通路の向かいで伏せている黒ずくめの女と目が合った。

女がアンジェラをまっすぐ見返して、アメリカ英語でいった。「そんなことは考えてもいけない。くそ女」そして、通路に跳び出して、拳銃をつかみ、銃口を左にまわして、いましがた銃声が湧き起こった通路のほうへ向けた。

黒ずくめでニットキャップをかぶった女が、通路に伏せて何発も放つあいだ、アンジェラはまた床にぴったり伏せた。そのとき、女が撃つのをやめて、起きあがり、それまで撃っていた方向へ走りながら、客車の反対側に向けて撃ちつづけた。女が何者なのか、アンジェラにはわからなかったが、銃の扱いと、ストレスの大きい生死を懸けた遭遇戦に対処するのに長（た）けていることはたしかだった。

アンジェラは、列車後方からの応射の音を聞いた。恐怖に凍りついて身を低くしたままで、６（シックス）は死んだのだろうか、この列車で応戦しているたったひとりの女は敵と味方のどちらなのだろうと思った。

ルカ・ルデンコは、食堂車に残してきた部下が敵と交戦したことに気づいていたが、スイス国境警備隊との撃ち合いを切り抜けたにちがいないと判断していた。それについては、あまり心配していなかった。２９１５５部隊の殺し屋ふたりは、国境警備隊員ふたりを始末できるはずだ。

背後の銃撃が熄んだので、部下ふたりはまもなく合流するだろうと、ルデンコは判断した。ひとりが死に、最後列の座席に倒れ込んでいるので、応援が来るのはありがたい。射入口は左顎、射出口は右こめかみで、うしろの手荷物ラックとの境のスモークを貼ったガラスに、脳の破片が飛び散っていた。

バンシーが最初の一発でその男を仕留めたので、ルデンコともうひとりのGRU工作員ボリスは、あわてて身を隠した。

ルデンコはいま、食堂車のふたりのことなど意中になかった。スイス国境警備隊を脅威だと見なしてはいなかった。部下ふたりがなんなく斃したにちがいない。

しかし、バンシーのことは心配だった。バンシーはこの四号車でバキエフがいる方角に進んでいる。バキエフはバンシーに応射したが、ルデンコはバンシーの精確な射撃のために身を隠さなければならず、ふたりの交戦を見ることができなくなった。

バンシーが負傷するか死んで座席のあいだに倒れていることを、ルデンコは願っていたが、確認できていないし、バンシーを探しにいくつもりもなかった。

ルデンコは、イヤホンを使って連絡した。「ウラン？　聞こえるか？」

ウラン・バキエフが応答した。「撃たれました。腰を。たいしたことないです。戦えますが、手当のために三号車に撤退しました」

ルデンコはバンシーを見張る目を失った。前の背もたれの上にすばやく顔を出して、状況を見てとった。座席で死んでいる乗客がふたり見えた。ヴェリスキーは、身を縮めているイタリア人ふたりによって、通路で押さえ込まれている。だが、そのほかの人間は――バンシーも含めて――座席の蔭に身を隠している。

「バンシーは見えない」ルデンコは、バキエフにいった。「おまえのほうに進んでいる」

「了解。だいじょうぶです。前方を見張っています」

ルデンコは、食堂車のふたりを呼び出そうとしたが、依然として応答がなかった。背後から攻撃されるのが不意に不安になり、ルデンコは通路の向かいのボリスを呼んだ。ここで生き残っている29155は、ボリスだけだった。「うしろに目を光らせろ。部下ふたりが応答しない」

ボリスが指示に従い、ブリュッガー＆トーメ・サブマシンガンを、背後のデッキに向けた。右側の二人掛けの座席のあいだに伏せているボリスのところから、デッキがどうにか見える。ボリスはサブマシンガンを肩付けして狙いをつけた。肩そのものも、床に押しつけていた。「後方を見張ってます」

ルデンコはまた覗いたが、バンシーがいる気配はなかった。ヴェリスキーの上で伏せていたドレクスラの配下ふたりに向かって、ルデンコは英語でどなった。「こっちに連れてこい！　おれが掩護（えんご）する！」

ほとんど動かずにいたふたりが、ようやく逃げる方向がわかったことにほっとして、指示に従った。いままでは両方向から銃弾が飛んできたので、逃げようがなかったのだ。ふたりは起きあがり、いうことをきかないヴェリスキーの腕をつかんで、通路を客車後部に向けてひきずりはじめた。

わずか二、三歩進んだところで、銃声が一度響き、イタリア人ひとりが背中を撃たれてつんのめった。

ルデンコは銃口炎を見ていなかったが、向かって左側のかなり先に薄い煙が見えたので、ターゲットのおおよその位置がわかった。

ボリスも向き直り、バンシーの発射位置めがけて、ふたりで撃ちはじめた。

だが、ボリスの三点射は大きくそれて、弾丸が通路を抜け、デッキを通って、つぎの車両を抜け、隔壁を貫通してさらに飛んでいった。

三発のうち二発はそこで勢いを失ったが、三発目が照明制御盤に突き刺さった。

たちまち天井の照明がまたたいて、消えた。

連射をつづけたルデンコとボリスの弾倉が空（から）になり、真っ暗闇のなかでふたりとも身を低くして最後の弾倉に交換した。客車のあちこちで乗客がうめき、悲鳴をあげ、哀願し、叫んでいたが、割れた窓から響く轟音のせいで、ほとんど聞こえなかった。

ルデンコは拳銃のスライドを引いて、最後の弾倉から一発目を薬室に送り込んだ。列車はまだシンプロン・トンネル内を走っていたので、ガラスが砕けるかあかなくなった窓から光は射さず、暗闇に包まれていた。

もうバンシーの姿は見えず、車両の四分の一くらいしか見えていなかったので、ルデンコは立ちあがり、ボリスを右うしろに従えて、前進しはじめた。ボリスのずんぐりしたサブマシンガンの銃身が、ルデンコの右肩の横から突き出していた。

ルデンコは、右側の座席のあいだでうずくまっているヴェリスキーと生き残りのイタリア人のところに達した。ふたりには目もくれずに進みつづけ、見通しのきかない闇に注意を集中していた。

ルデンコが叫んだ。風の咆哮をしのぐ馬鹿でかい声が響いた。「ウラン！　おれたちは進む。掩護しろ！　バンシーはおまえの向かって右、六列目にいる！」

ただちに応答があった。「おれの横は通さない。追いつめてください」

照明が消えたとき、ゾーヤは死んだ乗客の体にもたれて伏せた。肥った男だったので、肉付きのいい体が多少は遮掩の役目を果たしていた。だが、闇に乗じられると思ったので、膝立ちになり、死んだ国境警備隊員の拳銃を両手で前に構え、立ちあがろうとした。

そのとき、客車の後部にいたGRUのひとりが、前寄りのデッキの仲間に向かって叫ぶのが聞こえた。「ウラン！　おれたちは進む。掩護しろ！　バンシーはおまえの向かって右、六列目にいる！」

姿を見られているとは思えなかったので、ゾーヤは通路を越えて向かいに身を投げた。

座席のあいだにはだれもいなかったので、急いで通路のほうを向いた。ふたたびしゃがむと脚の筋肉が悲鳴をあげたので、ゾーヤは選択肢を考えた。

実質的に二次元にひとしい環境で、一対三の戦いを行なっている。防御態勢で、弾薬は残りすくなく、移動もままならない。包囲されている。

あらたな銃撃が列車前方から湧き起こり、窓が割れ、客車の側面と天井に穴があいて、空気が抜ける甲高い音が響いた。

ゾーヤの戦術的頭脳が、悪い報せをなんなく組み立てて伝えた。

勝ち目はまったくない。

42

これでは時間がかかりすぎると、ジェントリーは気づいた。まだ四号車の三分の二まで進んだだけだし、この分では戦闘が行なわれている場所を過ぎて戦闘にくわわる前に、戦闘が終わってしまう。

アンジェラを助ける気持ちがなく、ヴェリスキーのデータを手に入れる必要がなかったら、狭苦しい暗い場所で撃ち合うのをやめることに、なんの痛痒も感じなかったはずだった。

それでも、左右のピッケルを交互に屋根に打ち込んでは体を引き寄せ、じわじわと進むことを、ジェントリーはつづけていた。

一五〇センチ進んだとき、双方向の激しい銃撃が真下で開始され、金属が引き裂かれる音が右側から聞こえた。そのあとも銃声につづいて、金属の裂ける音が近づいていた。ここにジェントリーがいるのを知って撃っているのか、でたらめに撃っているのかはわからないが、天井に銃弾が当たっている。

三〇センチの差で数発がそばを飛んだとき、もう選択の余地はないと、ジェントリーは悟った。屋根からおりるしかないし、すばやく屋根からおりるには、車体の横で体をゆすって、下の銃撃戦のどまんなかに窓から跳び込むしかない。

ジェントリーは屋根の左側にピッケルを叩きつけ、右手のピッケルを捨て、MP9サブマシンガンを背中から引きおろして、その小さな武器を片手で握った。

ふたたび拳銃が発射されて、ジェントリーの右膝から三〇センチも離れていないところに穴があいた。真っ暗闇でなにも見えなかったが、荒れ狂う風のなかでも銃声は聞こえた。ジェントリーは片脚で蹴って列車の屋根から離れ、ピッケルのアルミの柄を握って、足から先に窓を抜け、混戦のまっただなかに跳び込むために身構えた。


客車の前寄りから襲いかかる長く激しい銃弾の嵐にゾーヤが耐えられたのは、かなり不正確な射撃だったからだった。天井に銃弾が撃ち込まれたのは、伏せさせておいて、そのあいだに反対側からふたりがそっと忍び寄るためにちがいない。

銃撃が熄むと、ゾーヤは体の位置を変えて、通路に身を乗り出し、それまでの銃撃の源のデッキに向けて撃とうとした。だが、そのとき、左肩の斜め前方の窓ガラスが割れる音が聞こえた。

まわりの闇よりも黒い人影が、窓から跳び込んできた。宙を跳ぶ人間の足が、左腕と上半身にぶつかり、そのせいでゾーヤの体は二人掛けの座席の右側に吹っ飛ばされた。

その男——男にちがいない——は、ゾーヤの真上には落ちなかったが、両脚のふくらはぎあたりに着地した。ゾーヤは男のほうに拳銃を向けた。

銃口炎が、通路のまんなかでまたたいた。窓から跳び込んできた男と自分のどちらを狙っているのか、ゾーヤにはわからなかったが、目の前の通路に伏せた男が、すぐさま自分の武器で応射した。

その銃口炎で目がくらんで、ゾーヤは男を見分けることができなかったが、銃は識別した。GRUの男たちが使っているMP9のようだった。

でも、この男がロシア人だとしたら、どうしてうしろ寄りから接近するGRU工作員ふたりに向けて発砲してるのだろう？

男がぶつかってきて、ぶざまに倒れたにもかかわらず、ゾーヤは拳銃を手放していなかった。発砲している男に銃口を向けたが、そこで引き金から指を離した。

うしろ寄りのロシア人ふたりに向けて撃っているのだとすると、そのふたりは身を隠そうとするはずだ。

これを同士討ち——真っ暗闇でGRU工作員がたがいに撃ち合っている——だと解釈したゾーヤは、かすかなチャンスに乗じて逃げることにした。

立ちあがり、背もたれをつぎつぎに乗り越えた。うしろのほうで、殴り合う音とうめき声が聞こえた。ゾーヤがいままでいた場所で、格闘戦が開始されていた。ゾーヤはワルサーを前に構え、デッキに向けて通路を走った。

ゾーヤは四号車と三号車のあいだのデッキに達し、洗面所の横を通って、闇のなかで銃を左右に動かし、安全を確保しようとした。そのとき男が上からかぶさるように跳びかかった。今回はゾーヤの手から拳銃が落ちた。三号車におりていく三段のステップの上で、ゾーヤはつまずき、背中をドアにぶつけて、ステップに倒れた。

男がのしかかり、両手で首を絞めようとしたが、ゾーヤはふり払い、男の喉(のど)ぼとけを指先で突いた。

男はさっと身を引いたが、またゾーヤの体をつかんだ。ふたりは相手を殺そうとして、デッキを転げまわった。

コート・ジェントリーは、二十秒前に窓から跳び込み、通路でだれかに激突し、そいつを吹っ飛ばした。そのあと、ジェントリーは仰向(あおむ)けに着地し、床に落ちるときに座席の肘(ひじ)

掛けにぶつかった。たちまち客車のうしろ寄りから銃撃が襲いかかったので、ジェントリーは座席のあいだの人影からそちらに狙いを移し、撃ってくるやつらを制圧できることを願い、銃口炎に向けて五度撃った。そして、うしろに身を躍らせ、座席のあいだで膝のあいだに頭を入れてしゃがみ、めそめそ泣いている男にぶつかった。

不意に銃撃が熄(や)み、通路の向かいに動きが見えた。ジェントリーにぶつかられた男は、座席を乗り越えて、列車の前寄りに逃げようとしていた。ジェントリーがサブマシンガンを肩付けしたとたんに、右からすばやく近づいてきた人影が襲いかかった。

ジェントリーはふたたび通路に倒れ、両手からサブマシンガンが離れた。刺されたり撃たれたりするのを避けるために、ともに倒れ込んだ男の両手を押さえようと、ジェントリーは闇のなかで手探りしたが、うまくいかず、こめかみの上を殴られた。

相手の片手に武器がないことがそれでわかり、ジェントリーはその男めがけて突進して、こんどは羽交(はが)い絞めにした。膝立ちになりかけたとき、うしろの通路にべつの脅威がいることに気づいた。一メートルほどの距離から、一瞬、フラッシュライトで照らされた。ライトを持っていた戦闘員が、それをふりあげてジェントリーを上から殴ろうとした。

ジェントリーはその打撃を受け流してパンチをくり出した。相手の左上腕二頭筋にパンチが命中し、ふりおろした腕を横に払いのけた。銃を持っていたらフラッシュライトで殴ろうとはしないはずなので、ジェントリーは通路で立ちあがり、敵と殴り合った。

そのとき、三角筋の下のほうに痛みが走り、ナイフで切られたのだとわかった。

ジェントリーは必死で蹴り、敵を攻撃した。フラッシュライトが落ちた。ナイフを持った男が近づき、ジェントリーは急いで後退して、まだ戦える状態で横たわっていたもうひとりの敵の上に倒れた。

ジェントリーとその男は取っ組み合った。食堂車で戦った男とおなじくらい力強く、戦闘能力が高いとわかった。

だが、今回、ジェントリーの敵がふたりいるというちがいがある。それに、こいつらの脳にぶち込むピッケルがない。だから、格闘はなおもつづいた。


アンジェラ・レイシーは、通路で戦っている男たちの一団の三列前寄りにいたが、しばらく銃撃が熄んでいたので、それに乗じて、そこを離れることにした。立ちあがり、闇のなかで身を低くして、手探りで通路を進んだ。悲鳴を二度、押し殺した。一度目は通路中央で死体を踏んだときに、二度目はだれかが激しくぶつかってきて、押しのけられたときに。その男はアンジェラとおなじ方向——食堂車のほうに走っていた。

闇のせいでバランスがとりづらく、背もたれをつかんで進みつづけた。うしろで男数人が格闘しているのが聞こえ、怯えた乗客が前後から通路に殺到してきた。

ガラスが割れた窓から殺到する風の騒音は、四方の窓のガラスが銃撃で割れ、天井にミシン目のような穴があいていたデッキに近づくにつれて激しくなった。天井の穴から冷たい空気がおりてくるのがわかったが、アンジェラはデッキに達し、さらに食堂車にはいった。

アンジェラはよろけて死体の上に倒れ、それを乗り越えて、通路をなおも進むうちに、テーブルの下から突き出していた脚につまずいた。倒れたときに手が拳銃に触れたので、それを拾いあげた。

暗かったので手にした銃を見分けられなかったが、負傷した国境警備隊員が落とした標準装備の拳銃かもしれないと思った。撃たれたあとで、隊員はべつの客車に運ばれたのだろう。

膝をついて這い進みながら、アンジェラは拳銃を前に構えた。三十秒、銃声は聞こえていないが、よく見えないし、どんな危険が前方に潜んでいるか、まったくわからない。

アンジェラは、イヤホンを通じて小声でいった。「6、6？」

依然として応答はなかった。

闇から英語でいうのが聞こえた。「助けて、助けて、お願い」

アンジェラは、腕を撃たれた女性国境警備隊員のほうへ這っていった。そのそばで男の国境警備隊員が死んでいて、目をあけたまま仰向けになり、口と喉が血に覆(おお)われていた。

アンジェラは、負傷している女性国境警備隊員のそばに拳銃を置き、出血をとめるために、血まみれの腕を圧迫しはじめた。

43

危害をくわえようとしている敵が一メートル半以内にふたりいることを、ジェントリーは知っていたが、トンネルを走る列車の轟音がガラスの割れた窓から殺到していたので、暗闇のなかで見えない敵の動きを音で知るのは不可能だった。

とんでもない大失敗だということはまちがいなかったが、床のどこかにサブマシンガンがあり、まだ数発が残っている。

ジェントリーは座席の肘掛けの上に伏せてから、床に跳びおりて必死で手探りし、座席の下に転がっているサブマシンガンの負い紐をやっとつかんで引き寄せたが、そのときうしろから男が体をつかんで、ジェントリーを膝の上に持ちあげた。

それでもジェントリーは片脚を勢いよくのばし、ＭＰ９の銃床に足が触れた。

拳銃に弾薬が残っていれば、ルカ・ルデンコは四十五秒前に男が窓から跳び込んできたときに撃ち殺すことができたのだが、ゾーヤ・ザハロワとの撃ち合いですべて撃ち尽くしていた。

そのため、やはり弾薬がなくなっていたボリスに、素手で襲いかかるよう命じた。そのあとで自分が接近して、ナイフで刺し殺すつもりだった。

ウラン・バキエフがどこへ行ったのか、わからなかった。無線連絡に応答がないので、バンシーが列車の前のほうへ逃れ、バキエフを殺したのかもしれないと、ルデンコは心配になった。食堂車のふたりも、だれかに殺されたようだった。

ルデンコは、フラッシュライトと細身のナイフを持っていたが、男を照らしてナイフで切りつけたとき、相手は必殺の一撃をかわし、ボリスの上に倒れて、手が届かないところへ逃れた。

ルデンコの一撃は相手の体を切り裂いていたが、深手ではなかったし、この戦闘員が格闘戦に長けていることがわかった。ヴェリスキーを救うために来たにちがいないと思ったが、この戦闘員はぜったいにバンシーではない。

ルデンコは、ロシア語でボリスに向けてどなった。「ナイフを突きつける！　そいつの両腕を押さえろ」

「押さえた！」

狭い通路で、ボリスが男の両腕をうしろで強く締めつけた。

ルデンコは、未詳の男のほうへ身を乗り出して英語でいった。「バンシーはどこだ？」

返事がロシア語だったので、ルデンコは驚いた。「マタドールだな？」

ルデンコは、ゆっくり身を起こした。どのみち暗くて見分けることができないので、顔に浮かんだ衝撃の色を隠そうとはしなかった。一歩さがって驚きをふり払い、静かな声でいった。「その呼び名は長いあいだ聞いたことがなかった」闇のなかでくすっと笑い、携帯電話を出して、そのライトで捕らえている男を照らした。よく観察すると、顔と首に切り傷のあとがあり、右腕の上でコートが裂けて血まみれの傷が見えていた。男は片膝をつき、反対の脚をのばして、列車の左側の座席の下に入れていた。

なにかのにおいがしたので、ルデンコは男の体を眺めまわし、両脚が血と……マヨネーズのようなにおいがするものに覆われているのを見てとった。

ルデンコはいった。「おれをマタドールと呼ぶのは、ＣＩＡのやつらだけだ。つまり、友よ、おまえはＣＩＡだな」

うしろをとられて押さえ込まれ、顔から五、六〇センチのところに長く細いナイフがあるのに、男がまぶしい光に目を細めてにやりと笑ったので、ルデンコは唖然とした。ややあって、男がいった。「相棒……おまえの……好きなように」

ルデンコは、首をかしげた。こいつは正気じゃないと、心のなかでつぶやいた。男がのばした脚を座席の下からひきずって、体のそばに戻しはじめたとき、ルデンコは小さく笑ってからいった。「おまえは、おれが今週殺す最初のCIA工作員じゃない」

「そのとおり。おれはそうならない」

ルデンコは、最初はまごついた表情になったが、すぐににやりと笑った。「敗北を前にして、勇敢だな。そういう特質は尊敬する。あばよ、アメリカ人」

ルデンコは、このくそ野郎の喉を切り裂き、列車がトンネルを出て、運転士が列車をとめる前にバンシーとヴェリスキーを見つけて殺す重要な仕事に戻れるように、男に詰め寄った。

ジェントリーは、前方の男が近づくのを見ていた。なにか手を打たないと、つぎの瞬間には喉をナイフで切り裂かれるとわかっていた。だが、じつはそういう手を打っていた。

ジェントリーは、それまでの数秒間に左脚のブーツを左の座席にひっかけて脱いでいた。靴下をはいた足で、座席の下の見えないところに転がっていたMP9のグリップを探り当てた。

男が前進をはじめると、ジェントリーは足をすばやく戻して、爪先で用心鉄をつかんで、

ＭＰ９をそばに引き寄せた。

ＭＰ９は小さくて軽いサブマシンガンで、ジェントリーはそれを前の通路に向け、銃床を右膝の内側に押しつけて、右足をすこし左に動かした。左足の大きな親指で引き金を探り当て、マタドールがナイフを持った手を引き、喉を切り裂くためにふりおろそうとした瞬間に、ジェントリーは爪先に力をこめた。

闇のなかで一発の銃声が響き、突然の閃光に目がくらんだマタドールが悲鳴をあげた。サブマシンガンの銃床が膝にぶつかるのがわかった。

ジェントリーは通路で体の下の足を横に滑らせ、体をすこし持ちあげて、渾身の力で背負い投げをかけた。うしろでひざまずいてジェントリーをしっかり押さえ込んでいた男が、ジェントリーの体の上を越えて、座席にぶつかり、通路に落ちた。

ジェントリーは痛めた両膝をついて、サブマシンガンを床からつかみあげた。

正面の男があわてて立ちあがろうとした。ジェントリーは男の顎の下に短い銃身を突きつけて、こんどはふつうの射撃の手順どおりに引き金を引いた。閃光と銃声の咆哮につづき、ロシア人の脳の破片が天井に飛び散る音が、ガラスの割れた窓から吹き込む風の轟音のなかでも聞こえた。

つづいて、ジェントリーは前方の闇に目を凝らし、マタドールを見つけようとしたが、なにも見えなかった。

マタドールは後方のデッキを目指しているにちがいないので、そちらに向けて何発か放とうかと思ったが、まだ無辜の乗客がいるはずなので、撃つのを控えた。そして、立ちあがり、列車の前方へ進んでいった。さきほど銃撃がはじまったときに、ヴェリスキーと食堂車で行き会わなかったので、長い列車の前寄りに逃げたにちがいないと思った。

アンジェラ・レイシーは、口に携帯電話をくわえ、それをフラッシュライトの代わりにして、女性国境警備隊員の銃創を両手で手当てした。テーブルに紙ナプキンがあるのを見つけて、血まみれの傷口に押し込み、強く圧迫して、縁がギザギザの傷からまだ流れ出していた血をとめようとした。

それに集中しているときに、前の車両から一発の銃声が聞こえた。三十秒ぶりに聞く銃声だった。そのあとにまた銃声が響き、食堂車にだれかがはいってくるのが、音でわかった。ぎこちない動きで、よろめいているようだった。

さきほど通路で見つけた拳銃がそばにあったが、近づいてくるのは負傷して、助けを求めている乗客だろうと思ったので、アンジェラはそれを取ろうとしなかった。

その人物がすぐ近くまで来たときに、アンジェラは頭を横に向け、携帯電話のライトでそちらを見ようとした。撃たれた国境警備隊員の腕を圧迫するために、両手はふさがっていた。

アンジェラの動きがとまり、恐怖に呑み込まれて凍りついた。

前に立っていた男は、マタドールだった。茶色のワッチキャップが脱げそうになっていて、ブロンドの髪が見えていた。耳の包帯と、苦しげに歪んでいる顔もむき出しになっていた。足をひきずりながら歩き、武器は持っていないようだったが、アンジェラはたちまち怯えて、どうしていいかわからなくなった。

英語でマタドールがどなった。「そこをどけ！」脅しつける声を聞いて、アンジェラはすぐさま凍りついた状態から立ち直った。そばのテーブルの席に体をずらして場所をあけ、マタドールがそばを通るあいだ、口にくわえた携帯電話のライトで行く手を照らした。

数秒後にはマタドールが足をひきずりながら、デッキを通って食堂車を出て、列車後部に向かっていた。マタドールが通り過ぎた通路に血痕が残っているのを、アンジェラは見た。

足か脚を怪我しているにちがいない。

拳銃を拾いあげて追うべきだとわかっていたが、怯えていてそれどころではなかった。

女性国境警備隊員の腕に包帯を巻きはじめ、それを終えると、拳銃を拾い、背すじをのばして座席に座った。

ゾーヤ・ザハロワは、三号車と四号車のあいだのデッキで、一分のあいだ格闘戦をつづけていた。口に血の味がして、疲労のために筋肉が弱くなっていたが、闇のなかでふたたび突進し、敵の体の低いところ、膝のすぐ上にぶつかって、乗降用ドアのほうへ押し倒した。

ゾーヤには、戦っている相手のような体力はなく、ずっと弱かった。だが、動きが速く、手ぎわがよかった。それに、床の血で一度滑ったのと、組み合ってから離れたときに相手が二度、すばやく立てなかったことから、銃創をかばっているのだとわかった。そのため、ゾーヤは男を床に押し倒すことができた。

いま、そのGRU工作員は乗降用ドアに背中を押しつけて階段に倒れていた。ドアの窓ガラスは、銃撃で吹っ飛ばされていた。男は力を使ったことよりも失血のせいで、ゾーヤとおなじくらい疲れ切っているように見えた。

それでも、男はゾーヤに殴りかかり、ほとんど真っ暗闇のなかで、ゾーヤは精いっぱいそれをブロックしながら、自分も拳(こぶし)、肘(ひじ)、膝を相手に叩き込んで痛めつけようとした。

突然、ガラスを踏みしだく音がうしろから聞こえた。四号車からだれかがデッキにはいってきた。武器を持ったマタドールが、仲間を助け、殺しにきたのだと思い、ゾーヤは落胆した。ドアにもたれていたGRU工作員がゾーヤの両腕をつかんでいた。ゾーヤにはそれをふり払って、足をふりあげ、相手を蹴る力がなかった。熟練の戦闘員がもうひとり来たら、とうてい戦う力はない。この窮地から脱け出す方法はなく、この床で死ぬのかと思った。

だが、ガラスを踏みしだく足音がうしろで熄み、男の声が聞こえた。

「ベス？」

ヴェリスキーだった。暗いので、ふりかえることができたとしても、見えないだろう。ヴェリスキーからも見えないだろうが、自分が立っているところのすぐそばで人間ふたりが戦っているのはわかるはずだ。

ゾーヤは叫んだ。「ドアコックを引いて！」

ドアに背中をくっつけていたGRU工作員が、ゾーヤの片手をひっぱった。だが、ゾーヤはその動きに乗じて、相手の鼻を頭突きした。GRU工作員が軽いめまいを起こし、回復する前にゾーヤは身を離した。

ゾーヤがすばやく膝立ちになったとき、ヴェリスキーが左側に来て、壁の赤い非常用ドアコックを下に引いた。

そのとき、真っ暗だったデッキが、にわかに暗い光に照らされ、あたりが細かいところまで見えた。

列車はシンプロン・トンネルを出て、ふたたび月光を浴びていた。

GRU工作員のうしろのドアは、すぐにはあかなかった。ゾーヤは立ちあがって、壁の手摺(てすり)をつかみ、ドアに肩をぶつけて、左に押した。

GRU工作員のうしろで、ドアが勢いよくあいた。その男がゾーヤのコートをつかみ、しがみついた。男の向こう側で、風がすさまじい叫喚(きょうかん)をあげていた。

男がうしろ向きに列車から落ちはじめると、ゾーヤの体も前のめりになった。

敵といっしょにゾーヤが列車からひっぱり出されそうになったとき、腰に両腕が巻きつくのがわかった。ヴェリスキーが、渾身の力をこめてゾーヤをひっぱり、GRU工作員の手からもぎ放そうとしていた。

GRU工作員が、まっさかさまになって列車から落ち、絶望にかられた悲鳴が、一秒後には風と機関車の騒音のなかに消えていった。

ゾーヤとヴェリスキーは、デッキの血まみれの床に倒れた。ゾーヤの体が上になっていた。ゾーヤはぐらつく疲れた脚で立ちあがった。薄暗いなかで手をのばし、ヴェリスキーを立たせようとした。

そのとき、ガラスを踏みしだいて走ってくる足音が、右から聞こえた。

ゾーヤは向きを変えて、身を守るために両腕をあげたが、そのとたんにすさまじい勢いの体当たりをくらい、床に押し倒された。

ゾーヤは衝撃にうめき、そのとき相手が体の上から離れて、低い姿勢で戦う構えをとった。ゾーヤはドアのそばでデッキの壁を押して立ちあがり、拳を突き出した。

ヴェリスキーは、血で滑りやすい床に倒れたままだった。二メートル弱離れているあいたドアから、月光を浴びている雪に覆(おお)われた車両基地が見えた。

正面の男はマタドールだと、ゾーヤは判断していた。列車内に射し込んでいる月光では、顔立ちを見分けることができなかったが、反撃に取りかかる前に襲ってきた相手の身許(みもと)を問いただすつもりはなかった。ゾーヤがパンチをくり出すと、男は右に身をかがめてかわして、ゾーヤのまわりを動きながらジャブを見舞おうとした。それがゾーヤの右耳の上で頭をかすめた。

ゾーヤの左拳が男の右こめかみに当たり、男がすこしよろけ、あいたドアから六〇センチしか離れていないところで片膝をついた。列車は速度を落としはじめていたが、あいたドアやあちこちの割れたガラスから吹き込む風が、なおも渦巻いていた。ゾーヤは半歩さがり、膝をついている男の顎に右クロスパンチを叩きつけるために、右手をうしろに引いた。

そのとき、列車が車両基地の高い照明付き電柱の列の横を通った。

真っ暗だったデッキは、十五秒前に薄暗い程度になっていたが、いまでは一五〇センチ離れている男の顔を、ゾーヤは見分けることができた。

ゾーヤが殴りかかろうとしたとき、男が顔を起こし、パンチをブロックするために両腕をあげた。

そのとき、ゾーヤはパンチをくり出す途中で凍りついた。

片膝をついていた男も、おなじように凍りついた。


男がベスを殴り殺そうとしたとき、アレックス・ヴェリスキーは、その向かいでデッキにうずくまっていた。まだ二メートル近く離れていて、あいたままのドアの手前のふたりを見ていたとき、表の人工灯の光がデッキに満ちあふれた。

だが、それまで激しく戦い、移動していたベスが、すさまじい動きをやめて、彫像のように身動きせず、ヴェリスキーには理解できない表情を浮かべていた。

ヴェリスキーはその男に見おぼえがなかったが、男の意図ははっきりしていた。男は戦闘で血まみれになっていたし、すでにベスを殴っていた。なにかやらなければならないと、ヴェリスキーは思った。

ヴェリスキーは、デッキの自分の側にある近くの階段の手摺をつかみ、叩きのめされた体を引き起こして立つと、顔の近くに拳を持ちあげ、凍りついて見つめ合っているふたりのほうを見た。


ゾーヤは自分の目がおかしくなったのではないかと思い、ぎゅっと閉じてから、無理にあけて、目の前の映像が消えていないことをたしかめた。

「コート?」かすれたささやき声でいった。

光が射し込んではまた暗くなり、凍れる強風があいたドアからうなりをあげて吹き込み、列車が減速しているせいでバランスがとりづらく、五感が狂っていたにもかかわらず、この一分間殴られてぼうっとしていた頭でも――彼を見て自分がびっくりしているのとおなじくらい、彼がこっちを見てびっくりしていることが、ありありとわかった。

暗いなかで、彼が口をひらき、その目つきでわかったとおり、愕然(がくぜん)としていることを裏付けた。

「これは……いったい……どういう?」

アレックス・ヴェリスキーが身をかがめて、闇のなかからジェントリーの右に突然、姿を現わした。ジェントリーがそっちを向き、ゾーヤが見ていると、ヴェリスキーが宙に身を躍らせて、ジェントリーの上半身の右側にぶつかった。

そして、ジェントリーが押し出された。

ヴェリスキーはデッキの階段のそばでうつぶせに倒れた。ゾーヤは、ジェントリーが列車の横方向へ吹っ飛び、夜の闇に消えていくのを見た。

ゾーヤは悲鳴をあげた。

44

アレックス・ヴェリスキーは、たったいま自分がやったことに元気づけられて、立ちあがった。ベスが打ちひしがれているのがわかった。この七、八分、何度も激しく戦ったために、ひどい怪我(けが)を負っているか、すくなくとも疲れ果てているのだろう。ここから脱出するには自分の力が必要だと、ヴェリスキーは覚悟した。ゾーヤのほうを向いていった。

「国境警備隊員を探しにいく!」

ヴェリスキーは向きを変え、両手をあげて、来た方角の客車に向かった。ゾーヤはうしろの壁にもたれ、列車の冷たい床にくずおれて、ドアの外の冷たく黒い闇を見つめた。

列車は時速九〇キロメートル近い速度で、車両基地を通り過ぎた。

アンジェラ・レイシーは、携帯電話のライトを使って、前方の四号車へ進み、途中で死体を何度かまたぎ、座席のあいだで頭を両手で覆(おお)っている乗客の横を通った。

アンジェラはワルサーを前に構え、いざという場合には撃てると自分にいい聞かせていたが、ひとの命を奪うのがどういうことなのか、わかっていなかった。

前方のデッキで騒ぎが起きていた。ドアのあいだからライトで照らすと、一五メートルほど前方で、6（シックス）がこちらに背中を向け、殴り合っているような感じで両手をふりあげているのが見えた。

そのとき、だれかが6（シックス）の死角から突進して、猛スピードで走る列車から夜の闇に突きとばした。

女の悲鳴が聞こえ、アンジェラも悲鳴をあげた。

激しい衝撃で凍りつき、前方をライトで照らしつづけていると、すぐに男がデッキを出て通路を走ってくるのが見えた。拳銃を構えて、とまれと男に命じたとき、自分が見ている男が目当てのターゲット、ヴェリスキーだと気づいた。

6（シックス）を突き落としたのはヴェリスキーだとわかり、いまここで撃つべきだと思ったが、アンジェラはそうしなかった。

「国境警備隊か？　警備隊か？」両腕を頭の上にあげてアンジェラのほうに駆け寄りながら、ヴェリスキーがきいた。ライトに目がくらんで、そのうしろが見えないにちがいない。

「動くな」アンジェラはいった。激しい衝撃を受けていたが、精いっぱい威厳を装って、脅しつけるようにいった。

ヴェリスキーが歩度をゆるめ、三メートル以内に近づいたところで立ちどまった。「国境警備隊か？」もう一度きいた。

6（シックス）がいなくなったことが信じられなかったが、アンジェラはすこし立ち直り、声に力をこめた。「電話を渡しなさい、ヴェリスキー」

「なんだって？」ヴェリスキーが首をかしげた。

「渡さないと撃つ――」

「あんたはアメリカ人か？　ＣＩＡか？」

「電話を渡しなさい」アンジェラはくりかえした。

「ＣＩＡだな」ウクライナ系スイス人のヴェリスキーが、確信をこめていった。「あんたはわたしを助けなければならない」

「いいから……電話を渡して」

「わたしたちは味方同士だ。拳銃をおろせ。あの電話はロシアの西側での犯罪を暴くものだ」

「どこにあるの？」

「列車からおりるのを手伝ってくれれば渡す」

「わたしは持っていない。わたしを殺したら、手にはいらない」

アンジェラは、ひとを殺せるとは思っていなかった――狼狽し、必死でそういっただけだった――だが、銃はおろさなかった。

だれかがヴェリスキーのうしろに現われた。アンジェラは、拳銃と携帯電話のライトを、そのあらたな動きに向けた。

例の黒ずくめの女だった。顔に血がつき、ひどい打ち身を負っていて、コートがところどころ破れていた。

武器は持っていないようだった。

「銃をおろして」黒ずくめの女がいった。前とおなじようにアメリカ英語のようだったが、言葉がつかえ気味で、弱々しかった。

アンジェラの手がふるえたが、拳銃と携帯電話を前で持っていた。

「手を……両手を頭に置きなさい」

女は進みつづけ、声にすこし威厳が戻っていた。「わたしたちのうちどちらかが、いま相手を殺す覚悟がある。自分がそうだと思っているのなら、引き金を引きなさい。そうではないと思うのなら、銃をおろしなさい。わたしたちはこのまま行くし、あなたは死なずにすむ」

アンジェラは、最初のうちは拳銃をしっかり握っていたが、やがて目の前で拳銃が揺れはじめ、携帯電話のライトも揺れはじめた。

「わたしを撃つつもりはないのね」黒ずくめの女が自信をこめていったが、目が血走り、うるみ、涙が光っていた。

「電話が必要なのよ」アンジェラはいった。

ヴェリスキーがいった。「彼女はＣＩＡだ。電話を渡そう。わたしたちはこれ以上どこへも行けない。電話を渡すほかに、これが成功する見込みは――」

女がヴェリスキーの横に進み、狭い通路でぴたりとくっついて、顔に向けられた白い光の上から覗き見た。女がいった。「彼女がＣＩＡだとしたら、この情報を手に入れるために捕らえるか殺すための任務に派遣されたのよ。つまり、アメリカのだれかが、これを隠蔽しようとしている」

アンジェラは、決然とした口調を装った。「あなたが持っているのね？」女に向かっていった。「渡して」

「電話になにが保存されているか、知っているの？」

「ええ。西側からロシアへの金融取引と、ロシアから西側への金融取引よ」

黒ずくめの女が首をふったが、彼女が口をひらく前に、ヴェリスキーがいった。

「なにをいっているんだ？　わたしはイーゴリ・クループキンから情報をもらったんだ。クループキンは、西側からロシアに移される金とは、なんの関係もない。彼はバンカーではない。それについてはなにひとつ知らない。

これは、世界中の情報提供者、諜報員、協力者に支払うために、ダニール・スパーノフがブルッカー・ゾーネを使って動かしている金の情報だ。わたしが握っている情報はそれだけだ」

アンジェラはじっと立っていた。困惑が顔に表われているにちがいないと思ったが、女がいった。「アレックスが握っている情報は、西側でロシアのために働いている人間のみにとって危険なのよ。あなたの上司が、それを手に入れるためにヨーロッパ中でひとを殺そうとしているとしたら……あなたは上司について、重大な疑問を抱くべきね」

アンジェラの手で拳銃が揺れた。どうなっているのか、まったくわからなかった。6（シックス）は死に、自分が何日もつづけている任務は嘘にまみれていると、ターゲットにいわれた。それに、この列車のどこかに、まだロシア人の殺し屋がいるとわかっている。

「ねえ」アンジェラはいった。「いいから渡して――」

列車の外から甲高（かんだか）い機械音が響き、たちまちアンジェラは前のめりになった。拳銃と携帯電話が落ちて、アンジェラは倒れるときに座席の横にぶつかった。これまで一分間、列車の速度を落としていた運転士が、不意にめいっぱいブレーキをかけ、そのせいでアンジェラが顔から倒れ込んだ。減速する列車のぎくしゃくした揺れはなおもつづき、アンジェラは座席の脚をつかんでしがみつくのがやっとだった。前方に目を向けると、ヴェリスキーと未詳の女が前寄りの車両へ走っていくのが、携帯電話のぼやけた光のなかで見えた。それに、女の手にはアンジェラの拳銃があった。

十五分後、ゾーヤ・ザハロワとアレックス・ヴェリスキーは、ブリークの街に向けて、重い足どりで道路を歩いていた。数分のあいだ、警察車両、消防車、救急車とすれちがったが、ふたりは脇目もふらず、着実に歩きつづけた。

ヴェリスキーは、列車での死と破壊で興奮し、しゃべりつづけていたが、ベスはほとんどなにもいわなかった。

ベスが前方を見据え、顔が痣だらけで、疲れ、いらだっているようだったので、ヴェリスキーはきいた。「どうして口をきかないんだ?」

この十五分間にヴェリスキーは何度もそうきいたが、返事があったのはこれがはじめてだった。

ベスが足をゆるめ、立ちどまって、ヴェリスキーのほうを向いた。ベスの目が濡れて赤くなっていることに、ヴェリスキーは気づいた。「なにがいけないのか、知りたくないでしょう？」

「いや、知りたい」

ベスは、どう答えようかとつかのま考えているように見えたが、やがていった。「あのひと、あなたが列車から突き落としたひとは、ロシア人の仲間ではなかった」

ヴェリスキーはわけがわからず、首をふった。「わたしは見た……あの男はきみに襲いかかった。あとのやつらとおなじように。あとのやつらを、きみのそばから追い払うことはできなかった……押さえ込まれていたから。でも、立ちあがれるようになったら、できるだけのことをやろうとして、それで……」

「それで、なに？」

「きみの……命を救ったと思う」

ベスが首をふった。「あのひとに、わたしを傷つけるつもりはなかった」

「あいつは、きみの顔を殴ったじゃないか、ベス！」

ベスが話をやめて歩き出したので、ヴェリスキーはあとを追い、やがて追いついた。

ヴェリスキーがまた口をひらいて、なにが問題なのかきく前に、ベスがいった。「わたしの知っているひとなの」数歩歩いてから、いい直した。「知っているひとだった」

「きみをドアから投げ落としていたかもしれない」

ベスが泣き出し、いっそう速い足どりで、前方の街に向けてどんどん歩いていった。

ヴェリスキーは、両手で髪をかきむしった。最初は完全に面くらっていたが、やがて気づいた。「大事なひとだったんだね？　恋人？」

「大事なひとだった」ベスがいった。

「すまなかった……知るはずがなかった。きみたちは争っていたから、それで、てっきり――」

ベスが、目から涙をぬぐった。「彼……生き延びたかもしれない。雪がかなり積もっていた。ちょうどいい角度で、吹き溜まりに落ちれば……そうしたら……雪の山があったかもしれない。もしかすると――」

ヴェリスキーは、あの男が生き延びたとは片時も思わなかったが、それについてはなにもいわなかった。ベスが歩くのをやめて、ヴェリスキーの表情に気づいた。

「あなたはあのひとのことを知らない！　どういうことを切り抜けて生きてきたか、知らないのよ！」

ヴェリスキーは、自分が肩から体当たりして列車から突き落とした男のことをまったく知らなかったが、列車が減速していたとはいえ、時速一〇〇キロメートルは超えていたはずなので、生き延びた可能性はゼロだと思った。

ややあって、ヴェリスキーはいった。「彼はロシア人のために働いていた」

ベスが、腹立たしげにヴェリスキーの顔を指さした。「たとえ百万年たっても、彼がモスクワのために働くことはありえない」

「でも、あの男は──」

ベスが向き直った。「ニューヨークへ行きましょう。この話はやめて」

「すまなかった。でも──」

「蒸し返すのはやめて、アレックス」

ヴェリスキーは、口を閉じて、顔の切り傷や痣に触れながら歩きつづけた。凍えそうだと思ったが、興奮していて自分の手当てまで気がまわらなかった。

人間をひとり殺したのに、それが殺すべきではない相手だったといわれた。「これから……どうする？」

「車を盗み、フランスまで行く。そこまで行ったら車をとめて、マーケットへ行き、ウォトカを一本買う。あなたが運転し、その話はしない。わかった？」

「わたしたちは……やはりマルセイユへ行くんだね？　そこからニューヨークへ？」

「そうよ。やはり行くのよ」

ヴェリスキーはうなずいた。

ベスが向きを変えて歩きはじめ、ヴェリスキーはついていった。

45

アンジェラ・レイシーは、夜更けの寒さのなかに立ち、コートのジッパーを喉もとまで閉め、胸の前でぎゅっと腕組みをしていた。ブリーク駅のわずか四五〇メートル先で停止したユーロシティ42は、救急車やそのほかの緊急出動機関の車に囲まれ、ヘリコプター二機が上空を旋回していた。アンジェラは、その八〇〇メートルほど手前の線路に立ち、凍えそうになっていた。

アンジェラは、列車から避難する乗客に手を貸すためにとまった地元警察の車に乗って、ここに来た。乗客の多くは、怪我を負って血まみれになっていた。警察車両に乗ったときに、アンジェラは、高速で走っていた列車からふり落された人間がいて、線路沿いで怪我をして倒れているかもしれないと伝えた。そこで警察車両は車両基地を通り、シンプロン・トンネルの入口まで数百メートルのところで停止した。

警官ふたりがフラッシュライトを持って、雪のなかで線路沿いを歩き、犠牲者を探すあいだ、車内で待つようアンジェラは命じられた。最初は、そうしていた。ゆっくり呼吸して興奮を冷まし、この一時間の恐ろしい出来事を頭から追い払おうとしたが、あまりうまくいかなかった。

独りきりになったらブルーアに電話しようかと思ったが、あと数分、待つことにした。ブルーアと話をする気分ではなかった。

やがて、遠くでフラッシュライトが激しくふられるのが見え、五分後にもう一台の警察車両と救急車が到着した。

アンジェラは警察車両からおりて、雪のなかを歩こうとした。平地では雪がそんなに深くなかったが、線路脇の雨裂（ガリー）にはもっと深い吹き溜まりができていたので、線路を歩くことにした。

前方の警官たちに近づいたときに目にはいる光景を、アンジェラは恐れていたが、寒さを気にしないようにして歩きつづけ、自分が恐れていることが現実にならないことを願った。

近づいたところでアンジェラは足をとめ、独りでたたずんだ。警官たちは、線路のすぐそばの重要ななにかのそばに立っているようだったが、それがなにか、アンジェラには見分けられなかった。

ライトが現場を照らし、人間の体を囲んで警官たちが立っているのが見えたので、アンジェラは息を呑んだ。その体は動いていなかった。

警官たちのほかにも、べつの緊急出動機関の車両が北のローヌ川の橋を渡って到着していた。列車の上空を旋回していたヘリコプターのうちの一機が呼ばれ、現場全体をより強力なライトで広範囲に照らした。

アンジェラは、なおも見つづけた。

遺体が輝く雪のなかで斜面を線路までひきずりあげられるのを見守った。その人物が死んでいることは明らかだった。なんの手当てもなされず、ぎこちなく動かしているせいで頭が垂れたりぶつかったりしてもおかまいなしだった。

アンジェラから一五メートルも離れていないところで、遺体が線路に横たえられ、旋回するヘリコプターのスポットライトの白色光に明るく照らされ、その場面がくっきり見えた。アンジェラは一瞬、身をかがめて覗(のぞ)き込み、死人の顔をじっと見てから、かじかんだ手をあげて、あふれてきた暖かい涙をぬぐった。

スポットライトがその現場を照らしつづけ、橋から到着したばかりの救急医療隊員(パラメディック)の一団が、遺体袋で不器用に遺体をくるんでから、ジッパーをしっかり閉めた。

アンジェラはそちらに背を向けて、コートに手を入れ、携帯電話を出した。

ダイヤルし、耳もとに携帯電話を当てて、遠くに見えるユーロシティに向けて歩きはじめた。

砂利と雪の上を何秒かのろのろ歩くうちに、やがて電話の相手が出た。「ブルーア」

「レイシーです」アンジェラはすこしうわずった声で答えた。「識別、33G・IV71(スリー・スリー・ゴルフ・インディア・ヴィクター・セヴン・ワン)」

スーザン・ブルーアが切迫した早口でいった。「認証した。どうなっているの?」

「ヴァイオレイターが……彼……逝(い)ってしまった」

大きな溜息につづいて、ブルーアがいった。「なんですって! どこへ行ったの?」

「ちがいます……彼は死にました、マーム。ジュネーヴ行きの列車で。なんの罪もない乗客も、十数人死んだかもしれない。敵も何人か死にました。まるで悪夢みたいです」アンジェラはつけくわえた。「ターゲットは逃げました」

ブルーアは、アンジェラが最初にいったことしか、聞いていないようだった。「ヴァイオレイターが? ヴァイオレイターが戦死(KIA)した? たしかなの? どうしてそういい切れるの?」

「鹿の死骸(しがい)をひきずるみたいに、斜面をひきずりあげられて、遺体袋に入れられ、ジッパーが閉まるのを見たばかりです」ストレスのせいで、アンジェラは冷たくいい放った。

「それでじゅうぶんでしょう、マーム？」

ブルーアは唖然としていた。「マタドール？　マタドールがそれをやったの？」

「いいえ」バス四台が並んで橋から道路を近づいてくるのを、アンジェラは見た。そばを通ったバスが遠い列車に向けて走っていった。荷物を持った乗客が、すでに列をなして乗り込むのを待っているのだろうと、アンジェラは思った。すべてスイスの関係機関が、夜更けにもかかわらず急遽、手ぎわよく手配したのだ。「ヴェリスキー本人がやりました」アンジェラはいった。「列車から突き落としたんです。時速一〇〇キロか、一二〇キロくらいで走っていたときに」

「なんてこと」ややあって、ブルーアがいった。「考えさせて」これに関して、予備の計画がまったくないのだと、アンジェラは推理した。「ややこしいことになった。あらたな資産を投入しないといけない。任務が完了する前にヴァイオレイターが死ぬようなことは計画になかった」

アンジェラは首をかしげて、歩くのをやめた。ゆっくりと息を吸ってからいった。「あとで彼を殺すつもりだったんですね？」

ブルーアが、馬鹿にするようにいった。「そういう意味じゃない」

まちがいなくそういう意味だと、アンジェラは思った。顎を突き出し、線路をまた大股に歩きはじめた。「ほかにもあります。それが起きたあとで、わたしはヴェリスキーと話をしました」

「待って……彼と話をした？」

「そうです」

すこし間があり、ブルーアの声が驚愕からいらだちに変わった。「それなら、どうして彼を捕らえていないの？」

「複雑なんです」

「馬鹿にしないで、レイシー。説明しなさい」

アンジェラは溜息をついた。「罪のないひとたちが十数人死んだと、さきほどいいましたよね」

「そうね」

「大混乱だったんです。つかのま、わたしは銃を突きつけてヴェリスキーを捕らえかけましたが、そこへ護衛の女が現われたんです。そのとき運転士が急ブレーキをかけて、みんな吹っ飛び、わたしが立ちあがったときには、ふたりともいなくなっていました」

ブルーアが、すぐさま話題を変えた。「ターゲットは、あなたになにをいったの？」

あと戻りできない瞬間になるとわかっていたので、アンジェラは唇を嚙んだ。揺るぎない意識を保とうとしながらいった。「率直にいいます、マーム。わたしとの短い会話で、あなたがこの三日のあいだにヴァイオレイターとわたしにいったことは、すべて嘘だったと、ヴェリスキーはいいました」

「なにが嘘だというのよ？」

「自分が受け取ったデータは、クレムリンから特定のスイスの銀行への送金に関するものだと、ヴェリスキーはいいました。西側からロシアへの送金に関するデータではない、と。クループキンは資金の管理人で、何十億も海外に投資し、海外の口座に移していただけだから、ロシア国内の諜報員へのＣＩＡ（エージェンシー）の送金について、なにひとつ知るはずがないと、ヴェリスキーはいいました」

ブルーアは納得していなかった。「どうしてわたしたちの情報がそんなに的はずれだったの？」

危険な領域に踏み込んでいることを、アンジェラは承知していたが、それでもかまわなかった。ひと呼吸置いて、アンジェラはいった。「ヴェリスキーと、いっしょにいた女がいうには、ヴェリスキーが握っているデータが編纂（へんさん）されて暴かれた場合に損害を受けるのは、世界中のあちこちにいる、ロシアに買収されている人間だということです」アンジェラはつけくわえた。「ヴェリスキーは本気で、ＣＩＡ（エージェンシー）は自分を付け狙うのではなく、支援すべきだと思っているようでした」

「正気の沙汰とは思えない」ブルーアがいった。

「ヴェリスキーを信用できると、わたしは思いました」

「破れかぶれになっている人間には説得力がある。たとえ嘘をついているときでも」アンジェラが黙っていたので、ブルーアはいった。「では……わたしはもっと信頼できる情報源から情報を集める。その情報を、そっくりそのままあなたに伝える」

「情報源とは、だれですか？」

「きくべきではないと、わかっているはずよ」

「わたしは列車での銃撃戦に巻き込まれるべきではなかったと思いました。いま、自分が知っている事柄に、確信が持てません」

アンジェラは線路を歩きつづけた。この分では列車が停止しているところまであと十分はかかるはずだったし、興奮が醒めるにつれて、寒さがこたえはじめていた。それでも、燃えたぎる怒りが血を熱くするのが感じられた。

アンジェラが西に向かって歩いていると、ブルーアがいった。「帰国して。この作戦は完全な失敗だった。立て直して、最長でも二日後に、あなたと話をする」

アンジェラは答えた。「自分のやっていることに確信が持てれば、この任務でもっと適切に行動できたはずです。いまでは、あらゆるレベルに不正がある作戦に関わったのだと、強い疑惑を感じています」

ブルーアが、携帯電話に向けて息を吐いた。「それ以上なにかをいう前に、慎重に考えたほうがいい。情報がまちがっていたとすると、わたしのところに届く前からまちがっていたのよ。わたしはいわれたことを、そのままあなたに伝えている」

アンジェラはいった。「わたしたちみんなが追っていた男は、ロシアのために違法に働いている西側の人間の犯行を示すデータを握っていた。つまり、スパイが暴かれて、アメリカの国家安全保障が脅かされるということではなかった。失礼ですが、いまとなってはあなたのいうことは、なにも信じられません」

「あなた……ひどい思いちがいよ」ブルーアが、ゆっくりいった。「わたしは……自分の握っている情報が事実だと確信している」

「前にもそういいましたね、マーム。でも、最初にそういったときには、もっと自信ありげでしたよ」

アンジェラは、上司との電話を一方的に切った。列車の方角に向かっていた警察車両が、アンジェラの右側でとまり、ライトで照らした。アンジェラはすぐに乗り込み、遠くで列車の横にとまりかけていた四台のバスまで送ってもらった。これまでに起きたことを思って身ぶるいし、これはすべて終わったのか、それともはじまったばかりなのだろうかと思って、あらためて身ぶるいした。

46

ジュネーヴ郊外のヴィル・ラ・グランにあるその小さな医療施設は、手術室も集中治療室（ICU）もない粗末な診療所で、きちんとした入院用の病床すらなかった。

だが、そこには地元の病院で救急措置に携わっている診療看護師（医師に代わって一定のレベルの診療や治療を行なうことができる看護師）がひとりいた。彼女は医療供給者の闇ネットワークにも雇われていて、どんな人間に対しても現金で医療を行なっていた。

保険も、記録も関係なく、質問もされない。

五十代の女性診療看護師は、三十分前に鳴りつづける電話に起こされ、午前一時三十分に診療所前の狭い駐車場で、車にめいっぱい乗ったロシア人たちを出迎えた。車の後部から男ひとりが運び出されると、看護師は急いで診療所のドアを開錠し、すばやく警報を切った。

十分後、ルカ・ルデンコは、車輪付き担架に横たわり、左足のブーツを鋸（のこぎり）で切って脱がされ、血まみれの靴下を鋏で切り取られるのを見ていた。診療看護師は、患者の脚を入念に診て、瓶入りの抗生剤で血を洗い流し、適切な処置を考えた。

ルデンコは、診療所に到着するとすぐに鎮痛剤のオキシコンチンを投与されたが、痛みは消えなかった。痛みはある程度弱まったが、ルデンコはべつの物事をむっつりと考えていた。

ルデンコの部下のGRU工作員は、四人残っていた。ジュネーヴ行きの列車で開始された戦いに間に合わなかった四人が、いまルデンコのそばにいたが、ドレクスラはいなかった。診療所に来る途中の車中での短い電話でドレクスラは、技術者たちがまだミラノにいて、装備を分解し、空港に向かっていると伝えた。自分は自家用機に乗るとドレクスラはいったが、行先は告げなかった。

ルデンコはまた足を見おろしたが、ブーツを脱がされた足に小指がないことに、はじめて気づいた。現実を見据える達人のルデンコは、小指のかけらは、列車のアルミの隔壁にあいたギザギザの弾痕にはまり込んでいるのだろうと思った。ルデンコに命中した弾丸は、足の右側で皮膚の下を抜けていた。その傷による激痛のためにルデンコは歯を食いしばった。部下がそばにいなかったら何度も悲鳴をあげていたはずだった。

診療看護師は、どこから手をつければいいのか、考えあぐねているようだった。やがて、ルデンコの顔を見て、英語でいった。「入院することは考えていないんでしょう？」

ルデンコが答える前に、GRU大尉で先任の副指揮官のヴィターリーがいった。「病院に行こうと思ったら、あんたの汚らしい診療所には来ない」

診療看護師は答えず、診察を再開しただけだった。

ルデンコの携帯電話が鳴り、キリルという上級軍曹がトレイからそれを取って、ルデンコに渡した。

だれからかわかっていたので、ルデンコは英語で応答した。「ああ」

「ドレクスラだ」

「おれの具合をきくために電話してきたんじゃないだろう」

「じつはそのために電話している。旅行できる状態かどうか、知る必要がある」

ルデンコは、ずたずたになった足を見おろした。診療看護師は鋼鉄の刃先が曲がっている15番メスを使って、傷のそばの傷んでいない皮膚を切り裂いていた。傷口を大きくひらいて、被弾によってできた組織の破片を取り除いてから、傷口を縫合するつもりなのだ。

ルデンコは、唇の内側を噛んだが、返事をした。「もちろんできる」

「それなら、ニューヨークへ行ってくれ」

「いつ？」

「いまからだ。アメリカへ行くのに必要な書類は、あんたの仲間が用意できるはずだ」

ルデンコは、すぐに答えた。「ジュネーヴ駅へ行き、新しいフィンランドのパスポートを届けさせる。一時間以内にやる。フィンランド人は、三十日未満の滞在なら、アメリカへ行くのにビザはいらない」

「よし。民間航空で行け。できるだけ早く。JFK着の便で」

ルデンコは顔をしかめ、足の痛みを気にしていないふりをした。「ニューヨークになにがある?」

ドレクスラが、馬鹿にするようにいった。「ニューヨークはアレックス・ヴェリスキーの最終目的地だ。そこまでヴェリスキーが行くのに、何日かかるかわからないが、あんたに先に行ってもらいたい」

「大都市だぞ。どうやってやつを見つける?」

「あんたではなく、わたしが見つける」ドレクスラはつけくわえた。「独力ではない。おなじ考えかたの人間を仲間に引き入れ、ヴェリスキーがニューヨークへ着いたとたんに居場所を突き止める」

診療看護師が足にさらに二本、注射を打ってから、ルデンコの顔を見た。「局所麻酔が十分後に効くので、そうしたら、縫合をはじめます」

「十分待てない。いまやれ」

「でも……ムッシュー、痛みが――」

「やれ」

診療看護師が、大きな溜息をついた。顔を歪めて、どれほど痛いかを伝えようとしたようだったが、縫合キットを出し、湾曲した針と鉗子を消毒した。

ルデンコは、電話に注意を戻した。「朝には出発する。あっちであんたに会えるのか？」

「すぐには会えない。わたしもアメリカに向かっているが、ニューヨークへ行く前に、寄るところがある」

針がルデンコの足の上から差し込まれた。両手をうしろで押さえられていたのに発砲できた男を、ルデンコは呪った。顔が歪みそうになるのをこらえながらいった。「アメリカ人ひとりが、列車にいた。CIA工作員だと思ったが、ちがうとそいつはいった。黒っぽい髪、三十代。そいつは……先日、セントルシアにいたやつだと思う」つけくわえた。

「おれがこれまで出遭ったどんなやつともちがう」

電話に長いあいだ沈黙が流れた。やがて、ドレクスラがいった。「わたしもまったくおなじようなやつと出会った。そいつはCIAではない」

「だれのために働いているんだ？」

「民間セクターだ」ドレクスラが、馬鹿にするようにいった。「あんたが狙っていたザハロワに雇われているのかもしれない。わからない」

「名前を知っているのか？」

「そいつがどう呼ばれているかは知っている。わたしも毎日、それを呪っている。わたしの脚が不自由になったのは、そいつのおかげだ」

縫合は苦痛そのもので、ルデンコの顔は真っ赤になったが、想像を絶する激痛にも反応を見せなかった。「そいつがおなじ男だとしたら、おれの足もそいつのおかげで不自由になった。そいつはなんて呼ばれてるんだ？」

「おめでとう、ルデンコ」ドレクスラはいった。「あんたはわたしとおなじように、グレイマンと顔を合わせ、生き延びてその話ができる。あんたとわたしは、信じられないくらい少人数の同業組合の一員だ」

ルカ・ルデンコが、驚いて目を丸くした。「グレイマンか」

傷口の肉に針が深く差し込まれ、ルデンコの足の開口部の下をくぐって、反対側から出た。だが、ルデンコはもう気に留めていなかった。「おれはセントルシアでやつに打ち勝った。イタリアでやつはおれに打ち勝った」

ドレクスラがいった。「やつがヴェリスキーのために働いているとすると、あんたはニューヨークに応援を連れていったほうがいい。確実にやつに打ち勝つために」

「部下が四人いる。全員で行く」

「ニューヨークでもっと資産(アセット)が増える。スパーノフに電話して、あんたが到着する前にチームを用意してもらおう」

また針が差し込まれ、ルデンコは歯を食いしばったが、声は出さなかった。ドレクスラとの電話を切り、診察台の端にいる診療看護師のほうを見た。

「ここから歩いて出ていきたい」

「松葉杖があるから――」

「松葉杖は使わない」

看護師が、馬鹿ではないかというような目つきで見たが、足に針を差し込む手順がつづいていたので、ルデンコはそれほど攻撃的にはなれなかった。「なにもマラソンをやるわけじゃない。歩きまわれればいいだけだ」

看護師がうなずいて、縫合をつづけた。「包帯を三重にして傷に巻き、整形外科用ブーツを用意する。歩くと痛むけど、歩くときに足が動かないので、痛みをなんとか我慢できる」ルデンコの顔を見た。「鎮痛剤を飲んでいるあいだは」

「それでいい」ルデンコはいい、ロシア語に切り換えて、部下にドレクスラの指示を伝えた。

47

スーザン・ブルーアはオフィスで徹夜して、いかにもそういうふうに見えたが、急を要する電話がかかってきて、月曜の午前八時に長官のもとへ行くよう命じられると、急いで鏡の前に行って、服の皺をのばし、髪を軽く叩いて整えた。ほどなくスーザンは七階の廊下を大股で歩き、一分後にはカービー長官のオフィスに招き入れられて、デスクの前の椅子に座るよう促された。

カービーは、はじめはスーザンを無視していた。デスクの奥の小さな本棚に足を載せて、ヴァージニア州北部の景色を窓から眺めていた。

スーザンは辛抱強く待った。これは力で相手をねじ伏せるための行為だ。またしてもなにもかもうまくいかなかったことを、カービーは知っている。それを知っていることを示そうとしている。しばらく冷や汗をかかせておくつもりなのだ。自分も下位の人間に対してそうするはずだと、スーザンは思った。緊張した場面に、いっそう圧力をくわえるために。

ようやく、窓から目を離さないで、カービーがいった。「わたしは前任者から、きみについて信じられないような事柄を聞かされていた、スーザン。それなのに、わたしのもとで本領を発揮できていない」

スーザンは、冷静に自分を弁護した。「この活動では、作戦上の制約に邪魔されています」

すると、カービーが本棚から足をおろして、さっとふりむいた。「どんな制約だ？　きみは王国にはいる鍵を要求し、それを手に入れた」

「長官は、情報産物（インテリジェンス・プロダクト）へのアクセスを許可してくれました。地上班のチームを用意せず、海外の支局への連絡は許可せず、技術者や監視の専門家はつけてくれず、軍用機の使用も許可しませんでした」

カービーが首をかしげた。「なんだと……ヨーロッパ中で空軍が機銃掃射して、ヴェリスキーを殺すことを望んでいたのか？」

スーザンは眉をひそめた。「装備を作戦地域に運ぶ輸送機のことです。装備やそれを使用する人員がいませんでした。それを輸送する航空機の使用を許可されなかったのだろうと、わたしは思いました」

カービーがうなずいて、そのことを認めた。「この作戦には一定のレベルの自由裁量がある。ただ、ターゲットを拘束するのに失敗したきみの資産（アセット）が、乗客がおおぜい乗っている列車で銃撃を開始するようなことは、そこに含まれていない」

「わたしの知るかぎりでは、わたしの資産は一般市民を傷つけてはいません。前に申しあげたように、GRU工作員と未詳の対象が国境警備隊やヴェリスキーの仲間と交戦しました。わたしの資産は、そのあとでGRUと交戦したんです」

カービーは、宙で片手をふった。「わかった。わたしはこのデスクにいて、あと知恵でこれを批判している。きみの資産、超人的だというグレイマンは、圧倒的な敵と戦ったのでないかぎり死ななかっただろうし、わたしは脅威を軽視すべきではなかった。そういいたいんだな」

スーザンがうなずいてからいった。「現場の局員から聞きました。ヴェリスキーは、相棒によって解放される前に、彼女とすこし話をしたそうです」

カービーが、かなり熱のこもった態度で、身を乗り出した。「ヴェリスキーはなにをいった？」

「わたしたちが得ている情報は質が悪いといったそうです。クループキンがロシアから持ち出した情報は、資金の流れの片方しか含まれていないと。クレムリンからチューリヒのブルッカー・ゾーネへの送金のみだったというのです。CIAはもとより、西側のだれかからロシアへの送金の情報はなにもない、と」

カービーが椅子にもたれ、スーザンにはその表情が読めなかった。長い間を置き、口をひらきそうになったが、またそれよりも長い間を置いた。

スーザンは、カービーが話しはじめるのを待った。カービーがようやくいった。「きみのいうとおりだ。いま、この作戦がもっとも重要な段階に差しかかっているにもかかわらず、きみには必要な資産がない。きょうニューヨークでサミットが開始される。二日間行なわれたあとで、合意に達すると聞いている」肩をすくめた。「貿易再開が承認されるために、西側諸国すべてがそれを必要としている。

この合意が挫折するような事態は、なんとしても、ぜったいに起きてはならない。これはわたしの意見ではない。アメリカ合衆国大統領の命令による」

カービーが提供した情報産物のことを問題にしたのに、それに触れないのは奇妙だと、スーザンは思った。

そのとき、カービーがいった。「会ってもらいたい人間がいる。数時間後にDCに到着する」

スーザンは首をかしげた。「どういうひとですか?」

「午後二時にランチ。デュポン・サークルの〈ビストロ・デュ・コワン〉。わたしが予約しておいた」

「長官もおいでになるのですか？」

カービーが首をふった。「その男と話をしてくれ。独りで」

スーザンはうなずいた。「予約はだれの名前ですか？」

「スーザン・ブルーア」

「それしか教えてくださらないんですか？」

カービーがうなずいた。「彼は手助けのためにこっちへ来る。利用しろ」

「利用……だれを？　このすべての情報源ですか？」

「情報源のひとつだ」

「わかりました」CIA長官がやることにしては、古くさいスパイ（クローク・アンド・ダガー）じみているように思えた。相手の身許（みもと）を明かさず、部下のためにわざわざ予約するとは。だが、この三日間の出来事は、なにもかも異例だとスーザンは思った。

スーザンは立ちあがり、オフィスを出ようとしたが、カービーが片手をあげたので、従順にまた腰をおろした。

「その資産、ヴァイオレイター……たしかグレイマンだったな」カービーがいった。

「彼がどうかしましたか？」

「壁の秘密作戦表彰にくわえるのか？」ヴァージニア州マクリーンにあるCIA本部の追悼の壁は、アラバマ産の白い大理石でできていて、現場で資産が死んだときには星が刻まれる。関与を否定される作戦で死んだ局員は、その星を除けば、二旒の旗に囲まれた壁から直角に突き出しているガラスの下にある〝名誉の戦死記録〟に名前と没年が書かれているだけで、詳細は記されていない。

「グレイマンを追悼しろとおっしゃるんですか？」嘲るような口調で、スーザンはいった。

「やめておきましょう。ヴェリスキーを始末したら、ヴェリスキーを追うのに使っていたすべての資産を使って、グレイマンを追うつもりだったんですよ」かすかな笑みを浮かべた。「わたしの目的は予定とはちがったふうに達成されるでしょうが、まちがいなく達成されると思います」

スーザンはさらにいった。「でも、ヴェリスキーが口にした情報は、腑に落ちないんです」

カービーが、窓の外に視線を戻した。「ランチのあとで、腑に落ちるはずだ。きょうの午後は予定をあけておく。きみがまた来るだろうという、悪い予感がする」

カービーが急に元気のない声になり、スーザンはどう解釈すればいいのかわからなかったが、オフィスを出て、午後にポトマック川を渡ってＤＣへ行き、未知の人物と会う心構えをした。

48

銃撃で破壊された列車から脱出して、ブリーク付近の雪の積もる森にはいったゾーヤとヴェリスキーは、翌日の午前中に、フランスのル・ロヴでスイス・ナンバーの黄色い4ドアからおり立った。

ヴェリスキーはずっと運転していて、立ちあがると何度もひどい目に遭ったせいであちこちがうずき、痛んだ。何時間も座っていたせいで、それがよけいひどくなっていた。ふたりとも疲れ果てていたし、昨夜はさんざん殴られたり蹴られたりしていた。ゾーヤのほうがヴェリスキーよりもその影響を強く感じ、傷痕も多く残っていた。目のまわりの痣を隠していなかったし、鼻の右にはひどい掻き傷があり、下唇が切れて腫れあがり、かさぶたができていた。絞め殺されかけたときに首の皮膚が擦りむけ、紫色の指の形に変色していた。ゾーヤは、足をひきずって歩いていた。背中も痛めているのではないかとヴェリスキーは思ったが、状態をきいても軽く斥けられた。きょうはなにをいっても、文字どおり手をふって斥けられた。

傷を負っているだけではなく、ほかのことによっても彼女のいまの能力が落ちていることに、ヴェリスキーは目を留めた。

彼女は酔っ払っていると、ヴェリスキーは思っていた。

早朝に、ふたりはマーケットに行った。ゾーヤはそこで安物のウォトカの七五〇ミリリットル瓶を買い、ヴェリスキーがコーヒーを飲みながら小さなキア・ピカントを運転してフランス・アルプスを抜けるあいだ、ストレートでがぶ飲みしていた。

ヴェリスキーは、飲むのをやめろとか、量を減らせとかいうことをいえなかった。親しい人間を殺したと非難してからずっと、彼女はひどく冷たかったので、この戦う能力がとてつもなく高く、恐ろしい女に危害をくわえられるのではないかと思い、ヴェリスキーはよけいなことをいうのを控えていた。

なにもかも常軌を逸していると、ヴェリスキーは思った。

ヴェリスキー自身も、列車の通路でイタリア人ふたりに何度も殴られた背中と首がずきずき痛んだ。それに、乗客や座席の背もたれ、荷物を乗り越え、銃撃から必死で逃げようとしたために、膝(ひざ)、脇腹、胸に打撲傷(だぼくしょう)を負っていた。

ル・ロヴで、ふたりはほとんど隙間(すきま)なく建ち並んでいる中流階級の住宅の長い列のあいだの道路を歩き、やがてベスが一軒の家のポーチにあがって、ドアをノックした。まだ正午前だった。気温は氷点をすこし上まわっているだけだったが、太陽が輝いていた。ヴェリスキーは陽射しと寒さのなかで、依然としてひとこともいわずに、ベスのそばへ行った。

四十代の女性がドアをあけるまで、もう一度ノックしなければならなかった。眠っていたようだった。昼過ぎなのに奇妙だとヴェリスキーは思ったが、女が口をひらく前に、ベスがドアを押しあけ、荒っぽくはないが強引に女を押しのけてなかにはいったので、それを考えているひまはなかった。

女は一瞬とまどってから、反応した。ベスのことを知っているのは明らかだった。ヴェリスキーは、女の顔を見て、それがわかった。それに、ベスに恐怖をおぼえているのもわかった。玄関ホールで凍りついたまま、女はベスを見つめていた。

「ボンジュール、トーニャ」ベスが、ヴェリスキーには完璧な発音に聞こえるフランス語でいった。

「ボンジュール」女がおずおずと答えた。ウクライナ系スイス人のヴェリスキーには、どこのなまりなのか、すぐにはわからなかった。

ベスが、ロシア語に切り換えた。午前中ずっと膝に抱いていたウォトカのせいで、すこし呂律（ろれつ）がまわらなくなっていた。「独りなの？」

「ええ」

「よかった。この日が来ると、わたしたちはあなたにいったわね」

女が、はじめてヴェリスキーのほうをちらりと見た。

そこで女がうなずいた。「ええ。準備はできている……でも……ほかにだれかがいるとは知らなかった」

「わたしと男ひとりだけ。用意できるわね、トーニャ」要求する口調で、すこし呂律がまわらなくても、声にこめられた威厳は弱まっていなかった。

女は迷い、怯(おび)えているようだったが、うなずいた。「どこへ？」

「アメリカ」

女がすぐさまうなずいた。「ボストン行きの777がある……」腕時計を見おろした。

「約四時間後の出発よ」

ベスはうなずいた。「それに乗る」

トーニャがうなずいてから、またヴェリスキーのほうを見た。「あなたの……お客さんのために準備が必要だから、出勤しないといけない」

ベスの目が鋭くなり、自分が見つめられているわけではないのに、ヴェリスキーは背すじが寒くなった。「トーニャ……わたしのために、これをなんとかやってもらわないといけないのよ」

トーニャが、ベスをちらりと見てから、床に視線を落とした。「脅すつもりなのね」

「脅す必要がないとあなたがいえば、脅しはしない。でも、あなたが……」ベスがよろけそうになったことに、ヴェリスキーは気づいた。ベスが玄関ホールの細長いテーブルに片手をつき、小さく首をふって姿勢を回復した。「あなたが裏切ることを考えているようなら、知っておいてほしい――」

「わたしがSVR（ロシア対外情報庁）を裏切るわけがないでしょう？　死刑執行令状になる。知っているわよ」トーニャがつづけた。「あなたたちをアメリカに送り届ける。今夜、到着する。わたしに手出ししないで」

この女は、ベスがロシアの海外情報機関の人間だと思っているのだと、ヴェリスキーは気づいた。それに、ベスは女がそれを強く意識するように仕向けている。

ゾーヤ・ザハロワは、トーニャにうなずいてみせ、平衡感覚を取り戻したと思えたので、テーブルから手を離した。ヴェリスキーのほうを向き、一度うなずいた。

ゾーヤは、必要とあれば相手を操る方法を知っていたが、今回はさほどそれが必要ではないようだった。

これまでも、ゾーヤだけではなくSVRのほかのだれかが、国のために尽くすことをトーニャに強いてきたはずだった。従わなかったら仕返しすると脅しつけたことがあるかどうか、ゾーヤは憶えていなかった。トーニャには一度しか会っていなかった。だが、目的を果たすために民間人多数を彼女が脅迫してきたことをゾーヤは知っていた。

ゾーヤは、トーニャがこれからどういう目に遭うかを嘆き悲しむつもりはなかった。トーニャはSVRと取引を結んでいる。ゾーヤはもうSVRに属してはいないが、世界各地で資産（アセット）を丸め込むときには、その威光を利用していた。

トーニャがゆっくりうなずいた。「制服とバッジを手に入れる。正規の従業員とおなじように予備座席に乗って。なんの仕事をするのかと、機長や副操縦士が質問することは心配しないで。彼らは質問しないから。あなたたちは営業所の作業員。彼らは詮索（せんさく）しない」

ゾーヤはうなずいた。「わたしたちの写真がいるでしょう？」

トーニャがiPhoneを出し、なにもない白い壁の前でヴェリスキーの写真を撮り、ゾーヤの写真も撮った。「空港の住所をメールで送る。従業員用駐車場。そこにすべて用意しておくから、着替えればいい」

ゾーヤはいった。「きょうやることが、あなたのこれからの人生を左右する。わかったのなら、黙ってうなずいて。この問題について今後の行動や話し合いは必要ない」

トーニャがすんなりうなずいた。

ゾーヤは、ヴェリスキーのほうを見た。「わたしたちはここにいる。楽にして」トーニャのほうをふりむいていった。「わたしは、トーニャが取引の自分の役割を守るかどうか、窓から見ている」

「くどいわね」トーニャが、腹立たしげにいった。「わたしは、あなたが頼んだことをやる」

「よかった。それと……お化粧の道具を貸してほしいの」

トーニャが、ゾーヤの傷だらけの顔を見た。「ウィ。たしかにその必要があるわね。でも、用が足りるだけあるかどうかわからない」

午後四時、ゾーヤとヴェリスキーは、マルセイユ・プロヴァンス空港の外にあるDHLの従業員用駐車場でトーニャと会った。蛍光灯の明かりのもとで、トーニャが近づくのが見えて、独りきりだとわかると、ゾーヤはコートの下で握っていた拳銃から手を離し、車二台のあいだに行って、服を詰め込んだバッグをトーニャから受け取った。

ヴェリスキーは、白いバン二台のあいだでDHLの営業所の作業員の制服を着た。ヴェリスキーの写真がある偽名のバッジが、すでに胸ポケットからぶらさがっていた。

気温が三度くらいで、男ひとり女ひとりが前にいるのも意に介さず、ゾーヤもおなじように着替え、ふたりとも正規の社員らしく見えるようになった。トーニャは私服だったが、自分とゾーヤたちが空港内にはいれるように、通行証を首から紐(ひも)で吊るしていた。

ゾーヤは、顔の切り傷と痣(あざ)が隠れるように、巧みに化粧していたが、痛みを感じているような歩きかただった。それでも、ヴェリスキーはぐあいをきくのをやめた。

一時間後、ロシア人のフリーランス情報資産(インテリジェンス・アセット)のゾーヤと、ロシア人に追われているウクライナ系スイス人バンカーのヴェリスキーは、ボーイング777の予備座席に座り、イギリス人とモロッコ人という組み合わせの機長と副操縦士が、滑走路に向けて地上走行(タキシング)を開始した。

ふたりとも疲れ果てていたが、列車で起きたことに相棒が深く傷ついていることに、ヴェリスキーは気づいた。もちろん機内にアルコール飲料はないので、彼女はこれから十時間、酒を断つしかない。そのあと、彼女がアルコール依存症からなんとかして脱け出すことをヴェリスキーは願った。

願い事は数多くあった。疲労のために思考が鈍り、現実を寄せつけていないかもしれないと思った。だが、貨物機が離陸すると、遠い目をしている女のほうを見て、これから数日間、ふたりとも気を引き締める必要があると、自分を戒(いまし)めた。

49

四十六歳のペトロ・モズゴヴォイは、地下鉄をおりて、マンハッタンの五番街五九丁目の凍りつく灰色の街に出て、周囲のようすを見た。午後一時で、歩行者が多かったが、進むのに支障はなかった。通りは寒く、灰色の半解けの雪に縁どられていたが、いまのところ雪は降っていなかった。

モズゴヴォイは、雪は苦にならなかった。故郷のことを思い出す。

夏のニューヨークのほうがずっと不快だった。去年の六月に到着した直後に、それを思い知った。故郷の気候や環境のほうがずっとましだ。

ペトロ・モズゴヴォイは、ウクライナ東部のドネツクで、そこがソ連の一部だった七〇年代に移住したロシア人の両親のもとで生まれた。その後、ソ連崩壊後にロシアに移ったが、ウクライナに残ったもとの仲間のロシア人との密なつながりは維持していた。

父親は穀物を栽培していたが、モズゴヴォイは世界を見たかったので、十八のときに海軍にはいった。一所懸命働く若い水兵として、すぐに上官に目をかけられ、黒海艦隊のフリゲートで信号情報特技下士官に昇級した。

だが、モズゴヴォイは、もっと上を目指す運命に恵まれていると思った。

二十五歳になると、GRUでの仕事を得ようとした。採用試験には落ちたが、粘り強さを認められた。ウクライナ生まれだったので、外国人諜報員として、GRUに雇われ、すぐにウクライナ東部に配置された。最初は親ロ感情を煽（あお）り、ウクライナの国境防衛の情報を集めるのが任務だった。

二〇一四年にドンバスで戦争がはじまると、同国民をウクライナ政府の弾圧から解放したいという熱望が、ロシア政府のために働きたいという気持ちよりも強くなり、その地域の成年男子と若者から成るヴォストーク大隊に参加した。

八年のあいだ塹壕（ざんごう）や排水溝で戦い、ひどい食事と環境を味わい、二度負傷して完治したあと、ロシアの本格的なウクライナ侵攻が開始された。一カ月とたたないうちに、モズゴヴォイは、ウクライナの親ロシア分離主義者の情報部門であるドネツク人民共和国保安大隊（DPR・SSB）に呼ばれた。ウクライナ陸軍の砲撃の射程内にあるホルリウカ（ロシア名はゴルロフカ）のオフィスビルで、モズゴヴォイは、西側ファシズムとの闘争でもっと大きな役割を果たすつもりはないかときかれた。

　モズゴヴォイは、自分がなにに同意することになるか、はっきりとわからないまま同意し、すぐさまロシアに戻された。ドンバス地方のあちこちから集められた二百人を超える男たちとともに、そこで四カ月の集中訓練を受けた。モズゴヴォイとウクライナの分離主義者たちは、諜報技術（トレードクラフト）、通信、格闘戦、即席の爆弾製造、外国語の初歩、その他の技倆（ぎりょう）を身につけ、前線の奥の親ロシア派がキーウのさまざまな外交部局から盗んで密輸したウクライナのパスポートを渡された。

　モズゴヴォイは、海軍にいたころに学んで、英語をすこし話すことができた。また、戦闘部隊でかなり尊敬される下士官だったことからもわかるように、重圧のもとでもいい働きができた。戦争で荒廃した地域よりもずっと西にあるキーウかリヴィウのような場所に配置されるものと思っていたが、ドネツク人民共和国保安大隊（DPR・SSB）の秘密諜報員として、工作員の細胞を指揮するために、ニューヨークへ行くよう命じられた。

　そのときにロシア人たちは、今後、自分たちから連絡することはないし、命令はモスクワではなくDPR・SSBから受けることになると告げた。モズゴヴォイは、それを聞いてほっとした。

　モスクワは戦争でぶざまな失敗を犯していた。情報戦でもおなじくらいひどい失敗を重ねていた。それに、DPRは自分を使って、キーウへの武器供給を先導しているアメリカに甚大な損害をあたえるはずだと、モズゴヴォイは確信していた。

キーウのファシスト政権にアメリカが武器を供給する能力をそこね、英雄として帰国するのだ。

しかし、それをやるのにGRUは付帯条件をひとつ付けた。誰何・応答の合言葉が決めてあり、誰何がなされたときは、ロシア側がモズゴヴォイを必要としているので、なにもかも中止して指示を傾聴しなければならない。

それを聞いたときには、そうなることはありえないだろうと、モズゴヴォイは思った。ウクライナ分離主義者が海外でなにをもくろんでいるにせよ、ロシアは自分たちの手を汚したくないはずだ。

その翌日に、ペトロ・モズゴヴォイは、破壊工作や標的殺害のような計画を抱いて、空路でニューヨークへ行った。

それから七カ月後のいま、アメリカに対する行動はまだひとつも実行していなかったが、がっかりしてはいなかった。今後に備えて訓練を行ない、自分とチームの能力を鋭利に研ぎ澄まして、招集がかかるのを待っていた。

ダミーの仲買人を通じて買ったライフルと、オンラインで買った弾薬の隠し場所もある。数カ月ごとに正体不明の男たちが、違法な武器を届けてくれる。彼らはウクライナ語をしゃべるが、自分たちのことや計画についてはなにもいわなかった。

　だが、いつでも武器を用意できるにもかかわらず、きょうの午後にマンハッタンを歩くときには、銃を持っていなかった。ニューヨークで銃器を持ち歩くのは無謀だし、格闘戦の訓練を受けているので、所持が合法とされる刃渡り五センチのブーツナイフだけを身につけていた。

　モズゴヴォイは、〈スターバックス〉でコーヒーを買い、窓の外を眺めながら飲んだ。そのあとで東へぶらぶら歩き、あいたばかりのアンティーク・ショップにはいった。店内で外寄りに立ち、またときどき道路を眺めた。

　一・五キロメートル以上ぶらぶら歩くのに、一時間以上かけたが、故意にそうしていた。監視探知ルート（サーヴェイランス・ディテクション・ルート）をたどっていたのだ。DPRでやったすべての物事とおなじように、それを真剣に行なっていた。

　ようやくまた地下鉄に戻って、寒さをすこしはしのげるようになった。グランドセントラル駅で6番線に乗り、カナル・ストリート駅まで行った。そこでまた二十分歩き、ウォール街の南端のブロード・エクスチェンジ・ビルの角に達した。そこでブロード・ストリートの〈ブルー・ボトル・カフェ〉にはいった。

　午後のその時刻には、ノートパソコンを前にしている客が何人かいるだけだった。モズゴヴォイはエスプレッソを注文し、それを受け取って、通りが見えるテーブル席へ持っていった。

カフェインは必要なかった——アドレナリンの分泌が活発になっていた——だが、それでもエスプレッソをすこし飲み、会合の相手が来るのを待った。

一分とたたないうちに、ドアがあき、ひとりの男がはいってきた。モズゴヴォイは男と目を合わせなかった。モズゴヴォイがなおも表を見ているあいだに、男がカウンターへ行った。飲み物を受け取ると、男はモズゴヴォイの隣の席に座ったが、ふたりとも相手のほうを見ないで、イヤホンをはめて、携帯電話で電話をかけるふりをした。カウンターの奥か店の外から見ても、それぞれに電話で話をしているだけで、たがいに話しかけているようには見えないはずだった。

それでも、男はささやき声でいった。「どういうことだ?」その男は三十代のアメリカ人で、きょう呼び出されたことに腹を立てているのを、隠そうともしなかった。

モズゴヴォイは、英語でいった。「あんたは三日前に四万ドルを届けることになっていたが、音沙汰がなかった」

「わかっている」

「おれが必要なものを得られるようにするのが、あんたの仕事だ」

「ちがう。おれの仕事は、クライアントの望むことを実行する──」

モズゴヴォイはさえぎった。「おれに必要なものを渡したいと考えている人間は──」

「その人間は」男がそれをさえぎった。「資金の移動に短期の問題を抱え込んだ。おれがただの仲介だというのは、知っているはずだ」

モズゴヴォイは、エスプレッソをひと口飲んだ。「どういう問題だ？」

男も自分のコーヒーを飲み、小声で話をつづけた。「現金の流れが暴露された」

「それがどうした？」

「つまり、あんたに渡す金はもう安全ではない。あんたがそれに手をつけるか、おれたちが手をつけたら、ロシアの利益のために働いていることを突き止められるおそれがある。十一月に刑務所にぶち込まれたあんたの国の人間とおなじ目に遭いたいのか？」

モズゴヴォイは、そのことについて考えた。去年の冬、ＳＳＢ工作員のべつの細胞が、クイーンズ区で軍の輸送船を撮影しているところを発見された。六人全員が逮捕され、スパイ容疑で告発された。

ややあって、モズゴヴォイはいった。「あんたはどうなんだ？」

「おれが？」

「やつらが報酬を払わなくなったら、もうあんたのクライアントとはいえないだろう？」

「おれたちはGRUの口座から金を受け取ってはいない。おれの会社は、そういう疑わしい金には触れない。金の流れがばれる前もそうだった」

モズゴヴォイは、男のほうを向いた。「それなら、あんたたちが支払いを受けているやりかたで、おれの作戦に資金をまわしてくれ」

「だめだ」男がにべもなくいった。「いいか、じっと待て。いずれにせよ、あんたがなにをやろうとしているにせよ、それをやらずにすむかもしれない」

「どういうことだ？」

「サミットはきょうはじまる。協定が調印されたら、戦争は終わったと、西側は見なすだろう」男はさらにいった。「おれはあんたの任務を知らない。あんたやあんたが指揮している連中のこともまったく知らない。おれは自分の会社を使って、クライアントが望むように金をすこしずつ配っているだけだ」

男が、コーヒーをすこし飲んだ。「それはそれとして、ニュースを見ているだろう。だれもがこの紛争を終わらせて、関係を回復したいと思っている。ヨーロッパは依存しているエネルギーがほしい。ロシアは数十億ドルがほしい。アメリカはウクライナへの巨額の武器供与をやめて、和平を取りまとめ、モスクワとの緊張を緩和したいといっている」モズゴヴォイのほうを向いた。「あんたたちの立場がどうなるのか、おれにはわからないが、数日後に国に戻って小麦でも栽培しろと、上の人間にいわれるんじゃないか」

モズゴヴォイは、激しい動揺の波に呑み込まれた。数日後に実行することになるといわれている任務は、はたして実行されるのだろうかと疑問に思った。そのためにここに派遣されたのだ。

もし作戦休止命令が下されたら、戦争の渦中にある戦闘部隊を離れて活動していた時間は、すべて無駄になる。危険地帯から八〇〇〇キロメートル離れたブルックリンに住み、エスプレッソを飲み、祖国で紛争が終わるのを待っているあいだ、友人たちが死に、一族がたえまない爆撃にさらされる。

だめだ。なんとしてもこのアメリカでDPR・SSBの任務を果たさなければならない。そうでなかったら、自分を負け犬、卑怯者、売国奴だと思うはめになる。

「ドネツクに電話する。ドネツクがモスクワに電話し、モスクワがあんたに、おれに金を渡すよう命じるだろう」

アメリカ人が、正面の窓から外を見たままで、小さく笑った。「だめだろう。あんたが部下にそれとなく教えている上の人間が、電話をかけると思うか？　そいつは、あんたのことよりもずっと大きい問題を抱えているんだ。帰って、これがすべて終わったという連絡を待て」

アメリカ人が立ちあがり、それ以上なにもいわず、飲みかけのコーヒーのカップをゴミ入れに投げ込んで、店を出ていった。

五分後、モズゴヴォイは、ジーンズのポケットに両手を突っ込み、寒さしのぎに顔を伏せて、トレーダー、弁護士、バンカーが並んでいる歩道を地下鉄のウォール街駅へ歩いていった。来るときには気にならなかった寒さが、いまは周囲の人間とおなじようにわずらわしく思えた。

この戦争をここまで長引かせたのはアメリカなのだ。それはヨーロッパ諸国やウクライナのせいではない。邪魔がはいらなければ、いまごろはロシアとDPRが、ウクライナを併合していたはずだった。いま自分が歩いている国を、モズゴヴォイは憎悪し、この国に住んでいる人間すべてを憎悪し、このろくでもない国に対する行動をぜったいに推し進めると決意した。

地下鉄のウォール街駅に着いて、階段をおりはじめたとき、知らない番号からメールが届いた。

一行のメールは、キリル文字で、ロシア語だった。英語に訳すと、つぎのような一文になる。

［木を植えるのに最適のときは二十年前だった］

モズゴヴォイはすぐさま立ちどまって、階段を駆けあがった。通勤者の数人が、悪態を浴びせた。

通りに戻ると、モズゴヴォイはふるえる親指で返信を書いた。

［次善のときはいまだ］

誰何（チャレンジ）・応答（リプライ）の言葉だった。非常事態にGRUから情報を受け取るのに、ぜったいにまちがいが生じない手順だったが、モズゴヴォイは、まさかこれを使うことになるとは、思っていなかった。

絶望と期待の両方が、モズゴヴォイの脳を駆けめぐった。呼び戻されるのか？　馬鹿なアメリカ人がいったことを思うと、その可能性が高かった。

だが、いま受信したメールは、かすかな期待をかきたてた。ドネックに戻れという指示をモスクワが出すはずがない。モスクワの直接指揮下にはないのだ。ドネックではなくモスクワが連絡してきたのは、ひょっとしてなにか緊急の作戦上の必要が生じたからかもしれない。

つぎのメールが表示された。

［明朝、午前八時。セントラルパーク、ザ・ポンド。独り。北端から八つ目のベンチ。誰（チャ）

何（レンジ）：〝野球の開幕が待ち遠しい〟。応答（リプライ）：〝春季キャンプはあっというまにはじまる〟」

受信したことを伝えてから、モズゴヴォイはその場に立っていた。うなりをあげてウォール街を吹き抜ける寒風は、もう気にならなかった。数分のあいだ携帯電話を見おろしていたが、もうなにも送られてこなかった。

それだけだった。あす、セントラルパークでの会合。

ここの作戦をやめて帰国しろというだけのために、モスクワがだれかを派遣することはありえない。

なにかが起きるのだとわかった。それに、ＳＳＢではなくＧＲＵが源（みなもと）なのだ。

それがなんであるにせよ、自分とチームの準備ができていることもわかっていた。

50

スーザン・ブルーアは、寒くて曇っている表から、コネティカット・アヴェニューのフレンチレストラン〈ビストロ・デュ・コワン〉のドアを通った。ホワイトハウスから車で北西に八分のところにある。いつもやかましい店内は、午後二時なので静かだった。ランチの客はたいがい帰ったあとで、店内のテーブル席はいくつか埋まっているだけだった。

スーザンが受付係の女性に名前をいうと、お客様はもう来ておられますといわれた。案内されて二階へ行くと、奥のテーブルに男がひとりいた。茶色の髪が豊かに流れ、感じのいい笑みを浮かべていた。鮮やかなブルーの模様のスポーツジャケットとシルクのシャツを着て、襟をあけ、フレンチカフスにゴールドのカフリンクスをつけていた。老眼鏡を、ゴールドのチェーンで首から吊っていた。

即座にヨーロッパ人だと、スーザンは見てとった。裕福で、政治かアートの世界に関わりがある。

真っ白いベニア（歯の表面を削って貼りつけた薄板。歯が折れるか欠けるか変色したときの処置）が、頭上の照明を受けて輝いていた。

男が立ちあがり、手を差し出した。そのために杖を使ったことに、スーザンは気づいた。

「ブルーアさん、お目にかかれてうれしいです」

その発音を聞いて、フランス人だろうとスーザンは思った。フランス料理を食べたいのでこの男がこの店を希望したのか、それともこの男のことを多少知っているカービーが選んだのだろうと思った。

スーザンは男の手を握った。握手は力強く、親しげなアイコンタクトをつづけていた。ここでなにを話し合うか承知しているはずなので、陽気な態度は見せかけだとわかっていた。だから、スーザンは笑みで応じなかった。

スーザンは、仕事一点張りでいった。「あなたはわたしの名前を知っている。わたしはあなたの名前を知らない」

謝るように、男がお辞儀をした。「失礼しました。セバスティアン・ドレクスラというものです」

「あなた……フランス人」

「スイス人です。誇りをこめて申しあげます」

ふたりは腰をおろした。スーザンはアイスティーを注文した。先に来ていたドレクスラは、すでにグラスのシャンパンをすこしずつ飲んでいた。サーバーがテーブルを離れると、スーザンはいった。「正直いって、あなたのことはなにも知らないし、きょうの会合の性質も知らない。だいたいの感じがわかっているだけで」

「カービー長官は、アレックス・ヴェリスキーに関わる緊急事態とつながりがあることだといったはずです」

「それくらいわかっている。ええ、でも……あなたのことを話してくれない？」

ドレクスラが肩をすくめた。「わたしのこと？　わたしはこの一件では、たいした人間ではない。ＣＩＡ長官と話をするような影響力はありません。わたしはただの仲介役で、わたしが代理をつとめているひとたちの利害が、あなたがたの政府の利害と一致している」

「どういうひとたちの代理をつとめているの？」

「アレクサンドル・ヴェリスキーがロシアと自分の銀行から盗んだものを取り戻すことが、双方、つまりあなたがたの国と、わたしの依頼人の両方の利益になるとだけ、いっておきましょう」

質問に答えていないことにスーザンは気づいたが、聞き流した。「それで、あなたはそれに関する情報を提供できるのね？」

ドレクスラが笑みを浮かべ、シャンパンをすこし飲みながらうなずいた。「ヴェリスキーのいどころを知っています」

スーザンは首をかしげた。「どこにいるの？」

「マンハッタン」ドレクスラが片手をあげた。「つまり……まだいないとしても、じきに来ます」

「これはきょうはじまったサミットと関係があるのね？」

ドレクスラがうなずいた。スーザンのアイスティーを持ってきたサーバーが遠ざかるのを待って、ドレクスラがいった。「すべて、サミットと関係があります。話し合いからいい結果が生まれることを、西側世界全体が願っている……いや、祈っている。アメリカはロシアとの緊張緩和(デタント)を望み、ヨーロッパ大陸もそれにくわえて、できれば和平を望んでいる。天然ガスもほしい。石油。貿易。ロシアのビジネスマンに対する金融制裁の緩和」

「ヴェリスキーが握っている情報が、それを危うくする可能性があるのね？」

ドレクスラが、重々しくうなずいた。「その可能性が濃厚です」

「あなたは彼が握っているものがなにか、知っているようね。わたしは彼の情報産物(インテリジェンス・プロダクト)について、相反する情報を聞いた」

ドレクスラが、肩をすくめた。「彼がなにを握っているのか、正確に知っているわけではありません。おおざっぱにいうと、彼はロシアが悪く見える材料を握っている。物事を進めるのに、世論を改善する必要があるこの時期に」

「失礼だけど」スーザンはきいた。「あなたは」――言葉を切った――「あなたの雇い主は、わたしになにを望んでいるのかしら？」

「奪われた情報を回収するのに、わたしたちはCIA(エージェンシー)の助けをここアメリカで必要としている。わたしがコントロールしている資産(アセット)の多くは……昨夜、イタリアとスイスの国境で抹殺された」

とんでもないことだと、スーザンは思った。この男はGRUの手先で、カービーはそれに協力するよう求めている。

スーザンは、なんの表情も見せなかった――それほど老練で沈着冷静だった――だが、用心深く質問した。「いまの手持ちの資産は？」

「アメリカ国内で？　限られた数だが、まったくいないわけではない。わたしは被害対策(ダメージ・コントロール)のためにここに来た。雇い主があなたの長官と話をして、情報暴露を阻止するために、わたしたちふたりが会うように、あなたの長官が手配した」ドレクスラはつけくわえた。「あなたがたの大統領がこれを要求していると聞いている。非常に賢明だと思うね」

スーザンは、なおも質問した。「あなたはだれのために働いているの、ドレクスラさん？」

ドレクスラがすぐに答えなかったので、スーザンはいった。「本部に帰って、ジェイ（CIA長官）にきいてもいいのよ。それともいまあなたが教えてくれてもいい。いずれにせよ、もっと詳しいことがわからないと、わたしは物事を進めない」

ドレクスラが、それを聞いてうなずいた。「ロシア政府上層部のために働いている」

スーザンは目をぱちくりさせた。すべてが明らかになった。

ドレクスラはつづけた。「たしかにまたとないような状況だ。しかし、当事者双方、あなたとわたしの両方の当事者は、今週、協定が調印されることを望んでいるし、ヴェリスキーは問題を難しくするデータを盗んだ」

スーザンの頭をふたたびおなじ考えがよぎった。カービーはロシア人と協力し、わたしにもおなじように協力することを望んでいる。

スーザンは、信じられないという思いをふり払おうとした。「具体的に、国内にいる資産はなんなの？」

「ロシア人。それしか知らない」

ほんとうのことをいっているとは思えなかった。セバスティアン・ドレクスラには、どこか卑劣で不誠実なところがある。アメリカ国内でロシアの海外情報機関か軍の情報機関とじかに結びついて活動していることはまちがいないと、スーザンは思った。いずれにせよ、ほとんどどんな状況でも、ＣＩＡがアメリカ国内で活動することは法的に許されていないし、ロシアの情報機関の活動はいかなる状況でも許されない。

　正気の沙汰ではない。

　ドレクスラは、スーザンの考えを読んだようだった。「われわれは資源を溜めている。ニューヨークでヴェリスキーを見つけるのを手伝ってほしい。そのあとは遠くへ離れて、わたしとわたしの配下に任せればいい」

「例の電話には、なにが保存されているの？」ひどくかすれた声で、スーザンはきいた。

ドレクスラがシャンパンを飲み終え、すまなそうに両手をあげた。「理由を詮索するのは、わたしたちの仕事ではないんだ、ブルーアさん。あなたといっしょに働くのを楽しみにしている」ジャケットの袖口の糸屑をつまんでからいった。「あなたが気づいていないと思われるちょっとした厄介な問題がある」

　ドレクスラの口から出ることはすべて厄介な問題だと、スーザンは思った。だが、こういっただけだった。「たとえば？」

「たとえば……グレイマンだ」

　スーザンが、両眉がくっつきそうなくらい眉根を寄せた。「彼がどうだというの？」

「これにずっと絡(から)んでいる。敵側として。ロシアから持ち出されたデータに関わりがあるさまざまな場所で、目撃されている。彼がこれに関与していることを意識してもらいたい。あなたの局(エージェンシー)がだいぶ前から彼を捜しているのを知っている」

スーザンの目つきが鋭くなった。「彼は昨夜、あの列車で殺された。死体が確実に識別された」

ドレクスラが、上半身をまっすぐにした。はじめて情報を受け取る側にまわっていた。「なるほど」ナプキンで口をぬぐった。「そういうことなら、ことを進めるのになんの支障もない」

ドレクスラが立ちあがったので、スーザンは驚いた。「オフィスに戻って、長官ともう一度話をしてほしい。わたしたちは会った。わたしが必要なものをあなたは知った。わたしが上の人間になにを望まれているか知っているように、あなたも上司になにを望まれているか知っている」

別れの笑みを浮かべ、軽く頭を下げて、ドレクスラがいった。「ビッグ・アップルで会いましょう。できれば、今夜に」

それ以上なにもいわず、杖の助けを借りて、階段に向かい、おりはじめた。スーザンは、黙ってそれを見送った。

スーザン・ブルーアは、長官のオフィスの常連になりつつあった。表のドアからスーザンがはいってくると、秘書がなにもいわずにすぐさま通した。スーザンが内側のドアを通ると、デスクの奥からカービーがまっすぐ見ていた。

そこでも待たされなかった。

「コーヒーを持ってこさせようか？」カービーがきいたが、作戦本部本部長付き特別補佐官のスーザンは答えなかった。

腰をおろしてからいった。「それで」ランチ会合で衝撃を受けたのを、スーザンは隠そうともしなかった。「いかがわしいスイス人……長官は、フィクサーと呼んでいるんでしょうね。長官はその男を、ロシアの諜報機関の親玉ダニール・スパーノフとの安全器(カットアウト)に使っているんですね」

カービーは明らかに、そういう疑問を投げかけられることに備えていた。「裏チャンネルの関係は、得てしてもっとも賢明なんだよ」

スーザンは、ゆっくりとうなずいた。「そして……ヴェリスキーはニューヨークにいる」

「来る途中だと思う」

スーザンは、もう一度うなずいた。カービーからもっと具体的な話を引き出すつもりだった。さもないと、あとでカービーがしらを切るおそれがある。「わたしたちは、GRUと協力するんですね」

「この取り扱いが難しいきわめて重要な問題で……そのとおり」

「ニューヨーク市の街なかで」

「この取り扱いが難しいきわめて重要な問題で……そのとおり」

スーザンはいった。「スイスで協力したように」

カービーが首をふった。「ちがう。その時点ではわたしたちは連携していなかった。結びついていたら、きみも知ったはずだ。チューリヒ支局は、GRUがヴェリスキーに迫っているのを知らずに、保護しようとした。あれは不運な同士討ち（ブルー・オン・ブルー）の死傷者だった」

同士討ち（ブルー・オン・ブルー）が、味方を誤射することを意味する軍事用語だということを、スーザンは知っていた。カービーがそういう意味で使ったのを念押しするために、スーザンはいった。

「ロシア軍の情報機関が味方だとおっしゃるんですか？」

「いまはそうだ」

スーザンは、何度か息を吸った。DCからマクリーンの本部まで車で戻るあいだずっと、どういう話をするか、計画を立てていたが、いまでは即興で話をするだけだった。「マタドールは、チューリヒでわたしたちの局員を殺しましたね。マタドールはニューヨークにいるんですか？」

「チューリヒにいたようだし、ミラノにもいた。この一件がニューヨークへ持ち込まれるとすれば、そこにもいると考えられる」

「マタドールは、工作担当官を殺したんですよ」スーザンはくりかえした。

カービーが、渋い顔をした。「いいか。わたしも不愉快だが、わたしたちはこういう状況に置かれている。マタドールは、きみが派遣した資産（アセット）よりもヴェリスキーに近づいた。ところで、その資産は死んだといったな」

「でも、マタドールは局（エージェンシー）の敵です」

カービーが、両肘（ひじ）をついて身を乗り出した。「ヴァイオレイターもそうだった……やつを引き入れるのに、きみはやぶさかでなかった」

その理屈には反論できなかった。それでも、スーザンは唖然（あぜん）として首をふった。「わたしが困惑しているのを大目に見てもらわないといけません、長官。アメリカの都市でロシア人の殺し屋と協力するというのは、かなり受け入れがたいことですよ」

カービーは肩をすくめた。「わたしの敵の敵だ」

「では、ニューヨークへ行きます。このいかがわしいスイス人野郎に協力します。オールトマンを見つけます。ヴェリスキーが現われるのを待ちます。そのあと、行動はロシア人に任せればいいんですね？」

「すべて、協定が調印される前にやってくれ」

「電話になにが保存されているんですか？　ヴェリスキーは、わたしたちについて、なにをつかんでいるんですか？　情報源、手順、資産を護(まも)るためだという話はやめてください、長官。それは嘘だとわかっています。調印前に西側のだれにも知られたくない、ロシアから西側への金融取引記録があるんですね」

カービーが、また重々しくうなずいた。「ロシアはだいぶ前から裏チャンネルで大規模な宣伝活動を行なっていた。クレムリンの富を使って……西側の世論に影響をあたえようとした」

「それで？」スーザンが強引に質問した。

「それで、その宣伝活動は、アメリカ合衆国の有力者多数を巻き込んでいた。モスクワによって意見を曲げていたことが暴かれないかぎり、貿易協定が確実に調印されるように働きかけることができる人間を」

スーザンが躊躇(ちゅうちょ)していたので、カービーはいった。「わたしは大統領の命令に従っているんだ、スーザン。きみとおなじように」

数秒置いて、スーザンは首をふった。「いいえ。これは大統領とは無関係なんでしょう？　これは長官の問題です。クループキンのファイルには、長官が明るみにしたくないことがあって、それを隠蔽しようとしているんですね」

カービーが、大声で嘲った。「馬鹿なことをいうんじゃない。自分が受けた命令を、シャーロック・ホームズもどきに推理するのはやめろ。いいから命令を実行しろ。ニューヨークへ行け。ドレクスラと連携しろ。ドレクスラの資産のために、ヴェリスキーを見つけろ」薄い笑みを浮かべた。「国連でのサミットが終わる前に」

「協定が調印され、決議が可決されたあとで、これが明るみになったら？　その情報がそれほど有害なら、どんな協定が批准されても、無効になってしまうのでは？」

「その情報がぜったいに漏れないことを願っている。だが、貿易再開後に暴露されたとしても、アメリカとヨーロッパ諸国には、ロシアとの通商をふたたび遮断するような度胸はないだろう」カービーは肩をすくめた。「その馬を厩に戻すのは、ちょっと難しいだろうな」

スーザンは立ちあがった。「長官がおっしゃることは信じられません。この一件すべてに、長官はみずからの利権があって、だからわたしを引き抜いたんでしょう。前にもわたしが汚い仕事をやっていたのを知っていたから、わたしがやるだろうと……動機に問題があり、結果に問題があるような仕事でも。わたしがマット・ハンリーのためにやったようなことをやるはずだと思ったから、長官はわたしを引き入れたんですね」

スーザンはなおもいった。「ロシアがなにをつかんでいたか、長官は知っていたんでしょう？ この手の情報漏洩（リーク）がなにをもたらすか、知っていたんですね」

「そのとおり」カービーは答えて、身を乗り出した。「わたしの見込みちがいだったか、それともきみは値段をつけられる女なのかね？」

「値段？ 賄賂（わいろ）のことですか？」

カービーは、最初は黙っていたが、咳払いして、すこし考えてからいった。「これが終わったら、きみの働きはＣＩＡ長官によって高く評価されるだろう」

スーザンはゆっくりうなずき、頭のなかでなにかを組み立てているかのように、答をいうのに時間をかけた。ようやくいった。「おしゃるとおりです。そうなるでしょう。わたしが目立たないようにして、口を閉じていれば……それがわたし自身の利益になるのであれば」

「つまり、そうするのがどうしてきみの利益になるのか、わたしの口からいってほしいんだな」

「そのとおりです」

「それなら」カービーはいった。「これはわたしからの賄賂ではない……きみが恐喝（きょうかつ）しているんだ」声に出して笑った。「値段をいってくれ」

「恐喝ではありません」スーザンは反論した。「ヴェリスキーが死に、長官やお仲間がかぶるはずの泥で両手を汚したら、わたしはまたここに来ます。そのときのわたしは、昇進を要求する一介の有能な局員です」

スーザンは、カービーについて重要なことをつかんだ。カービーもそれを知っている。

「まもなく予備選挙だ。厳しい戦いになるだろうから、いま局内に不和があるのを見せたくない。大統領は議会をかろうじて掌握している。分裂には耐えられない。そういう時期にわたしが副長官を更迭するのにも耐えられないだろう」

「しかし？」

「しかし……スーザン。予備選挙はじきに終わる。ニューヨークでの仕事をきみがやれば、二カ月以内にメル・ブレントのデスクに向かって座っているはずだ」

スーザンは、直立不動の姿勢をとった。「光栄です、長官」

「さあ……早くニューヨークへ行って、これを始末してくれ」

スーザンは、薄い笑みを浮かべた。「ジェイ、お望みのことをおっしゃってください」

「ロシア人が殺す必要のある人間を殺すのを手伝ってくれ」

スーザンはうなずき、笑みを浮かべたまま、ドアのほうを向いた。

51

ヴァージニア州ヴィエナにあるガンバ・コートは、前に狭い庭があり、裏庭が木立に覆われている中くらいの家が九棟しかない、静かな袋小路だった。ワシントンDCから車で三十分のところにある小さな入江のような住宅地で、道路が空いていれば、ヴァージニア州マクリーンのCIA本部までたった二十分で行ける。

午前二時前、袋小路の突き当たりにある一四九平方メートルのスプリットレベル・ハウス（各層に段差を設けた構造の家）の二階で、女が独りで眠っていたが、やがて寝返りを打って、ゆっくり目をあけた。

CIA局員アンジェラ・レイシーは、夜のこの時間を〝1－30〟と呼んでいる。一時半から二時までのあいだにアンジェラはかならず目が醒めて、仕事、人生、いろいろな問題にストレスを感じながら、三十分かそれ以上、じっと横になっている。

今夜も最初はおなじだったが、人生の複雑な事柄について考えはじめてから一分とたたないうちに、なにかがちがうと気づいた。

さらに一分たつと、どこがちがうのか理解した。循環式暖房からの風ではなく、かすかにひんやりまわりの空気がちがうように感じた。


する新鮮な空気だった。

家のどこかから隙間風（すきまかぜ）がはいっている。

アンジェラは上半身を起こし、窓から袋小路のほうを見たが、なにも異状はなかった。近所の犬は吠えていないし、家のなかでも警戒を呼び覚ますような物音も聞こえない。摂氏二〇度を維持しようとするＨＶＡＣ（暖房・換気および空調）システムの低い音が聞こえるだけだった。

ドアか窓があいていたら、温度を調節できるわけがないとアンジェラは気づいた。

どきどきしながら起きあがり、ドアのほうへ行って、一階へ階段をおりていった。一階の裏手のスライド式ガラス戸へ行き、そこをあけて裏庭を見ようとしたが、数メートル手前で、ガラス戸がすでにあいているのに気づいた。

冷たい空気が吹き込み、カーテンをかすかに揺らしていた。

アンジェラは悲鳴をあげなかったし、うろたえもしなかった。脈はいまも速かったが、ひとりでうなずき、咳払いをして、うしろの暗い部屋に向かって話しかけた。「二階に来てわたしを起こすつもりだったの？」

男の声が、うしろのキッチンのほうから聞こえた。アンジェラはこれが起きるのを予測していたが、思わずはっとした。「きみのベッドのまわりに銃はなかったから、目を醒まして隙間風に気づき、身を護(まも)るための武器を取りにくるのを待っていたんだ」

さむけが背すじを這(は)いおりたが、アンジェラは落ち着いているふりをして、ガラス戸をゆっくり閉じてロックした。「あなたは前にもこういうことをやっているのね。真夜中にひとの家に忍び込むようなことを」

「きみが知りたくないほどしょっちゅうやってきた」

「わたしも武器は持っているのよ」アンジェラはいった。「局(エージェンシー)がSIGを持たせてくれた。所持資格を維持するために、最低限の回数、撃っているのよ。クロゼットのコートの奥に、鍵をかけてしまってある」

「今度だれかが侵入したときには、それを取りにいくことを考えたほうがいいかもしれない」

「今度だれかが侵入したら」ガラス戸から向き直って、アンジェラはいった。「たぶんあなたじゃないはずだから、そうするわ」

短い間を置いて、男がいった。「おれが来たのをそんなに驚いていないようだな。それがおれには驚きだ」

アンジェラが6という呼び名で知っている男は、向かいのキッチンのカウンターに腰かけていた。ジーンズと厚手の黒いセーターを着ている。グレイのコートと黒いニットキャップが、横のカウンターに置いてあった。

アンジェラはすこし前に進んで、暗い照明のなかでリビングへ行った。「あなたが列車から落ちるのを見た。警察に捜してもらった。トンネルから出たところの雪の上に死体があるのを警察が見つけた。わたしはそれをよく見た。あなたじゃなかった」

「ああ、それを聞いてほっとした」

「だれだったの？」

6が、肩をすくめた。「見当もつかない。おれが投げ落としたんじゃない。列車に乗っていた恐ろしい脅威はおれだけじゃなかった」

「そうだけど」アンジェラはそういって、ソファのほうへ行き、6を手招きした。「あなたが生き延びたのだとわかったけど、どうやって生き延びたのか、理解できない」

6がカウンターからするりとおりて、リビングへ行き、アンジェラの向かいの椅子に座った。痛みをこらえているような、おずおずした動きだと、アンジェラは気づいた。

6がいった。「アルパイン・エアバッグベストというのを聞いたことがあるか？」

「いいえ」

6(シックス)が肩をすくめた。「おれも知らなかった。列車に乗ったあと、急いで着替えないといけなかったので、登山者の服を盗んだ。クッションにするつもりで、コートの下に不格好なベストを着込んだ。ドアから押し出されたとき、ベストに内蔵のジャイロと加速計に接続されていたコンピューターが、おれが宙を飛んでいるのを探知し、上半身と首のうしろでエアバッグがふくらんだ。そのおかげで助かったのはたしかだが、線路沿いの雨裂(ガリー)に一二〇センチくらい雪が積もっていたおかげでもある」

みぞおちが緊張していたにもかかわらず、アンジェラは笑った。「あなたはこの世でいちばん幸運な男ね」

「この世でいちばん幸運な男は、体重六〇キロのバンカーに体当たりされて列車から落ちるようなことはない」

アンジェラはうなずいて、それを認めてからいった。「あの列車に乗っていたひとたちのなかには、それほど運がよくなかったひともいた。一般市民十二人が死に、十七人が怪我(けが)をした」

6(シックス)がいった。「おれは襲ってきた人間以外は、だれも撃っていない」

アンジェラが話題を変えた。「わたしはマタドールを見た。負傷していた」

6がうなずいた。「知っている。おれがやった」

アンジェラがすこし顔をしかめた。「あまりよろこんではいけないわね。あなたはマタドールの足を撃っただけだから」

「ああ、しかし、おれは自分の足でやつを撃ったんだから、すこしは褒めてもらってもいいんじゃないか？」

「いったいどうやって――」

「親指で引き金を引いたんだ」6が、アンジェラのうしろの窓を見た。「それをやるのは二度目だった」

アンジェラが、馬鹿にするようにいった。「わたしをからかっているのね？」

6がアンジェラを見返した。「一度目は左足でやった」

アンジェラはただ首をふっただけだった。信用していないのだ。

ジェントリーはそれ以上いわなかった。「どうしておれがここに来るとわかったんだ？」

「まず、この家はわたしの名義になっている。不動産の記録を調べるのは、簡単でしょう。それに、わたしたちにはやりかけの仕事がある。どう？　まちがっている？」

「ぜんぜんまちがっていない。聞いてくれ。おれたちが命じられたこの任務には、ぜったいに不正な部分がある。これは汚れた作戦だ。スーザン・ブルーアは、おれたちをもてあそんでいた」

　アンジェラが答えなかったので、ジェントリーはいった。「ヴェリスキーといっしょにいた女、顔認識で識別できなかったといったな」

「彼女がどうしたの？」

「彼女は……友だちなんだ」

　アンジェラは首をかしげた。「そして、ヴェリスキーに力を貸している」

「彼女がヴェリスキーに力を貸しているとすると、ヴェリスキーは手助けする価値がある人間だということになる」

「彼女は何者なの？」

「ロシア人だ。元ＳＶＲだが、いまは――」

　アンジェラは愕然（がくぜん）とした。「嘘でしょう。あなたは局（エージェンシー）の利益に反することをやっているＳＶＲ工作員と友だちで、彼女が正しいことをやっていると思っているわけ？」

「元ＳＶＲだ。それに、正しいことをやっている。きみが調べても識別できなかったのは……おれが前にいたのとおなじプログラムに属していたからだ。つまり、局（エージェンシー）に。亡命後にそうなった。秘密プログラムだった。ブルーアが、マット・ハンリーのもとで動かしていた」

「元ロシア海外情報機関の工作員を、わたしたちは秘密裏に使っていたの？」

「おれたちの顔と生体認証データは、記録からすべて抹消された。おれのデータは、データベースに戻されたと思う——おれは追われる身だが、彼女はちがう」

「こういうこと、一度も聞いたことがない」

「彼女は優秀な工作員だ。ぶっきらぼうな性格だ。生活のためにある種の犯罪に従事しているのだと思うが、ロシア側について働くことはありえない」

全幅の確信をこめて、ジェントリーはいった。「彼女がヴェリスキーの味方なら、おれも味方になる」

「でも……わたしはその女と話をした。アメリカ人のようだった」

「それくらい優秀なんだ」ジェントリーは目をそらした。「いろいろな面ですぐれている」

しばらくして、アンジェラはうなずいた。「あなたを信じる。その女を信じるからではなくて、彼と話をしたから」

ジェントリーは身を乗り出して、両膝に肘をついた。それを聞いて、かなり驚いているようだった。「ヴェリスキーと？　いつ？」

「列車で。銃撃戦の直後」

「たまげたな」

「そこへ女が現われて、わたしから彼を奪い返した」もう一度、肩をすくめた。「わたしが引き金を引けないせいで」

ジェントリーは、ヴェリスキーに話題を戻した。「どういう話をした？」

「すべてロシアから西側へ行く金に関することだというの。工作員への報酬、影響力、違法作戦……モスクワが西側でやっている汚いことはすべて、ヴェリスキーの銀行を通していたので、ヴェリスキーはクループキンが盗んだロシアのデータと照合するために、自分の銀行の記録を手に入れたといっていた」

「なんてこった」ジェントリーは低くつぶやいてからいった。「ヴェリスキーがどこへ行ったか、見当がついている」

アンジェラは首をかしげた。「どこ？」

「スイスから逃げたあと、おれはフランスで傷の手当てをした。そのときに、アンドリーイ・メリニクに連絡した。ヴァージン諸島できみが来たときに、おれを雇っていた人間だ」

「あなたがメガヨットを沈めるのに情報を流していたひとね」

「そうだ。おれは自分がなににはまり込んでいるか話して、この金融情報を取り戻すために、ロシアがGRUの一線級の殺し屋を現場におおぜい投入していることを教えた。ヴェリスキーのような男が行きそうな場所をきいた」

「そのメリニクという男を信用しているの？」

ジェントリーは、嘲るようにいった。「草花の水やりでは信用できないが、怪しげな金融や、ロシア人に損害をあたえるようなことでは……ああ、信用している」

「ヴェリスキーはどこに行きそうだといったの？」

「ブリュッセルにある男がいる。そいつはEUのためにロシアの金を追跡している。ロンドンにある女がいて、イギリスのためにおなじことをやっているが、おもにイギリスの銀行がロシアと裏取引しているのを調べている。それから、ニューヨークにもひとりいる。何年も前から連邦検事のために働いていて、この十年間にリークされたオフショア・バンキングの記録をもとに最高のアルゴリズムのソフトウェアを設計した」

「どういうアルゴリズムのソフトウェア？」アンジェラがきいた。

「おれにはさっぱりわからないが、すごいやつだろうな。きみがわかるかと思っていた」

「データマイニング（収集された大量のデータから関連性や傾向などによって知識を掘り起こす手法）のたぐいでしょうね。とにかく、つづけて」

ジェントリーは話をつづけた。「この男は、ヴェリスキーの銀行に照準を絞っている。メリニクは、推測する必要があるとしたら、ヴェリスキーはニューヨークへ行くと思うといった」

アンジェラは、ソファにもたれて脚を組み、両腕をソファのうしろにのばした。「ほかにだれがニューヨークへ向かっているか、推測してみない？」

ジェントリーの目が鋭くなり、やがてかっと見開いた。「まさか、そんな」

「ブルーアよ。きのうの午後、帰国したらすぐに、ジュネーヴ以降の事後聴取があるものと思って、連絡したの。そうしたら、上級アシスタントが、ブルーアは列車に跳び乗ってマンハッタンへ行ったといった」

「なんてこった」ジェントリーはつぶやいた。「CIAがニューヨークへ行って、ヴェリスキーがデータを渡す前に殺そうとしている」

「そこにいるひとの名前は？」アンジェラがきいた。

「エズラ・オールトマン」

アンジェラはうなずいた。「そういうことなのね。オールトマンは私立法廷会計士事務所をひらいている。前は司法省に雇われていたけど、数カ月前に切られた」

「なぜ？」

「アメリカ政府がこのロシアとの貿易協定を望んでいるからでしょうね。オールトマンがロシアの犯罪を掘り起こしたら、協定の成立に悪影響がある」

「つじつまが合う」

「これはどれくらい上まで行っていると思う？」アンジェラはきいた。

「何百万ドルもの金が、西側に流れ込んでいる。かなり上まで行って、重要な人間を汚しているだろう。あらゆることが考えられる」

「6（シックス）、CIAが関与しているとすると、連邦政府の機関や、すくなくともそういう機関の幹部も関係があると考えないといけない」

ジェントリーはうなずいた。「司法省、国土安全保障省（DHS）。いや、連邦機関だけじゃない。ニューヨーク市警（NYPD）にも影響力を駆使しているロシアの手先がいるかもしれない」

アンジェラは、両手で顔をこすった。「だれを信用すればいいの？」

「四十八時間前には信用していなかった人間。おれたちはアレックス・ヴェリスキーを信用しなければならない……それに、アンセムも」

「アンセムって、だれ？」

「そのロシア女の暗号名だ」

アンジェラは、6（シックス）の話しぶりから、なにかを感じ取った。「彼女はどうなの？　あなたにとって大事なひとなの」

「ああ。いや……そう思う。前はそうだった」

「はっきりしないいいかたね」

「一年も会っていなかったし、会ったとたんに彼女の頭の横をおれは殴った」

アンジェラが、肩をすくめた。「わたし自身は、彼女はいやな女だと思うし、向こうもわたしをあまり高く買っていないようだった」

「きみがスーザン・ブルーアの部下だと知ったら、どう思われるかな」ジェントリーは溜息をついていった。「おれはニューヨークへ行く。ヴェリスキーを見つけて、データを取り戻し、マタドールを見つけて殺す。ヴェリスキーのいどころをおれが見つけられるんだから、ロシア人たちも見つけるはずだ」

ジェントリーは、すこし考えてからいった。「しかし、ブルーアがそこに、ニューヨークにいるとしたら、おれを探すだろう。ジュネーヴ以降、おれは連絡を入れていない。任務がでたらめだとわかったからだ」

「どうして？」

「ブルーアはあなたを探さないと思う」

「あなたは死んだと、わたしがブルーアにいったから」

ジェントリーは、かなりびっくりして座り直した。「嘘だろう」

アンジェラは首をふった。「あなたのために時間を稼(かせ)げると思ったのよ」

「きみはCIA本部(ラングレー)の仕組みがわかっていないのかもしれない。ボスはきみに嘘をつくが、きみはボスに嘘をつけない」

「気持ちをすっきりさせるためよ」ジェントリーがなにもいわなかったので、アンジェラはつけくわえた。「これがすべて終わったら、あなたがいったように、ブルーアはあなたが殺されるように手を打つにちがいないと思った」肩をすくめた。「まだすべて終わっていないけど、あなたをしばらくブルーアの照準器からそらしておくことができるかもしれないと思ったのよ」

「どうして仕事を失う危険を冒して、おれを助けるんだ？」

「変革を起こすことについて、わたしたちは話し合ったでしょう」アンジェラは肩をすくめた。「わたしは解決策に一役買うことはないかもしれないけど、問題に一役買うのは嫌なの」すこし考えた。「ブルーアは、政策に影響をあたえられるような地位にはなっていない。だれかのために働いている。どうして？　お金のため？」

ジェントリーはいった。「金のためにやっているんじゃない。ブルーアにとって重要なのは名声と力だ」

「名声なんかどうでもいい」アンジェラはいった。「でも、力は、正しく使えばいいものよ」

「正しく使えば」ジェントリーはくりかえした。「その前提どおりにやるのが、きわめて難しいとは思わないか？」

アンジェラは肩をすくめた。「力は存在している。だれかの手に渡る。わたしには善悪を区別するちゃんとした倫理があると思う」ジェントリーに淡い笑みを向けた。「まだ悪(ダーク)の側(サイド)には行っていない。いまのところはね」

「いまのところは」ジェントリーはそういって、立ちあがった。「まあ、頼りになるのはきみだけだ」

「ずいぶんな誉(ほ)め言葉ね」

「おれの評価がまたまちがっていて、きみがＣＩＡで最高のもっとも名誉を重んじる有能な幹部だといいんだが」

アンジェラも立ちあがった。「〝ブルーアにならない〟ことを目指すといっておくわ」

「ブルーアにならない……それならいっしょにやっていける」

「あなたといっしょに行く」アンジェラはいった。「ブルーアが、一週間、有給休暇をくれたのよ。わたしをどうするか決めるまで、わたしが本部をうろちょろすると困るからでしょう」

「ブルーアが国内で活動を開始したら、きみにどんなことをするか、心配したほうがいい」

「わたしもおなじことを考えていた。あなたといっしょにニューヨークへ行く。そこにいたほうが、勝ち目があるでしょう」

「拳銃を持ってきてくれ」ジェントリーは指示した。

アンジェラは首をふった。「あなたが持っていて」

「そういう意味でいったんだ」

ジェントリーは手を差し出し、アンジェラが握った。ジェントリーはいった。「どうか、善良な人間の仲間でいてくれ」

「あなたこそ、6（シックス）」

52

午前八時の直前、ウクライナの分離主義者でGRUの訓練を受けた情報資産(インテリジェンス・アセット)のペトロ・モズゴヴォイは、ブルックリンとマンハッタンで九十分かけて監視探知ルート(SDR)を終え、ザ・プラザの前で五九丁目を横断し、セントラルパークの南東の角を目指した。GRUからの指示に従い、モズゴヴォイはきょうの会合のことをチームのだれにも話していなかった。きのうの午後から夜にかけて、なにを知らされ、なにをやれといわれるのか、ずっと思いめぐらしていた。そしてけさ、寒さに備えて着込み、夜明け直後の薄暗い表に出て、バス停まで歩き、バスに乗って地下鉄駅へ行き、そこからミッドタウンを歩いて地下におりて、コロンバス・サークルまで地下鉄で行った。そこから東のザ・プラザまで通勤者たちとともにぶらぶら歩き、セントラルパークの遊歩道にはいった。

ロシア人が指定したベンチは、セントラルパークのザ・ポンドとは遊歩道を隔てた向かいにあり、ギャプストウ橋から五〇メートルしか離れていなかった。モズゴヴォイが着いたときには、だれも座っていなかった。モズゴヴォイは腰をおろして、凍結した池を眺め、左右に視線を投げて、監視されていないかどうかたしかめた。ロシアで最初に学んだモズゴヴォイの対監視（カウンターサーヴェイランス）の知識は、ニューヨークの調教師（ハンドラー）によってかなり強化されていた。調教師は六十八歳の元GRU非合法工作員で、ソーホーでクリーニング店を経営し、マンハッタンにウクライナ人細胞が所有している家屋を一週間に一度訪れて、一年前の短期集中訓練で彼らが学んだことよりも深い知識を教え込んだ。

モズゴヴォイは、最初の目配りを終えた。注意を向けている人間は見当たらなかったが、隣に座った男に気づいていなかったので、話しかけられたときに、モズゴヴォイははっとした。

男が英語でいった。「野球の開幕が待ち遠しい」

モズゴヴォイがそちらを向くと、男が自分よりすこし若く、ブロンドで、左耳に小さな包帯をつけているのが見えた。数百ドルはするにちがいない真新しい〈ノースフェイス〉のダークグリーンのコートの下に、黒いカーディガンを着ている。手には高級そうな茶色の革手袋をはめていた。

モズゴヴォイは、労働者の身なりだった。ジーンズ、スウェットシャツ、オフホワイトのダウンジャケット、禿（は）げかけている頭には厚手のウールのキャップ。

モズゴヴォイは、男にうなずいてから、かなりなまりがある英語で、「春季キャンプはあっというまにはじまる」と答えた。

下に目を向けたモズゴヴォイは、男が右足に茶色い革のブーツをはき、左足に黒い整形外科用ウォーキングブーツをはいていることに気づいた。

「足をどうした？」

「どうもしていない」男がそれしかいわなかったので、モズゴヴォイはそれ以上きかなかった。

モズゴヴォイはいった。「わかった。あんたがだれなのか知らないし、この会合の理由も知らない」

「だれがここに来いと命じたか、わかっているだろう」

GRUのことなので、モズゴヴォイはうなずいた。「あんたはだれだ？」

「ルカ」

「そうじゃなくて……何者だ？」

ルデンコは、モズゴヴォイのほうを向いた。「水族館（アクワリウム）の人間だ」

それがGRU本部の通称だということを、モズゴヴォイは知っていたので、驚きがすこし態度に出た。

「落ち着け」ルデンコは叱りつけた。

モズゴヴォイは、凍っている池に視線を戻した。「階級は？」

「少佐」

モズゴヴォイは、驚いて両眉をあげ、男のほうを向いた。

ルデンコが低い声でいった。「ここでおれに敬礼したら、殴り殺す」

「敬礼するつもりはない。ただ感激しただけです。それに、心配になった。おれたちは重要なことを手がけてる……ドネックからの命令で。それを実行する準備ができてるんです。やれといわれるのを待ってる。もしあなたが、帰国しろとおれにいいに――」

ルデンコはさえぎった。「ウクライナ人工作員ひとりを呼び戻すために、少佐をアメリカまで派遣するはずがないだろう」

モズゴヴォイは、小さく首を横にふって、それを認めた。ルカと名乗った男が、話をつづけた。「おれたちはこの街で男ひとりを見つけて、抹殺し、あるものを取り戻す。本人もしくはそいつがいる場所から」

モズゴヴォイは、池に視線を戻した。

「相手は独り？」

「そいつを見つけたときには、ほかにも何人か、口封じしなければならないだろう。この作戦の任務がどう終わるかは、いまのところ流動的だ」

モズゴヴォイは、池を眺めていた。「しかし……いまもいったように。われわれは訓練を……ほかのことのために行なってる」

「それはおまえとおまえの部隊の問題だ。おれの部隊はおまえにこれを望んでいる。おまえは従う」

モズゴヴォイは、すこしがっかりした。たしかに、そういう作戦の仕組みを指示されていたが、これは自分とチームが計画している大がかりな作戦とは異なる。モズゴヴォイはいった。「もちろん、おれも細胞も少佐の仕事をやります。しかし、おれたちが計画しているもっと大規模な作戦のことを知っているようなら、おれはよろこんで――」

「おまえの細胞の現状は？」モズゴヴォイの話など聞いていなかったかのように、ルデンコはふたたびさえぎった。

モズゴヴォイは、気を取り直した。「おれも含めて十人。全員、保安大隊(SSB)の隊員です。ほとんどが戦闘部隊での経験があります」

ルデンコはいった。「おれには部下が四人いる。アメリカ人に存在を知られているかどうかわからないから、おれたちは目立たないようにする必要がある」

モズゴヴォイはうなずいた。「おれたちを手足として動かしてください。どこへでも行きます。おれたちはここで目をつけられていない」ちょっと考えた。「その男、護衛はいるんですか？」

「まちがいなくいる」

「おれたちの敵は？」

ルデンコは、即座にいった。「ニューヨーク市警（NYPD）、国土安全保障省（DHS）。そのほかのアメリカの連邦省庁」

「くそ」モズゴヴォイはそれまで、ちょっとした余分な問題で、自分たちの本来の作戦から一時的に離れるだけだと思っていたが、かなり大きな問題だということがわかった。すこし反抗するような口調でいった。「おれたちは消耗品扱いの兵士じゃない」

「おれもちがう。撃ち合いがはじまったら、おれはおまえたちといっしょに撃つ。おれの部下もそうする。ターゲットの位置がわかったら、おれたちは姿を現わす」

「結構です。どういうものであれ、大義に協力するのは光栄――」

ルデンコが、はじめてモズゴヴォイのほうを向いた。「大義のことなど聞きたくない。理屈は聞きたくない。おれがやれといったことを、おまえたちはやる。おれの声以外の動因は無用だ。おたがいに、わかり合えたか？」

「ダー……はい。了解しました」

「会議のために細胞を集めるのに、どれくらいかかる？」

モズゴヴォイは、池に目を戻し、肩をすくめた。「二、三時間でしょう。今夜、会えます」

「八時だ。住所はメールしろ」

ルデンコは立ちあがり、ウォーキングブーツをはいた足をひきずって、なにもいわずに離れていった。

「少佐というやつらは」モズゴヴォイはひとりごとをいった。成人してからずっと、どこかの軍隊に属していたが、将校にはなれなかった。

モズゴヴォイは、五分のあいだベンチに黙然と座っていたが、そのことに腹が立ってしかたがなかった。やがて立ちあがり、携帯電話の〈シグナル〉アプリを起動して、歩きながら部下にメールを送り、地下鉄駅のほうにひきかえした。

53

オールトマン・グローバス会計LLP（有限責任事業組合）のオフィスは、三番街東五二丁目の七十二階建て高層ビルの三十階にある。午後四時直後に表の暗い灰色の空の陽光が弱まり、三十階の照明は明るく輝いていた。

東五二丁目の東行き車線は混雑していたが、ビルとその道路を隔てた向かいに、店の正面がグリーンで店内がダークウッドの鏡板張りのアイリッシュパブがあった。

ゾーヤ・ザハロワは、窓ぎわの一本足の高いカクテルテーブルに向かって座っていた。華やかな服装ではなかったが、体の線をきれいに見せる黒いセーター、薄い色のジーンズ、茶色のブーツが似合っていた。

目と鼻のまわりに残っていた打ち身は化粧で隠し、すぐそばから見てもわからなかったが、くすんだ紫色の痣と掻き傷はよく見れば目に留まったはずだった。

「こういうやりかたは気に入らない」ゾーヤは、テーブルの向かいに座っていた男に向かっていった。その男、アレックス・ヴェリスキーは、午後に買った新品のスーツとネクタイを着込み、その一時間後には東五〇丁目のキンバリー・ホテルで数日ぶりに髭を剃った。ゾーヤはヴェリスキーに眼鏡をかけさせ、髪を薄い茶色から焦茶色に染めて、ブロンドのメッシュを入れ、背を高く見せる靴をはかせた。

ふたりは昨夜ニューヨークに到着し、ゾーイ・ツィマーマンという変名でホテルにチェックインするとすぐに、ゾーヤはいくつかの品物を買いにいくといい、ヴェリスキーを残して出ていった。

ヴェリスキーの目を見て気づいた。酔っ払いにいくと思っていたのだ。

多少は当たっていた。五番街のワインバーでサンセール（白ワインの葡萄の品種）をグラスで二杯注文し、たてつづけに飲んだ。それからペンシルヴェニア駅へ行った。西半球でもっとも混雑しているその鉄道駅で、ゾーヤは午後十二時十五分前に、駅の近くの食品雑貨店の外で五十過ぎの男と待ち合わせ、男につづいて店内にはいった。

男はタイ人らしく、ほとんどしゃべらなかったが、発音でそうだとわかった。ゾーヤは、カウンターの奥で、男の娘のように見える女のそばを通った。女はゾーヤのほうを見ないで、カウンターの奥の床に父親からの指示が書いてあるとでもいうように、そこに視線を据えていた。

タイ人は、さきほどダークウェブでゾーヤが注文したものをすべて、奥の部屋に用意し、ゾーヤがあらためられるように、安物のプラスティックのテーブルに並べていた。

九ミリ弾を使用するサブコンパクト・セミオートマティック・ピストルの黒いスミス＆ウェッソン・シールド、38スペシャル弾を五発装弾するスミス＆ウェッソンM４４２リヴォルヴァー、セミオートマティック・ピストル用の装弾済み弾倉数本、リヴォルヴァー用のスピードローダー二個。拳銃それぞれの簡易ホルスターもあった。

その横に、刃渡り一〇センチの折り畳み（たた）ナイフもあった。

拳銃二挺とナイフは、そのタイ人がニューヨークですぐに手に入れられる品物だった。いまの任務にゾーヤが真っ先に選ぶような武器ではなかった。リヴォルヴァーを撃ったのがどれくらい前だったか、思い出せなかったし、シールドは延長された弾倉でも九発しか装弾できない。いつもなら弾倉を交換するまで十三発ないし十六発吐き出すことができる拳銃を携帯するので、見劣りすることはいなめない。

とはいえ、二挺とも高性能な拳銃なので、使い古されているように見えたが、しばらく点検したゾーヤは、おおよろこびはしなかったが、使えると判断した。

だが、銃の横に、ゾーヤがおおよろこびするようなものがあった。七・五センチ四方で厚さが二・五センチのポリ袋がひとつあり、細かい白い粉がはいっていた。タイ人のほうを見ると、小さなうなずきが返ってきたので、ゾーヤはナイフの刃をひらき、小さな〈ジップロック〉をあけて、ナイフの先端で白い粉をほんのすこしすくった。

それを鼻先に持っていって、嗅いだ。

ゾーヤは顔をしかめた。そのコカインは、〝薄められていた〟。つまり、混ぜ物でかさを増していた。それでも、麻薬がほしくて、あまり選択肢がない人間にとっては、じゅうぶんな品質だった。

「ぜんぶ買う」ゾーヤは、ポリ袋を慎重に密封しながらいった。

「五千」タイ人があらかじめ決めた売り値を勝手に吊りあげなかったのは、ゾーヤにとってうれしい驚きだった。ゾーヤはポケットから百ドル札の束を出した。

タイ人は金を数え、札が偽札ではないことを確認するのに、ゾーヤが武器を点検するよりも長く時間をかけたが、じきにゾーヤは装備を持って、寒く暗い通りに戻り、ペンシルヴェニア駅近くでホームレスたちのそばを通って、キンバリー・ホテルのスイートを目指した。

ホテルに戻る途中で、あらたに買った自分のプリペイド式携帯電話でヴェリスキーのプリペイド式携帯電話にメールを送り、万事順調だと伝えたあとで、東四七丁目のアイリッシュパブ〈コナリーズ〉に寄った。午前二時近くになっていた。バーテンダーはすでにラストオーダーをとっていたが、ゾーヤの誘惑するような笑みと、甘く優しい作り声で、注文に応じてくれた。

ゾーヤは、アメリカのウォトカ〈ティトーズ〉のオンザロックをダブルで飲んだ。二、三度でそれを飲み干すのを見て、バーテンダーが目を丸くした。ゾーヤはすぐにまた通りに出て、寒い夜の闇を重い足どりで歩いていった。

そしていま、その翌日に、ゾーヤはもっと見苦しくない外見でここにいるが、内心ではまぎれもなく打ちのめされていることを、自分でも承知していた。

テーブルの向かいを見ると、ヴェリスキーのほうが精神的にずっといい状態なのがわかった。ゾーヤがジュネーヴ行きの列車で負った打撲傷(だぼくしょう)と擦過傷(さっかしょう)は、三十時間以上たったいまはだいぶ治っていたが、気分は暗く、これまでの人生で一度もなかったくらい落ち込んでいた。目の前に酒があり、がぶ飲みしたかったが、ただ両手で持っていた。必要なときに暖めてくれるお守りの毛布のようなもので、ヴェリスキーがいなくなったらすぐさま飲むだろうとわかっていた。

ヴェリスキーがいった。「こうするしかないんだ。いきなりエズラ・オールトマンに電話して、〝やあ、アレックスだ。きみが五年前から刑務所にぶち込もうとしていた男だよ。ちょっと出てきてピザでも食べよう〟というわけにはいかない」〈ダイエット・コーク〉

をひと口飲んだ。「ほんとうにわたしなのか、オールトマンにはわからないし、暗号化されていない電話では話をしないだろうし、わたしを信用するはずがない。オールトマンはいまごろ、わたしがブルッカー・ゾーネから持ち出した材料のアドレスを書いた手紙を受け取っているはずだから、わたしの変名を知っている。わたしが彼の事務所へ行って、パーヴェル・チルコフだと名乗れば、うまくすると、オフィスに入れてくれるかもしれない」

「そのあとは？」

「わたしたちは話し合う。心変わりした理由を、わたしは彼に話す。クループキンのファイルの話をすれば、クループキンが急に考えを変えた理由を彼は理解するはずだ。そのときには、すべてを説明する時間をあたえてくれると思う。そのあと、オールトマンが魔法を使って点と点を結び、金がわたしの銀行から出たあとで、どこへ行くかを突き止めることを願う」

「あなたの計画は、期待や願いだらけね」

ヴェリスキーは肩をすくめた。「わたしの考えつくほかの計画には、なんの期待も持てない。それに、きみはまだクループキンの電話を持っているから、たとえわたしが逮捕されたとしても、オールトマンに渡すことができる」

ゾーヤはもじもじして、ウォトカを見おろした。「それでも……あなたを独りでそこに行かせるのは心配よ」

ヴェリスキーも、ゾーヤの飲み物を見おろした。「わたしも、きみをこのバーに独りで残すのは心配だ」

ゾーヤは、窓から外を眺めた。「わたしはここから、向かいのビルのエントランスを見張れる。セダン十数台でFBI（フェズ）が乗りつけたら、なにもできないけど、あなたの身になにが起きたかはわかる」

ヴェリスキーがくすりと笑った。「酔っ払わないでほしい。それに、わたしのためにアメリカの捜査員を殺さないでほしい」

ヴェリスキーの願いのうち、従うことができるのはひとつだけだとわかっていたので、ゾーヤは黙っていた。

ついにヴェリスキーが溜息をついた。「よし……わたしは行く。警護官に体当たりされて、携帯電話を取りあげられないかぎり、メールで状況を伝える」

ゾーヤはうなずき、ヴェリスキーの目を覗（のぞ）き込んだ。「あなたはものすごく勇敢ね」

ヴェリスキーが目を伏せ、横のほうを見て、テーブルのそばの床を見つめているようだった。「クループキンのいうとおりだった。英雄になるのが肝心なのではない。自分の魂のかけらを救おうとしているんだ」

ヴェリスキーが、バースツールを滑りおりて、ドアに向かった。ゾーヤはウォトカを口もとに運び、ぐいっと飲みながら、窓の外を見て、今回の件で相棒になったヴェリスキーが、バーの正面から出て、渋滞している車のあいだを抜けて、道路を横断するのを見守った。まもなく、ヴェリスキーが、表の闇に聳(そび)えている摩天楼(まてんろう)のロビーのドアをあけた。

五分後、ゾーヤは二杯目の〈ベルヴェデーレ〉ウォトカのオンザロックを飲んでいた。ポーランド産のライ麦ウォトカは、ゾーヤがいつも飲んでいるウォトカよりも口あたりがなめらかだったが、文句はなかった。酒は酔うためのもので、味や飲みやすさは、ゾーヤの要求では、第二位か第三位だったが、手にはいるときはうまいウォトカを飲むのもいっこうにかまわなかった。

テーブルで携帯電話が鳴り、見るとヴェリスキーからだった。

「ロビーにはいった。ようすを見ている。警備の人間がおおぜいいる。正念場だ」

ゾーヤは応答した。「こっちに来させて話ができないかどうか、試してみて。オフィスから離れさせたほうが、説得しやすいかもしれない。用心棒がいないところで」

ヴェリスキーから返信があった。「用心棒ではない。制服を着た国土安全保障省(DHS)の警護官だ。いいやつか悪いやつかはわからない」

ゾーヤは三杯目を飲んだ。列車にいた女はCIAらしく、クループキンのファイルを握るか消し去るつもりのようだったから、制服の政府職員がいるのがいい兆候だとはかぎらないと思った。オールトマンは連邦政府の捜査員ではなく、警護官を使うはずだと、結論を下した。

ゾーヤはほとんどずっと、通りの向かいのエントランスに目を向けていたが、ウォトカのグラスを持っていても、自分の身の安全に関してやるべきことを念頭に置いていた。ときどき周囲のようすをうかがった。客たちがハッピーアワーの酒で乾杯し、数十人がテレビのバスケットボールの試合に目を釘づけにしていた。

脅威はない。

ドアがあき、ゾーヤが見ると、ビジネスマンのグループがはいってきた。体を揺すって寒さを払い落とし、ウールのコートを脱いで、ラックにかけ、まっすぐカウンターへ行って飲み物を注文していた。

全員の顔が見えたわけではなかったが、自分にとって危険ではないことは見分けられた。ウェイトレスがそばを通ったとき、ゾーヤはまた〈ベルヴェデーレ〉を注文した、三杯目の残りを、がぶりと飲み干した。心の底の憂鬱(ゆううつ)が消えて気持ちが昂(たかぶ)るほどではなかったが、任務を終えるという決意に駆り立てられていた。

そのあと……作戦を完了したら、つぎはなにを？

任務を生き延びられるのか、任務後も生き延びられるのか、ゾーヤにはわからなかった。

どうでもいいと思っているような気がした。

ゾーヤは、バーカウンターのほうを見て、ビジネスマンが何人かこちらに目を向けているのに気づいた。心のなかは悲惨でも、ウォール街の下っ端の馬鹿野郎がちょっかいを出すくらいには、〝じゅうぶんにいい女〟だという自信がゾーヤにはあった。

ひとりの男がグループから離れた。男はバーカウンターのほうを向いていたが、ゾーヤのところからは鏡に映る男の顔が見えなかった。ゾーヤは、男に不審なところがないか見極めようとしたが、じっくり観察する前に、三十代で鬢にかなり白髪がある整った顔立ちの男が、自信たっぷりに近づいてきた。

ゾーヤは、ウェイトレスが持ってきたウォトカを受け取って、すぐにごくりと飲んだ。

「だれかを待っているのかな？」男がきいた。

「ええ」ゾーヤは答えた。きっぱりした明確なアメリカ英語を装っていた。

「そうか」男が向かいのスツールに座った。「待つあいだ、いっしょに飲まないか？　ご主人？　それとも恋人？」

「女友だち」ゾーヤは冷たい目つきで答えた。「ねえ、あなた、格がちがうわよ。わたしのメニューにすら載っていない」

男がスツールからおりて、仲間のほうを見た——カウンターのほうを向いていたひとりを除いて、全員が熱心に見守っていた——やがて男がつぶやいた。「まあいいさ。お気の毒」

ゾーヤはいい返しもしなかった。通りと向かいのビルに注意を向けた。男が傷をなめるために仲間のそばに戻った。窓のそばの女はレスビアンだと仲間にいっているのだろうと、ゾーヤは憶測した。

数分のあいだ観察し、ウォトカを三分の二まで飲んだところで、右の窓のほうを向いたとき、左に動きがあるのをゾーヤは察した。

動きの源のほうを向こうとしたが、スーツにネクタイを締めた男がすでに向かいに座っていた。ゾーヤは男の顔すら見なかった。ただ溜息をついてつぶやいた。「あなたの友だちとおなじことになるだけよ」

人影は動かなかった。

あらたにいい寄ってきた男の手を見おろすと、コーヒーのカップを持っているのが目にはいった。若いビジネスマンにしては、午後四時半に妙なものを飲んでいる。うんざりしたように溜息をついて、ゾーヤは男のほうを見あげた。

そのとき、胸のなかで心臓が縮まるような思いを味わい、息を呑みそうになるのをこらえた。たちまち、大粒の涙が目からあふれそうになった。

唇(くちびる)をわななかせて、ゾーヤはじっと座り、呪文をかけられたかのようにまったく動けなくなった。

言葉が出てきたとき、何カ月も口をきいていなかったように、声がかすれていた。「あなた……あなたなの?」

コート・ジェントリーは、不安げな笑みを浮かべ、コーヒーを持っている手がすこしふるえていた。

54

チャコールグレイのスーツ、葡萄茶(えびちゃ)色のネクタイ、ブルーのドレスシャツが、ぴったり合っていた。鼈甲縁(べっこうぶち)の眼鏡(めがね)をかけ、顎鬚(あごひげ)と口髭(くちひげ)が生えかけて、おとといの晩にジュネーヴ行きの列車で狂乱の一瞬に見たときとはちがう、むさくるしい顔の男になっていた。

　それまでゾーヤは、一年ほどジェントリーに会っていなかったし、写真も持っていなかったので、淡い笑いを浮かべている目の前の男のことを頭脳がうまく処理できなかった。どういうことなのかわからず、取り乱している気持ちを整理できるかどうかもわからなかった。

「おれだ」ジェントリーは、コーヒーを見おろして、テーブルの上を滑らせ、ウォトカと交換した。「取り替えようじゃないか」そういって、ウォトカのグラスを口もとに近づけ、ひと口飲んだ。

　両眉をあげ、顔をしかめた。

　ゾーヤはまったく聞いていなかった。酒ですこしましになってはいたが、疲れと激しい驚きに襲われていた頭脳で、この状況を分析しようとしていた。ようやく口をひらいた。

「あなた……高速で走っていた列車から落ちた」

「おれなら、落ちたといういいかたはしないね」

　ゾーヤは、完全に呪文にかかっていた。「時速一一〇キロメートルぐらい出ていたにちがいない」

「おれの腰、右膝、右の尻っぺたは、きみの計算が正しいといっている」

　ゾーヤは首をかしげた。「雪のおかげ？」

「雪だまりに落ちて、雨裂のなかを独楽みたいに転げまわった。雪があってもなくても死んでいたはずだが、アルパイン・エアバッグをつけていたんだ」

「なんですって？」

「おれも聞いたことがなかった。あとで調べてみた。それが、胸、腹、背骨、腰、首まで守ってくれた。そのほかの部分はかなりひどくぶつかったが」

「たまたまそれをつけていたの？」

「列車に乗っていた登山者みたいに見せかけようとしたんだ。登山者のひとりのバックパックから盗んだ。やけに不格好なベストだと思った」

ゾーヤが驚嘆して首をふり、こういった。「あなたって、どうしてそんなに運がいいの？」

ジェントリーは小さく肩をすくめた。「ほんとうに運がいいやつは、最高速度を出している列車から体当たりで突き落とされたりしない」

「それに、ほんとうに運が悪いひとたちは、ジュネーヴの霊安室に入れられた」

「そうだな」ジェントリーはいった。「そうなるのが当然のやつらといっしょに」

ジェントリーはウォトカをもうひと口飲み、グラスを掲げた。「これは痛みに効き目があるね」

「どういう痛みを味わっているかによるわ」ゾーヤはテーブルをしっかりつかんでいた。相反し、目がくらみそうな、混乱した感情に圧倒されていた。ジェントリーは、なんの欠点もなく、落ち着き払い、考えがまとまっていて、抑制が利いているように見えた。

ゾーヤは、自分がそんなふうだとは、とうてい思えなかった。

ようやくゾーヤはいった。「ここでなにをしているの？」

「きみが護っている男。彼とデータを狙うよう、おれは命じられた。でも、いまは――」

それを聞いて、ゾーヤの頭がとたんにはっきりした。「それじゃ、あくどい作戦のために派遣されたのね？」

「ああ……しかし、事情がわかってきた」ジェントリーは肩をすくめた。「徐々に」

ゾーヤは、テーブルから両手を離し、コーヒーをつかんだ。ひと口飲むと、ブラックで、苦く、顔をしかめた。ウォトカのほうがずっと口あたりがよかった。「だれにヴェリスキーを追うよう命じられたの？」

「スーザン・ブルーア」

ゾーヤはコーヒーを置き、はじめてジェントリーから目をそらし、窓の外の通りに目を戻した。「スーツを着ているあなたは頭がよさそうに見えたのに。ほんの一瞬だけど」

ジェントリーは、降参のしるしに肩をすくめた。「ブルーアに利用されていることは、ある程度気づいていた。しかし、局（エージェンシー）を手伝い、ＧＲＵの資産（アセット）をターゲットにする好機だと思った。それで七階の幹部のおぼえもめでたくなるかもしれないと思った」

「これまでさんざんひどい目に遭ったのに、よくそんなふうに楽観できるわね？」

「楽観というよりは夢だな。ああ、たしかにただの幻想だった」ジェントリーは、ゾーヤをじっと見てからいった。「きみはどうして巻き込まれたんだ？」

「民間の仕事で、ヴェリスキーを追うよう依頼されたの。逃走中の馬鹿なバンカーを見つけて、知っていることを聞き出したい競合する銀行に引き渡すことになっていた。わたしがヴェリスキーを捕らえると、そこへＧＲＵが現われた。ヴェリスキーはわたしに、自分がなにをつかんでいるかを話した。ヴェリスキーに手を貸さなければならないと、わたしは気づいた」ゾーヤはまたコーヒーを飲んだ。「それ以来、状況は悪くなるいっぽうよ」

ジェントリーも、これまでの旅について説明した。「ブルーアはおれとCIA本部(ラングレー)の作戦担当官に、カリブ海へ行って、ロシアから持ち出されたデータが保存された電話を回収するよう命じた。東側へ流れ込むCIAの資金の情報が暴かれるという口実で」

「取り戻したの？」

「いや。GRUのやつに先を越された」

「だれに？」

「局(エージェンシー)がマタドールと呼んでいる男だ」

ゾーヤは両眉をあげた。「ルデンコね。噂を聞いたことがある。局(エージェンシー)が標的にしていた」首をふった。「外見は知らない」

またまずいコーヒーを飲んだ。素面(しらふ)にはならなかったが、一分か二分後に手をのばしてジェントリーからウォトカを取り返すまでの時間稼(かせ)ぎだった。「ブルーアは、ヴェリスキーを捕らえるよう命じて、あなたをミラノに派遣したのね？」

「ああ。おれはマタドールのことも追っていた。じつは出くわした」

「どこで？」

「列車で。きみも会っているかもしれない。ブロンドの髪で、彫りが深い顔だ。気難しい感じだ」

「ええ」ゾーヤはいった。「そいつはわたしに向けて撃った」

「そうか」ジェントリーはつづけた。「おれはそいつに傷を負わせた。どれくらいひどいかはわからないが、戦闘には参加できないだろう。GRUがオールトマンのことを知っていれば、おそらくここに来るはずだが、おれは二時間前から片目をオールトマンのオフィスがあるビルに向けながら、ロシア人を探している。だれも見つけていない」笑みを浮かべた。「きみ以外は」

ゾーヤはきいた。「どうしてニューヨークだとわかったの？」

「作戦担当官とおれは、はめられたことに気づいた。ブルーアか、ブルーアを操っているだれかに。それでおれたちは――」

「列車に乗っていた女？　アフリカ系アメリカ人？　三十代？　美人？」

「アンジェラ・レイシー。善人だし、正直だ」

ゾーヤは、コーヒーを置いた。「スーザン・ブルーアの手先の男のいうことなんか、信用できない」

ジェントリーは笑みを浮かべた。「おれは性格を見抜く名人なんだ」

冗談だとわかっていたが、ゾーヤは馬鹿にするように鼻を鳴らした。それから、ジェントリーを探るように見つめた。「彼女は弱いわよ、コート。列車でわたしに銃を突きつけた。わたしからデータを奪い、ヴェリスキーを連れ去ることもできた。でも、彼女の目を見てわかった。ひとの命を奪う度胸はない」

「複雑な人間なんだ。平和主義者だ」

ゾーヤはそれを認めなかった。「それなら、就く仕事をまちがえたわね」

「彼女は、おれたちのような仕事をやっているわけじゃないんだ、ゾーヤ。CIA本部(ラングレー)の出世株の中間管理職だ。やったことがあるいちばん汚い仕事は、首都警察に手をまわして、友好国の情報機関員の駐車違反を取り消すようなことだろう」

「だったら、どうしてブルーアは彼女をこれにひきずりこんだの？」

「最初は、おれを巻き込むためだった。地上班をよこしたら、おれは撃ち合いをはじめるから、それはできない。しかし、レイシーはセントルシアで冷静にことに当たった。ジュネーヴ行きの列車でもそうだった。そのあと、ブルーアは彼女を仕事からはずした」

「でも……こっちにいるんでしょう？」

「ニューヨークに来て手を貸してくれと、おれが頼んだんだ」

「それで、ただイエスといったの？　だったら、もう出世株じゃないわね」

ジェントリーは薄い笑みを浮かべた。「彼女は優秀かもしれないよ、Z」

「やっぱりあなたの性格判断は、昔からそうだけど、希望的観測にかなり頼っている」ジェントリーが答える前に、ゾーヤはいった。「ブルーアのことがそうだし、わたしについてもそうよ」

ジェントリーは、首をかしげた。「ブルーアのことはわかる。でも、どうしてきみのことが？」

ゾーヤは顔をそむけて、表の雨を見たが、なにもいわなかった。

気がつくと、ジェントリーは雨を眺めているゾーヤをじっと見ていた。表の通りで電灯を反射している水たまりのように、ゾーヤの目は明るく輝いていた。

やがて、ゾーヤが泣き出した。

ジェントリーは、生きているあいだにふたたびゾーヤの目を覗き込むことをなによりも願いながら、ヨットで星を見あげたすべての夜のことを思った。

だが、いまここにいて、これが現実なのに、ゾーヤが記憶にある人間とおなじではないように思えた。はかなく、自信がなさそうで、葛藤があるように見える。

こんどはゾーヤがいった。「あなたはわたしを置いて姿を消した」

ジェントリーは、ウォトカをすこし飲み、テーブルに置いたが、濡れている冷たいグラスを両手で持っていた。「きみの相棒が、おれを列車から突き落としたからだ」

ゾーヤは首をふった。「ちがう。去年のことよ、ドイツで。なにもかも完璧に思えた」肩をすくめた。「というか、わたしたちみたいな人間にしては、完璧だった。そうしたら、あなたはただ……いなくなった」

好きな相手を裏切ったことに、ジェントリーは心の底で痛みを感じた。そういう感情を味わうことは、ジェントリーの人生ではめったになかったが、それがなんであるのか、すぐさま悟った。

「そうするしかなかったんだ、ゾーヤ。ハンリーが、おれの背中にはあらたに的が描かれているといった。あそこで起きたことすべてを、局（エージェンシー）はおれのせいにするだろう、と。局（エージェンシー）は前よりもしつこくおれを付け狙うはずだが、自分はもう七階にはいないからかばってやれない。だから逃げろと、ハンリーはいった」

ジェントリーは首をふった。「ハンリーもブルーアも悪いやつだが。ハンリー抜きのブルーアは、まさに恐ろしい相手だ」

ゾーヤの右頬を、涙が一粒流れ落ちた。

弁解するように、ジェントリーはつけくわえた。「きみを連れていったら、大きな危険にさらすことになったはずだ」

ゾーヤが、腹立たしげに鼻を鳴らして笑った。「だからわたしを置いていった。それからずっと、わたしはとことん安全だったというわけね。なんて高潔なの」

ジェントリーは、ゾーヤの化粧の下の痣を見た。自分が殴りつけたときには、頭の横をかすめただけだと確信していた。ジュネーヴ行きの列車でゾーヤが切り抜けた戦いを、ジェントリーはほとんど見ていないが。交戦する音は聞いていた。

ちがう。ゾーヤを置いていっても、けっして安全にはならなかった。ゾーヤを置いて逃げたいいわけを口にしているにすぎないと、ジェントリーは思った。

弁解しようとしたが、出てきたのは、「悪かった」という言葉だけだった。

ゾーヤが何度か息を吸い、コーヒーをテーブルの上で遠ざけ、手をのばして、半分残っていたウォトカのオンザロックを取り返した。残りを飲み干してから、ウェイトレスにつぎの一杯を注文し、グラスをテーブルに置いた。

「いいの」ゾーヤがいった。

ジェントリーは、相手がどういう感情を心に抱いているかを探知する感度のいいレーダーを備えていなかったが、ゾーヤの気持ちはその言葉とは正反対なのだと、はっきりわかった。

55

「きみが恋しかった。いつの日も」ジェントリーは考えもせずにそういい、すぐさまその言葉を撤回したいと思った。心をさらけ出すと、心痛をまた呼びさますだけだと気づいたからだ。

ふたたびゾーヤの目に涙があふれた。ジェントリーには、それがなにを意味するのかわからなかったし、口にする言葉すべてがゾーヤを怒らせるようなので、なにをいうか考えるのをあきらめていた。

この瞬間のことをずっと考え、心から待ち望んでいたのに、いまはなにもかもが悪い方向に進んでいるようだった。

ゾーヤがいった。「あなたはいつも、わたしがなにを必要としているのか、考えようとする。そして、たいがいまちがっている。どうして黙ってわたしの話を聞くことができないの？」

ジェントリーには、返す言葉がなかった。

ふたりは二十秒間、黙って座っていた。ゾーヤが涙をぬぐい、ふたりは気を取り直した。ウェイトレスが来てあらたなウォトカを置いたときに、睨めっこは終わった。ウェイトレスは、泣いている美しい女を見て、たぶん化粧の下の痣にも気づいたのだろう。〝くそでもくらえ〟というようなきつい視線をしばらくジェントリーに向けてから離れていった。そのときにそんな目で見られるのは、ジェントリーにしてみれば心外だった。

ゾーヤが、目をしばたたいて涙をふり払ってからいった。「恥ずかしいんだけど……でも」

「なんだ？」

「すごく、ハグしてほしいの」

ジェントリーは躍りあがって小さなテーブルをまわり、ゾーヤを抱き締めた。ジェントリーは立ち、ゾーヤはスツールに座っていた。

「あなたに会えなくて淋しかった」ゾーヤがジェントリーの耳もとでささやき、ジェントリーは目をぎゅっと閉じた。さまざまな感情の波を感じ、賢明にも制御したり戦ったりすることは不可能だと悟った。とまどいもあった――ジェントリーの知っていたゾーヤとはちがう――だが、いとおしいという思いと愛もあった。これほど強くつながっているのは、地球上の八十億人のなかでただひとり、ゾーヤしかいないというような感じの純粋な愛だった。

しばらくして、ジェントリーは顔を離し、ゾーヤが見あげたので、それに応じて唇を近づけた。ふたりはキスをして、ジェントリーはその一瞬をうっとりと味わい、その触れ合いの感覚とともに、二度と会えないのではないかと心の底から思っていたことが怒濤のように意識によみがえった。

ゾーヤが大きな音をたててすすりあげた。まだ涙を浮かべていて、顔を拭くために、つかのまジェントリーから離れた。

「馬鹿みたい」ゾーヤがいった。

「なにが？」

ゾーヤがまたすすりあげ、自制を失いかけていた。「カンカンに怒るのがあたりまえだとわかっているし、じっと座って考えていたら、そうなったかもしれないけど、どうしてもこうしてほしかったのよ」

「おれもだ」

ジェントリーはスツールに戻り、ウェイトレスを呼んで自分の酒を頼もうかと思ったが、やめることにした。ゾーヤに軽蔑されたくなかったし、ヴェリスキーを狙っている連中がまわりにいるとしたら、鋭敏でなければならない。目の前の女をどれほど愛していても、作戦という見地からは、彼女はよろよろしているように見える。

ジェントリーは、ふたたび考えていたことを口にした。「だいじょうぶ?」

ゾーヤが、通りを眺めながら目をぬぐった。「いまはそんなに最高じゃない。あなたもそうなったことがある?」

「人生のほとんどがそうだよ」ジェントリーは、淡い笑みを浮かべた。「きみもすぐに調子が戻るよ」

ゾーヤはそれを信じていないようだったが、はっきりした目つきになっていて、ジェントリーに視線を戻した。「いまごろヴェリスキーは、オールトマンと話をしている」

「そうだろうと思った。この店を出て向かいのビルにはいるのを見たから、きみがここで監視しているかもしれないと思った」

ゾーヤは、口もとにあらたなウォトカのグラスを近づけた。「ええ、わたしはそれをやっている」

ジェントリーはにやりと笑った。「手伝わせてくれ。おれは腰をおろしてからずっと、きみのうしろの鏡を使って店内に目を配っていた。見つけた脅威は、きみを家に連れ込もうとする盛りのついたくそったれの群れだけだった」

ゾーヤが、あきれて目を剝いた。「それは文字どおり、いま地球上でわたしがまったく心配していないたったひとつのことよ」

「それなら、それ以外のことを手伝うことができるかもしれない。おれたちの資源を出し合おう。協働しよう。ヴェリスキーの情報を国際社会にひろめよう」

はじめのうち、ゾーヤは反応しなかった。なかなかとまらない涙をぬぐい、またウォトカを飲んだ。ゾーヤが飲んでいるとき、ジェントリーはわざとそっちを見なかった。ゾーヤがアルコールを乱用するのは、これがはじめてではなかったが、頭ごなしに批判していると思われたくはなかった。いまのゾーヤには、それがいちばんよくない。

ようやく、ゾーヤの頭がすこしはっきりしたようだった。「どうしてニューヨークに来るとわかったのか、教えて」

「ヴェリスキーが手に入れた情報を持っていく最後の目的地は、エズラ・オールトマンのところだとわかった。それに、ブルーア本人がきのうニューヨークに来たことを、レイシーが突き止めた。ブルーアはヴェリスキーを捜していて、ここへ来るのを知っているのだと思う」

「ＣＩＡが関わっているのなら、どうしてＦＢＩに連絡しないの？　ＣＩＡはこういうことをアメリカ国内でやるのを禁じられているはずよ。ＦＢＩ捜査官がバンから跳びおりて、ヴェリスキーがビルにはいる前に体当たりすることもできた」

「鋭い質問だ」ジェントリーは答えた。「ブルーアは、これをよそには漏らさずにやりたいんだろう。うしろ暗い作戦なんだ。よその部局は関与させない。だれを信用すればいいのか、わからない」

「ブルーアは、だれかと協力している。現場工作員ではないから。でも、だれと？」

見当もつかないことを、ジェントリーは認めたが、やがてゾーヤがいった。「まさかGRUと結託（けったく）しているわけじゃないでしょうね」

「いくら相手がブルーアでも、それは考えすぎだろう」ジェントリーは、ほんとうにびっくりしたというようにいった。

ゾーヤは肩をすくめた。「ブルーアならやりかねない」

それでも、ゾーヤのその推理は馬鹿げているとジェントリーは思った。アルコールのせいでそういったのかもしれない。ジェントリーはいった。「それじゃ、マタドールが現われたら、ブルーアと協力しているかどうかきけばいい」

「現われたら、わたしが撃ち殺すというのはどう？」ゾーヤがいった。

「それが最高かもしれない」そこでジェントリーは首をかしげた。「銃を持っているんだね？」

「じつは二挺ある」ゾーヤは笑みを浮かべた。「銃身五センチのS&W(スミス)なら、貸してあげる」

ジェントリーはうなずいた。「石を投げるよりはいいだろうね。じつはレイシーのSIGを持っている」

ゾーヤが、感心しないという目つきで、ジェントリーを見た。「そうね。彼女には必要ないでしょう」

ゾーヤは、涙の名残(なごり)を目からぬぐい、携帯電話をテーブルから取って、スクリーンを上に向けた。メールが何通か届いているのを、ジェントリーは見た。

「しまった」ゾーヤがつぶやいた。

「どうした?」

「アレックス……何度も連絡してきた」

「無事か?」

そのとき、バーのドアがあき、ゾーヤがジェントリーのうしろのほうを見て、いかにもほっとした表情になった。ジェントリーがふりむくと、ヴェリスキーがひとりではいってくるのが見えた。ゾーヤとジェントリーのテーブルをまっすぐに目指していたが、ジェントリーを見てヴェリスキーは歩度をゆるめた。問いかけるような目つきで歩きつづけ、ゾーヤにちらりと視線を投げた。

ジェントリーは目立たない男(グレイマン)なので、手強(てごわ)そうな相手、脅威として品定めされることはないが、ヴェリスキーはどういうわけか危険を察知したようだった。あるいは、周囲の人間すべてを恐れている、怯(おび)えた猫のようになっているのかもしれない。

それをできるだけ早く払いのけるために、ジェントリーは片手をのばした。「やあ、アレックス」

ヴェリスキーが、ジェントリーの手を握った。興奮している。ゾーヤに話したいことがあるのはまちがいないと、ジェントリーは見てとった。だが、その前にヴェリスキーは、この見知らぬ男が何者なのか、突き止めようとしていた。

ジェントリーは、それに手を貸した。「スイスでちらりと会ったことがある」

ヴェリスキーが、首をかしげた。「ああ……そうだったかな」

「そうだ。憶えているかもしれない。走っている列車から、おれを突き落とした」

哀れなヴェリスキーが、目を丸くして、衝撃のあまりうしろによろけそうになった。

ジェントリーは言葉を補った。「いいんだ。ああなるとわかっていた」

ゾーヤがくすくす笑った。ジェントリーが一年以上、聞いたことがなかった、心を楽しませる声だった。ゾーヤがいった。「アレックス……紹介するわ」名前を思いつくのにすこし手間取った。「チャーリーよ。彼はわたしたちに力を貸してくれる。信じて。彼をわたしたちの味方にしたいの」ジェントリーのほうを向いた。「チャーリー、わたしは、アレックスにはベスと名乗っているの」

ジェントリーはゾーヤの顔を見て、〝チャーリー？〟と口の形で問いかけたが、ヴェリスキーに向かっていった。「スツールを持ってきてくれ」

ヴェリスキーが、しぶしぶいわれたとおりにした。三人が顔を寄せ合うようにして座ると、ヴェリスキーがきいた。「どうして……どうして生きているんだ？」

「みんなそのことばかりきく。あんたの肩からの突進は、かなりすごかった。サッカー？それともラグビー？」

ヴェリスキーは、自分が殺したはずの男と話をしていることに、まだ激しい驚きをおぼえていた。だが、首をふっていった。「アイスホッケーだ」

「アイスホッケーか」ジェントリーはいった。「道理で」話題を変えた。「おれはあんたを追いつめるために派遣された。ベスとは知り合いで、彼女が列車に乗っているのを見て、あんたを助けていると気づいた。その瞬間に、自分がまちがったチームの側でプレイしているのだと悟った」さらにいった。「自分でも情報をつかんだ。それで、ここに来た。エズラ・オールトマンがいるニューヨークに」鵜呑みにはできないだろうと、ジェントリーにはわかっていた。案の定、ヴェリスキーはすぐには納得しなかった。

ゾーヤが手助けしようとした。「わたしたちがあなたを護る。いまのところは、わたしたちだけよ。アメリカ政府は信用できない」

「どうして？」ヴェリスキーがきいた。

ジェントリーはいった。「上のほうのだれかが、あんたとあんたのデータを消し去るよう求めている。どれほど上まで行っているのか、だれが関与しているのか、おれたちにはわかっていない……正直いって、わかっていないことが数多くある。しかし、ベスとおれは、おたがいに信用できるとわかっている。おれたちがあんたの身の安全を護る」

ヴェリスキーが、計画に賛同したというようにうなずいた。「オールトマンも、だいたいそんなことをわたしにいった」

ゾーヤが首をかしげた。「どういうことを？」

「わたしはロビーの警護官に、オールトマンに伝えた変名をいって、十五分待った。オフィスに案内されるだろうと思っていたが、オールトマンはおりてきた」

「彼はなにをいったんだ？」ジェントリーはきいた。

「オールトマンは、わたしを脇にひっぱっていって、握手をし、メモを握らせた。寝室の金庫に入れてあるプリペイド式携帯電話の番号が書いてあるといった。まわりにいる政府の警護官を、オールトマンは信用していない。彼に対する脅威に目を光らせているのではなく、彼をスパイしはじめたというんだ」

「くそ」ジェントリーは、両手で顔をこすった。

「そうなんだ。それに、オフィスにも家にも盗聴器が仕掛けられていると、オールトマンは思っている。今夜、自分がベッドにはいったあとで、メールでやりとりできるが、会うことはぜったいにできないと彼はいった」ゾーヤの顔を見た。「オールトマンに会ったとき、わたしはクループキンのデータを持っていなかった。これからどうやって渡せばいいのか、わたしにはわからない」

ゾーヤはいった。「あなたは捕らえられるおそれが大きかったから、クループキンの電話を渡せなかったのよ」それからきいた。「オールトマンは、あなたに協力すると思う?」

「わたしが握っているものに、オールトマンはかなり興味を抱いていたから、わたしを冷たくあしらうことはないだろう。しかし、彼のまわりにいる武装した男たちが不安材料だ」

ジェントリーはいった。「プリペイド式携帯電話で、彼と連絡がとれれば、データを渡す方法はおれが見つける」

ヴェリスキーはいった。「オールトマンは、自宅の住所も教えた」

ヴェリスキーがメモを渡し、ジェントリーはそれを受け取って、〈シグナル〉アプリでアンジェラ宛のメールを書いた。送信ボタンを押したあとで、メモをゾーヤに渡した。

ジェントリーはいった。「オールトマンが自分を警護している連中を信用できなくて、GRUとCIAがオールトマンに目をつけているとすると、おれたちにはあまり時間がない」

「彼もおなじ」ゾーヤがいった。

ジェントリーは立ちあがった。「表に出て電話をかける」

ゾーヤが怪しんできいた。「だれに電話をかけるの？」

「おれたちが特報（ニュース）をつかんだら、それをひろめられる人間だ。あんたたちには、泊まる場所があるんだろう？」

ゾーヤはうなずいた。「ええ、三番街東五〇丁目のホテルのスイートを取っている」

「そこへ行こう」ジェントリーはいった。「オールトマンの家の界隈（かいわい）を、二時間くらいノートパソコンで遠隔偵察する。そのあいだにアンジェラが近くの隠れ家と、必要な装備を用意する。今夜、オールトマンに電話を渡す計画を立てる」

「待て」ヴェリスキーがきいた。「アンジェラとはだれだ？」

「友人だ」ジェントリーは答えた。「やはりおれたちの味方だ」

ゾーヤが、ウォトカの氷を噛み砕いて、批判するようにジェントリーを睨んだ。「ということになっている」

56

午後五時、《ワシントン・ポスト》のニュース編集室は、蜂の巣をつついたような騒ぎになっていた。

ニューヨークの国連本部ビルでサミットがけさ開始された。連邦議会からの噂では、翌日の正午ごろに各国の外相が協定に調印するはずだった。そのあと、ロシアは形式的に国連安全保障理事会で厳しい言葉遣いの説教を受ける。その叱責（しっせき）の直後に国連決議が採択されて、モスクワがまがりなりにも休戦を守っているかぎり、ロシアとの貿易を再開するよう各国を促す。

貿易がふたたび盛んになれば、天然ガス、石油、穀物が流れはじめる。ロシア国内の西側諸国の商業活動が再開される。金融と財務の制裁措置は取り払われる。

多くの国にとって最適な結末だが、すべての国にとって最適なわけではない。

戦争で民間人多数を含めて何万人も殺したロシアは、ウクライナの領土約一〇万平方キロメートルをひきつづき支配する。ウクライナの立場としては、合意を受け入れられるはずがないので、ロシア領内と分離主義者が支配する地域への攻撃をなおもつづけるにちがいないが、西側諸国はウクライナへの武器供給を停止することに同意するだろう。

平和維持という名目で。

公（おおやけ）に認めるかどうかはべつとして、ロシアがこの合意の最終的な勝者だということを、だれもが知っていた。貿易やロシアとの関係に関しては、西側諸国も利益を得る。いっぽう、ウクライナは敗者になるが、危機的状況に陥っていたことを思えば、キーウのウクライナ政府も含めて、現実政治（レアルポリティーク）ではこれがすべての国にとって最善の結果だと、西側諸国は主張するはずだった。

いうまでもないことだが、《ワシントン・ポスト》は、首都ワシントンDC、ニューヨークの国連本部、さらにウクライナにも記者を配置して、合意のことを全面的に報道し、さまざまな角度から痛烈に批判していた。

国家安全保障問題担当上級記者のキャサリン・キングは、何日も前からワシントンDCで情報源を掘り起こし、ロシアが貿易協定と和平協定によって勢いづいたあと、どういう動きをするか、見極めようとしていた。軍と情報機関の指導者たちは——もちろん、それぞれの事情による発言だが——ニューヨーク協定の調印で勢いづいたロシアは、国内で勝利を宣言して、軍の組織、兵器、装備を拡充できるようになるだろうと予想していた。政府高官の多くは、協定調印によって、近々、リトアニアなどロシアと国境を接している国々への攻撃がかならず起きるだろうと断言していた。

キャサリンは記者なので、報道で自分の意見をことさらに述べはしないが、個人的には西側諸国の先見性のなさに唖然としていた。今夜は晩くまで編集室にいて、午後十時の締め切りまで記事を書いているはずだった。

きょう、アダムズ・モーガン地区にあるシンクタンクの近東担当ディレクターを相手に行なったインタビューのメモを書き起こしていると、デスクで携帯電話が鳴った。うわの空でそれを取り、「キャサリン・キングです」といって、三十年のジャーナリスト生活の習性でボールペンとメモ用紙をつかんだ。

聞きおぼえのない男の声が聞こえた。「キングさん。おれのことを憶えているかな。二年前に会った。DCで」

キャサリンはワシントンDCで何千人ものひとびとと会っていたし、長々とやりとりする時間はなかった。「名前をいってもらえば、思い出せるかもしれない」

「それは……ちょっといえないんだ」

キャサリンは、メモから目を離さずにいった。「ねえ、お友だち、あなたみたいな秘密探偵クルクル（一九六〇年代の同名のアニメの主人公）タイプには、しょっちゅう会っているのよ。自分は特別だとあなたは思っているのかもしれない。そうなのかもしれない。でも、情報の世界で会ったひとを、声だけで思い出せといっても無理なの」

「もっともだ」間を置いてから、男はいった。「おれについて真相を知るために、あんたはイスラエルへ行った」（『暗殺者の反撃』参照）

キャサリン・キングは、ボールペンを取り落とし、メモから顔をあげた。数秒のあいだ、なにもいわなかった。

「思い出したか？」

キャサリンは、低い声で答えた。「本人だという証拠は？」

「おれの首をスタンガンで撃った。その話をだれかにしたか？」

「もちろんしていない」

「おれもだ。正直いって、面目丸潰れだから」

キャサリンは、すぐに気を取り直した。「連絡ありがとう。まだ生きていると知ってほっとしたわ」

「いまのところは」上級調査報道記者のキャサリン・キングは、元ＣＩＡ工作員のこの男とワシントンＤＣで会い、ＣＩＡが彼を殺そうとしている理由を突き止めようとした。その際に、彼の計画の成功に多大な貢献をし、彼が苦境を切り抜けられるよう導くと同時に、彼の過去についてさまざまなことを突き止めて、たがいに敬意を抱いて別れた。

「わたしにどういう手助けができるの？」グレイマンと呼ばれるその男はいま、キャサリンの注意を完全に惹（ひ）きつけていた。

「ニューヨークに来ることはできるか？」

キャサリンは首をかしげた。「どういう理由で？」

「おれと会うためだ。会えばとてつもない特ダネになる」

ほんの短い間を置いて、キャサリンはいった。「前とおなじような大きなネタ？」

「前よりも重大なことだ」グレイマンが、電話に向かって笑ってからいった。「今回は新聞に載せられる」

キャサリンは、両眉をあげた。二年前には、この男から知ったことを報道しないよう、ＣＩＡに懇願（こんがん）された。しかし、キャサリンの半生で最大の特ダネを提供してくれたそのおなじ資産（アセット）がいま、それを超えるものを約束している。そういう特ダネなら、ＣＩＡがどういおうが新聞に載せようと、キャサリンは即座に決心した。

キャサリンはいった。「あなたと話をしたいのはやまやまだけど、国連での会合の取材をやっているの。いまはリモートだけど、記事の締め切りが――」

「これはそれと直接、関係がある。こっちに来てくれれば、ある人物を紹介する。その人物は、あんたがほかの手段では手に入れられないような重要情報を、あんたに提供する」

「だれなの？」

グレイマンは答えなかった。「ある人物だとしかいえない」

「わかった。記事を書き終えるのに、三時間ちょうだい。そうしたら、十時の急行に乗る。ペンシルヴェニア駅到着は一時五十五分よ。あすの朝、あなたに会える」

「それでいいよ」

「場所は？」

「番号を教える」グレイマンが電話番号を読みあげ、キャサリンはそれを書き留めた。〈シグナル〉を使って連絡するよう、グレイマンが念を押した。「午前七時に電話してくれれば、どこへ行けばいいか教える」

キャサリンは、うなずいてからいった。「どういうことなのか、もっと事情を教えてもらえない？」

グレイマンが答えた。「あした会おう。ぜったいに失望することはない」

「信じるわ」

「それと、もうひとつ。こっちに来ることは、だれにもいうな。かなり上のほうが絡んでいて、どれくらい上のほうかわからないが、おれはだれも信用していない」

「わたしはべつ？」

「前に、おれに対してちゃんとしたことをやってくれた。その後、やつらに買収されていないことを願っている」

堂々とした声で、キャサリンはいった。「わたしはだれにも買収されない」

「結構」

電話を切りながらキャサリンは、すべてが策略めいていると思ったが、この男は本物だし、ニューヨークへ行って話を聞くつもりだった。

午後六時四十五分、ペトロ・モズゴヴォイは、ニュージャージー州イースト・ラザフォードのウィンザー・アヴェニューにある下見板張りの三階建てバンガローの玄関ドアの鍵をあけた。

その不動産譲渡証書には、ダミーの受託団体が記載され、ふだんはだれも住んでいないが、家事代行業者に毎月現金で支払われ、小ぎれいに維持されていた。公共料金も現金で支払われ、だれかが泊まるときには、通りの先の食料品店で現金で買い物をして、ブラインドはつねに閉まっていた。

近所の住民は、繁盛していないAirbnb（旅行者と、宿泊できる空き部屋や空き家を提供する個人をつなぐマッチングサービス）向けの家だと思っていたが、面倒を起こすような人間はそこにいなかったし、通りのほかの家と見かけもほとんどおなじだったので、だれも注意を向けなかった。

モズゴヴォイはコートを脱ぎ、クロゼットに吊るしてから、家のなかをすべて見てまわった。古い硬木の床が、一歩ごとにきしんだ。

部屋ごとにモズゴヴォイは、歩きまわりながら、アンテナのついた携帯機器をゆっくりふり、家屋内に盗聴装置がないことを確認した。それは周波数検出器で、電子的に付近を走査し、ワイヤレスのマイクやカメラが隠されていないかどうか調べる。FBIがこの隠れ家に気づいている可能性はないと、モズゴヴォイは思っていたが、九年間、残虐な戦争を戦ってきたので、敵に関することは何事もおろそかにしてはならないと承知していた。

到着から一時間後、モズゴヴォイは家のあちこちに埋め込まれたスピーカーからステレオの音楽を流した。味気ない装飾には合わない電子音のダンスミュージックだったが、そのやかましい音は、そのほかの種類の監視を妨害するのに役立つ。レーザー聴音装置は、四〇〇メートル離れた場所に設置できる。家の窓が見通し線にあれば、監視専門家は室内の会話を録音できる。だが、腹に響くベースの低温と、甲高い音の音楽は、レーザーを混乱させ、音声を聞き取りづらくする。

音楽のせいで呼び鈴はほとんど聞こえなかったが、モズゴヴォイはずっと耳を澄ましていたので、それが鳴ったときには一階の玄関ホールへおりていって、ガラスごしに見た。厚いコートを着た男ふたりが、暗いなかに立っていた。モズゴヴォイはポーチのライトをつけていなかった。だが、ふたりを見分けて、玄関ドアの閂（かんぬき）二本をはずし、ふたりがはいるとすぐにまた閂をかけた。

男ふたりは白髪（しらが）まじりで、顎（あご）が角張り、相手をすぐさま疑ってかかるような遠い目つきだった。そして、一見して、血のつながりがあるとわかった。ボンダレンコ兄弟は、ドンバス地方のトレック出身だった。ウクライナとの戦争では、モズゴヴォイとおなじように十年近く前線で戦い、祖先がロシア系の分離主義者だった。兄のタラスは三十九歳、弟のエヴゲンは三十六歳で、ロシアの本格的なウクライナ侵攻開始とともに、モズゴヴォイとおなじように、分離主義者の情報機関によって引き抜かれた。

ボンダレンコ兄弟は有能な戦士だとわかっていたが、ふたりの隠れ蓑（みの）の職業も、モズゴヴォイは高く評価していた。ふたりはブルックリンの小さな金物屋で働いているので、細胞が任務の準備に必要とする装備すべてを、容易に手に入れることができる。

ボンダレンコ兄弟が紅茶をいれるためにキッチンへ行ったとき、ドアにノックがあった。モズゴヴォイはポーチを見てからドアをあけ、ふたたび男ふたりを入れた。ふたりとも苗字はオスタペンコだが、兄弟ではなく、二十歳のパーシャと三十六歳の叔父アルセンだった。アルセン・オスタペンコは戦争初期に上級軍曹で、英語はあまりしゃべれないし、ニューヨークへ来るまでウクライナ東部を離れたことはなかったが、頭がよく、モズゴヴォイが要求することをなんでもやれるくらい残忍だった。

アルセンは、マンハッタンのロウアー・イーストサイドにあるリトル・ウクライナのボクシングジムで働いていて、頑健そのものだった。甥のパーシャは学校で二年間、英語を学んでいて、この任務ではおなじくらい重要な人間だった。ウェルター級のボクサーで、総合格闘技の熱心な闘士でもある。パーシャもアルセンもルハンシク州出身で、ふたりがチームにくわわっているのは幸運だと、モズゴヴォイは思っていた。

オレク・クズメンコは、ひとりでやってきた。まだ二十二歳だが、ほとんどなまりがない英語を流暢に話すし、十七歳のときに戦いにくわわるためにドンバスに帰るまで、ブルックリンのベンソンハーストで生まれ育ったので、自分の掌のようにニューヨークを知り尽くしている。情報機関がオレクを前線の歩兵部隊から引き抜いたのは、その言語能力のためだった。監視任務中にオレクがＷＡＳＰ風のアメリカ人を演じて、携帯電話を現金で買うようなことも含めて、ロシア人のような発音では問題を引き起こしかねないときに、仲間を支援することを、モズゴヴォイは期待していた。

アントン・ジュークは、オレクのすぐあとに到着した。三十一歳で、ルハンシク州の小さな村の出身だが、数年前からピッツバーグに住み、移住者の叔父のもとで自動車修理工として働いている。チームのあとのものとはちがい、ロシア人による訓練は受けておらず、マンハッタンでクリーニング店を経営し、モスクワの代理として細胞に助言を行なう元GRU工作員と、モズゴヴォイ本人によって訓練を受けてきた。

つぎに到着したのはバラバシだった。モズゴヴォイは苗字しか知らなかった。バラバシは、以前はウクライナのギャングの用心棒で、二年前からアメリカで暮らし、クイーンズのパン屋で働いている。一年以上前のロシアのウクライナ侵攻の初期に、戦うために帰国したが、戦闘は経験しなかった。だれかがバラバシを見つけ、保安大隊（SSB）が徴兵の列から引き抜いて、出国したばかりのアメリカでの危険な任務に必要なのだと告げた。

バラバシは肥（ふと）り気味だが力が強く、落ちくぼんだ目とクロマニョン人のような額が、口や拳（こぶし）よりも早く恫喝（どうかつ）を伝える。目が輝いている陽気なアントン・ジュークとはちがい、バラバシは群衆のなかで目立つので、監視には使われない

エフ・ネステレンコは、外で小雪が舞いはじめたころに到着した。はいるときに、エフはコートの雪を払い落とし、眼鏡（めがね）をはずして、曇りをぬぐった。

エフは二十六歳で、チームのなかではもっとも小柄で、教育程度がもっとも高かった。

ルハンシク大学卒で英語学の学位を得ている。戦争勃発の直後に、保安大隊に勧誘された。バラバシとおなじように徴兵の列から抜擢(ばってき)され、高い知力と言語能力がたちまち目に留まった。ロシアの諜報技術(トレードクラフト)訓練でも秀でて、体力と戦闘能力が劣る分を、優秀な頭脳と絶え間ない活力で埋め合わせた。

エフは事実上、モズゴヴォイに次ぐ指揮官だった。アルセン・オスタペンコは、軍隊ではモズゴヴォイとおなじ階級で、エフよりも十歳上だったが、モズゴヴォイはアルセンではなくエフに助言を頼っていた。

にわかに編成された部隊の最後のひとりが現われた。女性だったが、それには理由があった。モズゴヴォイの指示で、二十九歳のクリスティーナ・ゴルボワは、通りの向かいのエレベーターがないアパートメントの三階で、午(ひる)過ぎからずっとこの界隈(かいわい)の行き来を監視していた。チームが集まるときはいつも、クリスティーナが対監視(カウンターサーヴェイランス)を行なう。

クリスティーナは、戦争開始前に、ドンバス地方のクラマトルスクで、ウクライナ地域防衛隊の民兵として訓練を受けた。だが、その時点でウクライナ軍大尉の夫が分離主義者に忠誠を誓い、クリスティーナはそれに倣(なら)った。

クリスティーナは、ドネツク人民共和国(DPR)民兵では、非戦闘員だったが、歩兵将校の夫はたちまち少佐に昇級した。

ロシア軍がウクライナの領土に侵攻したとき、クリスティーナの夫はヘルソンの東の前線へ行くよう命じられた。開戦から五十一日目に、彼が乗っていた装甲人員輸送車が、アメリカがウクライナに供与したジャヴェリン・ミサイルによって、粉々（こなごな）に吹っ飛ばされた。クリスティーナは夫の遺体の一部を回収して埋葬することすらできず、ドネツク人民共和国保安大隊（DPR・SSB）へ行き、夫を殺した敵兵を暗殺するために敵前線の後背に送り込んでほしいと要求した。

クリスティーナの要求は、やがてあるGRU将校のデスクに届けられ、将校がクリスティーナと会った。ほんとうに死んだ夫に栄誉を授けるための一撃をくわえたいのであれば、アメリカにこの戦争の重荷の一部を担（にな）わせるために、ロシアで訓練してからアメリカに送り込むと、将校がクリスティーナに告げた。

午後七時四十五分には、保安大隊（SSB）の細胞十人が全員、イースト・ラザフォードの下見板張りの隠れ家に集合し、あちこちに座り、紅茶かコーヒーを飲みながら、モズゴヴォイがまだ説明していない会合がはじまるのを待っていた。

十五分後、ペトロ・モズゴヴォイは、ルデンコが表にいるというメールを受け取った。ドアまで行ってノックすればいいのに、なぜそうしないのか不審に思いながら、モズゴヴォイは表に出てポーチに立ち、雪が降っている一車線の道路を見まわした。

数秒間、まったく静かだったが、男たちがポーチの両側の手摺(てすり)を跳び越してモズゴヴォイをなかに押し込み、さらに肩から銃を吊った男たちがそのあとから殺到した。家のなかにいたウクライナ人は全員、不意を衝(つ)かれた。

突入した男は合計四人で、サブマシンガンを携帯し、数秒のあいだにウクライナ人すべてをリビングに集めた。

モズゴヴォイは、FBIかと思ったが、襲撃者たちは私服で、スキーマスクで顔を隠していた。

そのとき玄関ドアがあき、モズゴヴォイはルデンコを見た。

モズゴヴォイは、このGRU将校を見つめるだけだった。どうなっているんだ？　裏切られたのか？　ロシア語でしゃべるが、じつはアメリカの諜報員なのか？

ルデンコは、あとの四人とはちがい、サブマシンガンを持っていなかったが、左足のウォーキングブーツをひきずって歩くとき、〈ノースフェイス〉のコートの前がすこしひらいて、ウェストバンドの盲腸の上あたりから突き出している拳銃の黒いグリップが、つかのま見えた。

硬木(ハードウッド)のきしむ床で、ブーツが大きな音をたて、やがてルデンコがリビングの中央でじっと立った。ソファに座ったり、壁ぎわに立ったりしていたウクライナ分離主義者たちをゆっくり眺めてから、正面側の窓近くに立っていたモズゴヴォイを見据えた。「水族館(アクワリウム)では、おまえがもっとましにふるまえるよう訓練したはずだ」

モズゴヴォイは、そう聞いたときにはほっとした。ルデンコはまちがいなくGRUで、突入したのは、ウクライナ人細胞を戒(いまし)めるためだった。しかし、ほっとしたのはつかのまだった。配下の前で虚仮(こけ)にされたことに、腹を立てていた。それに、かなり屈辱的だったので、反抗するようにいった。「GRU本部(アクワリウム)で訓練を受けたのではありません。クルスクの古い工場で、即製の訓練を受けただけです」

「それでも、諜報技術(トレードクラフト)を磨く必要があるのはたしかじゃないか？」

モズゴヴォイは、なおも反抗的にいった。「監視カメラ、モーション・ディテクター、警報装置があります。ふつうならドアをあけてポーチに立つようなことはしませんが、あなたが表にいるとメールしてきたので」

ルデンコが片手をふり、スキーマスクをかぶった男四人が、サブマシンガンをおろして、コートの下にしまい、腋(わき)の下の一点スリングから垂らした。

ルデンコの部下のひとりが、モズゴヴォイに近づき、片手を差し出した。「悪く思うな、同志(タワリシチ)。ひとつ強調したかっただけだ」

モズゴヴォイは、しぶしぶその男の手を握った。「なにを？」

ルデンコが、部下に代わって答えた。「おれたちが、強敵を相手に重大な仕事をやっているということだ。それに、おまえは正規のGRU情報将校ではないが、それとおなじ高い水準だと見なすつもりだ」

「それはそうです」モズゴヴォイはいい、細胞たちの緊張が和らぐのを感じた。

だが、それはルデンコのつぎの言葉を聞くまでだった。「おとといの夜、おれは部下五人と、おれに付けられていた資産(アセット)のうちひとりを失った。このニューヨークでおれたちが捜している資産を追っていたときに」

クリスティーナ・ゴルボワが口をひらいた。「スイスの事件?」ソファに座っていたクリスティーナのほうを、全員が見た。クリスティーナがいった。「ニュースになっていた。ロシア人がスイスで殺され、民間人も死んだ。そこで……彼らがなにをやっていたかは……報じられていない」

ルデンコはうなずいた。「ここにいる四人はどうか? おれが失ったその五人よりも練度が低い。おれの敵はきわめて危険な敵だ」

モズゴヴォイがいった。「あなたのいうことを信じます。しかし……おれとおれの配下、おれたちが訓練を受けていた任務は……アメリカの戦争関与を終わらせることができるかもしれない」

ルデンコは溜息をついた。「おまえが訓練を受けていた任務のことは、なにも知らないし、関心もない。だが、おれがおまえに命じる任務」――自分の部下のほうを手で示した――「おれたち五人とやる任務に失敗したら、戦争が長引き、ロシアが受ける損害が大きくなり、ひいてはドネツク人民共和国(DPR)が大損害をこうむる。おまえたちがやろうとしていたことは忘れろ。目の前の任務に集中しろ」

モズゴヴォイがのろのろとうなずき、細胞たちを見まわしてから、ルデンコに視線を戻した。「会議は食堂でやりましょう。そこのほうが広い」

「いいだろう」ルデンコはつづけていった。「音楽を変えられないか？　テクノは大嫌いだ」

「レーザー集音装置を妨害するためですよ」

いらだった口調で、ルデンコはいった。「どうして音楽を流しているか知っている。だが、べつの音楽にしろ。ソフトロックでも、大音量で流せばおなじ効果がある」

五分後、保安大隊(SSB)の細胞十人が、十二席ある楕円形の木のテーブルを囲んでいた。スキーマスクをかぶったGRUの四人は、家のなかのあちこちに立ち、サブマシンガンを用意して、窓から外を見ていた。大音量のヨットロック（ソフトロックとも呼ばれるやや揶揄的な表現）が家のなかを鳴り響くなかで、ルデンコはウクライナ人のまわりで食堂をゆっくり行き来した。

会議のはじめに、ルデンコはいった。「エズラ・オールトマンという男が妻とティーンエイジャーの男子ふたりと、西八一丁目のブラウンストーン（ニューヨークの富裕層向けの主として煉瓦造りのタウンハウスのこと。褐色砂岩は一部に使われているが、ブラウンストーンは建築様式のこと）に住んでいる。オールトマンの家には常時、警護官が四人いる。表にとめた車にふたり、家のなかにふたり。警察も頻繁にパトロールしている」

「オールトマンがターゲット？」モズゴヴォイがきいた。

ルデンコは首をふった。「やつは餌だ。ある男が、オールトマンに接触しようとする。そのときに、その男を狙う。おれの国とおまえの国にも厄介な情報を、その男が持ち運んでいると思われている」

「そいつのオフィスはどうなんです？　どこで働いていますか？」

「マンハッタンのミッドタウンにオフィスがあるが、そこは国土安全保障省の捜査員が警備している」ルデンコは、ためらってからいった。「おれたちがオールトマンの自宅で作戦を行なうのは、おれたちのターゲットがアメリカの連邦捜査官に連絡をとるような危険を冒さないはずだからだ。

おれはオールトマンの家の向かいの場所を確保した。まず監視から開始する。ターゲットが現われたら抹殺し、そいつが持っている情報産物を回収する」

ルデンコは、さらにいった。「ターゲットは独りではない。ふたりが支援しているし、そのふたりは、おとといの夜に、おれの部下五人のうちの何人か、もしくは全員を殺した」歩くのをやめて、ウクライナ分離主義者たちが集まっているテーブルのほうを見まわした。「おれのいうとおりにやらなかったら、おまえたちもそいつらに殺されるだろう」

モズゴヴォイがきいた。「いつ監視をはじめますか？」

「いまからだ。おまえと細胞四人が、おれたちといっしょに隠れ家へ行く。八時間後に、あとの五人と交替する。作戦が完了するまで、八時間シフトで監視する」

ルデンコは、バックパックからｉＰａｄを出して、ヴェリスキーの顔の画像を呼び出した。それをテーブルに置いた。「これがターゲットだ。顔をよく見ておけ。この任務に失敗することは許されない」つかのま、まわりを見た。「それから、警戒をゆるめているのを、二度とおれに見られないようにしろ」溜息をついて、細胞のチームを念入りに眺めてから、モズゴヴォイに向かっていった。「おまえのチームから四人選べ。行くぞ」

57

キンバリー・ホテルのスイートの寝室でアレックス・ヴェリスキーが休んでいるあいだに、コート・ジェントリーとゾーヤ・ザハロワは狭いリビングで、エズラ・オールトマンが家族と住んでいる西八一丁目の周辺のオンラインリサーチを行なっていた。

ブルーアかロシア人がそこにある防犯カメラですでに監視し、ヴェリスキーを捜しているかもしれないので、そこへ行くのはあえて避け——いまのところは——グーグルマップのストリートビューで近所の通りを調べた。カメラの角度を確認しながら、オールトマンの家へ行く経路を分析し、近くの建物の屋根を調べ、店舗、バー、レストランをつぶさに見た。

ジェントリーとゾーヤの会話は、仕事だけに限られていた。やることがあるときのほうがゾーヤは調子がいいと、ジェントリーは思い込んでいた。午後にバーにいるのを見つけたとき、ゾーヤは独りで考えにふけっていた。いまなにを気に病んでいるにせよ、それはずっと内面にあったことにちがいない。だからこそ、独りで考えにふけるのはゾーヤにとってもっとも危険な領域にはいることのように思えた。

この作戦以外にも、ゾーヤと話し合わなければならないことが数多くあると、ジェントリーは判断した。だが、話し合うのは、作戦が終わったあとでなければならない。いまは、ゾーヤの鋭敏な頭脳と集中力が必要なのだ。

午後十時過ぎに、〈シグナル〉メッセージが着信し、ジェントリーはヴェリスキーを起こして、三人とも荷物をまとめ、ロビーにおりていった。ゾーヤがあらかじめ駐車係に自分のレンタカーを出しておくよう指示していた。ゾーヤがレンタルしていたのは、グレイのトヨタ・シエナのミニバンで、三人はそれに乗り、アッパー・ウェストサイドを西八七丁目のコロンバス・アヴェニューとアムステルダム・アヴェニューの中間まで行った。そこで道路の駐車スペースを見つけ、ブラウンストーンの五階建てに行って、舗道に面した階段を昇るのではなく、地階の狭いアパートメントにおりていった。そこの小さな玄関ドアは、通りからまったく見えなかった。

ジェントリーがノックすると、アンジェラ・レイシーがドアをあけた。

アンジェラは、6(シックス)と呼ばれている男からオールトマンの住所を教えられたあとで、今夜、家具付きのこのアパートメントを借りた。鍵を受け取ったあと、ウーバーを使い、数時間かけて、これからの作業に必要なものを買い集めた。

ゾーヤ、ヴェリスキー、ジェントリーが狭い部屋にはいり、ジェントリーが手短に紹介した。

「アンジェラ、こちらは……ベスだ」

ふたりは握手したが、なにもいわなかった。女ふたりの表情を見て、ジェントリーはかすかな不安を感じた。たがいに不信感を抱いているのは明らかだった。ほんとうは相手にかかり合いたくないのだが、ジェントリーが請け合ったので協力しているにすぎないのだ。

ジェントリーはつづいていった。「それから、アンジェラ、おれはチャーリーだ」アンジェラが不思議そうな顔をしたので、つけくわえた。「流れに乗ろうじゃないか」

そこでヴェリスキーをアンジェラに紹介した。アンジェラがいった。「あなたが持っている材料が、あなたのいうとおり貴重だといいんだけど」

ヴェリスキーがうなずいた。「貴重だ。貴重になるはずだ。エズラ・オールトマンと共有すれば」

「そのためにおれたちはここにいる」ジェントリーはそういってから、アンジェラの顔を見た。「頼んだものは、すべて手に入れたか？」

すこしいらだった顔でアンジェラがいった。「ええ、どうにか。買い物リストを三時間かけてすこしずつよこすんじゃなくて、一度にぜんぶ教えてくれればよかったのに。あなたに頼まれたものを手に入れるのに、街中走りまわったのよ」

「おれたちの計画は、すこしずつまとまったんだ」

「どういう計画?」ヴェリスキーがきいた。

四人は、狭い貸間のリビングで、安物の模造革のソファ数脚に座った。ジェントリーが、iPadにグーグルマップのストリートビューを呼び出した。西八一丁目のオールトマンの家を見つけると、画像を右に移動した。「よし、オールトマンの家の周辺にあるドアチャイム・カメラ、信号のカメラ、商業ビルの防犯カメラすべての映像を、だれかが見ていて、アレックスが現われるのを待っていると想定しなければならない」

全員が同意した。

「ここは住宅街だ。西八二丁目の南側にあるこの建物は、すべてつながっている。オールトマンが住んでいる西八一丁目の北側もおなじだ。この背中合わせの建物二列のあいだに路地が一本あり、そこの裏口すべてに防犯カメラやモーション・ディテクターのライトがあるから、オールトマンの家がある建物の裏へ行くのに、そこは使えない」ジェントリーは、衛星画像の一カ所に触れた。「しかし、アムステルダム・アヴェニューから五軒目くらいのここでは、西八二丁目の屋根が、路地を挟んで南側にある西八一丁目の建物よりも一階高く、そこから四メートルほどしか離れていない」

ゾーヤがそのあとを受けていった。「だから、チャーリーとわたしは、アムステルダム・アヴェニュー西八二丁目にあるこのアパートメントビルの屋根に非常階段を使って登る。そして、五階建てに向けて進む。チャーリーが路地を跳び越え、アンジェラが買ってきたロープ二本のうち一本をわたしが投げる」

ヴェリスキーが、動転してジェントリーの顔を見た。「四メートルも跳べるのか?」

「跳ばなければならないときには跳べる。五階下の路地はコンクリートだから、跳ぶしかないだろう」

ゾーヤが説明をつづけた。「彼のロープが屋根のなにかに固定されたら、彼は八一丁目のブラウンストーンの屋根伝いに、オールトマンの家を目指す。わたしはロープの端を八二丁目の屋根に固定する」

ジェントリーはいった。「アレックス、四階のバルコニーに出るよう、オールトマンに伝えてくれ。おれは屋根からおりて、クループキンの電話を渡し、屋根をひきかえして、ロープで八二丁目に戻る。ベスとおれは、アムステルダム・アヴェニューに戻り、最初に使った非常階段からおりて、ここを目指す」

アンジェラ・レイシーは、それまでなにもいわなかったが、そこで口をひらいた。「アムステルダム・アヴェニューのカメラはどうするの？　ブルーアかロシア人が、付近全体で顔認識アルゴリズムを使わないとはいい切れないでしょう？」

「ベスとおれは変装する」

アンジェラはうなずいた。「わたしにいろんなものを買わせたのは、そのためなのね」

ヴェリスキーがいった。「つまり、わたしはオールトマンに、夜中のいつかに裏のバルコニーに男が現われて、データを渡すとメールすればいいんだな」髪を手で梳（す）いた。「わたしの役目は簡単だ」

ジェントリーはいった。「アンジェラ、きみの役目も簡単だ。ここにいて、おれたちの通信を聞いていればいい」

アンジェラは、つかのまジェントリーの顔を見てからいった。「ブルーアがアクセスするのとおなじカメラで監視をつづけるわ」

ジェントリーはまごついていた。「なんだって？　このあたりのカメラに侵入できるのか？　どうして？」

「情報収集・供給・分析部門（コレクションズ）に全面的なアクセスを許可されているからよ」

「しかし……もうヴェリスキーを捜す作戦にはくわわっていない」

アンジェラは、ヴェリスキーとゾーヤを見て口ごもった。ジェントリーに視線を戻していった。「ふたりきりで話ができない？」

ジェントリーは、ヴェリスキーのほうを向いた。「五分くれ。寝室に行ってほしい」

ヴェリスキーがいわれたとおりにした。ドアが閉まると、アンジェラがゾーヤのほうを見たが、ジェントリーはいった。「おれにいいたいことはなんでも、彼女の前でいえる」

「じつは……いいえ、いえない」

「どうして？」

「これは秘密情報だし、彼女が何者であるにせよ、局（エージェンシー）の人間ではない」

「わたしが目の前にいないとでもいうような感じで話をされるのって、最高」ゾーヤがうなるようにいった。

「なあ」ジェントリーは懇願（こんがん）した。「おれたちはみんな、おなじ目的でやっているんだ」

「でも、彼女は局（エージェンシー）ではない！」アンジェラがくりかえした。

「待って」ゾーヤが、わけがわからないというようにいった。「あなた、彼が局（エージェンシー）だと思っているの？」

アンジェラも一瞬まごついた。それからいった。「ブルーアに、彼といっしょにやるようにいわれた。もちろん、作戦担当官にちがいないと思った。何者であるにせよ、局（エージェンシー）に協力している。とにかく――」

ゾーヤは、ジェントリーのほうを向いた。「彼女、あなたが何者かも知らないのね？」

ジェントリーは、心のなかで溜息をついた。「おれたちは、細かいことにこだわって、本筋からはずれている」アンジェラのほうをふりかえり、もう一度きっぱりといった。「おれにいえることなら、彼女にもいえる」

アンジェラは憤慨（ふんがい）していた。「あなたにこれに気づく社会技能（ソーシャルスキル）があるかどうかわからないけど、6（シックス）、あなたの大切なロシア人の同志とわたしは、おたがいが気に入らないのよ」

ジェントリーは目を閉じた。人間関係は複雑で、ジェントリーには理解しがたかったし、年を取るにつれて、世渡りが下手（へた）になっていくような気がしていた。「好きになる必要はないが、信頼してほしいと頼んでいるんだ」

「ロシア人を信用するなんて、とうてい無理だわ」

ゾーヤはただじっと見ていた。ゾーヤが自分を弁護しないことがジェントリーには意外だったが、精神状態のせいだろうと思った。

アンジェラは不愉快な顔をしていたが、時間の無駄だと気づいたようだった。ゾーヤをちょっと見てから、ジェントリーに注意を戻した。「わかった。セント・ルシアの直後にブルーアがわたしに連絡してきて、わたしたちはいまや情報収集・供給・分析部門（コレクションズ）に関して、どういう情報にもアクセスできるようになったといったの」

「しかし……」ジェントリーにはわけがわからなかった。「それはヴェリスキーを追っているときだろう」

アンジェラが首をふった。「わたしたちは、ヴェリスキーを公式に追っていたことは一度もなかった。わたしたちがやっていることをだれにも知られずに情報にアクセスできるように、ブルーアは、アレックスを探すのを、べつの人間狩りと結びつけた。特別アクセスプログラム（秘・極秘・機密情報にアクセスする通常の要件よりも高度のアクセス資格を必要とするもの）で、かなり高レベル、広範囲なため、わたしたちが王国の鍵をあたえられた。その王国にはわたしたちが必要とする国内での監視が含まれていた。あなたがオールトマンのオフィスを見張っていたきょうの午後、アクセスできるかどうか確認したの。まだアクセスできる。つまり、国土安全保障省（ＤＨＳ）のコンピューターを使い、ブルーアがアクセスできるカメラの画像にアクセスできる」

ゾーヤが口をすこしあけ、そのままでつぶやいた。「なんてこと。どういう話になるか、読めてきた」

だが、ジェントリーには読めなかった。「その作戦の正式ターゲットはだれだ？」

アンジェラが溜息をついた。元ロシア工作員の前で話したくないのだ。ようやくアンジェラがいった。「ブラディ・エンジェルというプログラム。元ＣＩＡ資産（アセット）、コートランド

・ジェントリーがターゲットよ。彼を殺せという永続命令が出ている。現存の人間狩りでは、それほど広範囲に及ぶものはめったにない――」

ゾーヤが急に大きな笑い声をあげたので、アンジェラは話すのをやめた。

ジェントリーはゾーヤに怒りのこもった目を向けたが、ゾーヤは片手を顔に当てて、笑いつづけた。

「なんなの？」アンジェラは、ほんとうにびっくりしていた。むっつりしていたロシア女が、急にヒステリックになったからだ。

「ベス」ジェントリーはいった。「一分だけくれないか？」

ゾーヤが頑固に首をふった。「ここで席をはずすなんて、できるわけがない」

「どうなっているの？」知らされていないことがあるのにいらだって、アンジェラがきいた。

ゾーヤがいった。「彼女に教えたら」

ジェントリーはすこしうめいたが、アンジェラのほうを向いた。

「なにを教えるのよ？」

「ブルーアはアレックスを追っていた……アレックスを追うよう命じた人間を追うことによって」

「なんですって？」

「おれがコートランド・ジェントリーだ」

アンジェラが腕組みをした。まったく信じていないのだ。いっぽう、ゾーヤはまた笑い声をあげて、ジェントリーのほうを見た。「ブルーアがあなたを殺そうとしていると、何度あなたにいったかしら？　それなのに、まだ彼女と協力しているのね」

アンジェラの顔が、信じられないという表情から、度肝を抜かれたような表情に変わり、やがてなにもかも納得がいったようだった。

ややあって、アンジェラがいった。「あなた……あなたがグレイマンなの？」

「彼女に正解の賞品をあげて！」ゾーヤがいった。

だが、アンジェラは聞いていなかった。目の前のテーブルを見ながらいった。「すべてつじつまが合う。なんてことなの」このあらたな情報を処理するのに、アンジェラは苦労していたが、ジェントリーは無言で座っていた。

ようやく、アンジェラがジェントリーのほうを見あげた。「あなたは仲間の地上班を殺し、単独で行動するようになったと聞いているわ」

ジェントリーはいった。「それよりもうすこし複雑なんだ」

「でも、局の工作員を殺したんでしょう？」

「殺したのは、おれを殺そうとしたやつだけだ」

アンジェラが、ジェントリーから顔をそむけた。「なんてことなの。いったいどうして、彼らはあなたを――」

「おれがやらされていた秘密プログラムがあった……それがまずいことになった。だれかに責任を取らせなければならなかった。最初からでたらめな仕事だったが、おれは知らなかった。命じられたことをやっただけだった」ソファに背中をあずけた。「もう命じられたことをただやるようなことはしない」

アンジェラがきいた。「だったら、どうしてブルーアとつるんでいるの？」

「おれたちがつるんでいるように見えるか？　おれは局（エージェンシー）から逃げていたが、ブルーアに見つかった。そのとき、やつらは自分たちが関与を否定できる資産を、カリブ海で必要としていた。すぐに行動できる資産を。急におれが役に立つことになった」自分の言葉を、ジェントリーはすこし考え直した。「まあ……ブルーアはおれが役に立つと思ったんだ」

ゾーヤは、明らかにジェントリーの当惑をおもしろがっていたが、アンジェラはそれに気づかなかった。「LAでのことはあなたがやったと、みんながいっている。パリのことも。キーウでの途方もないことも。香港でも――」

ジェントリーはさえぎった。「自由の鐘のひびも、おれがやったと、そいつらはいうだろう（自由の鐘はフィラデルフィアに到着して最初に鳴らされたときにひびがはいった）。聞いた話をすべて信じてはいけない」

だが、グレイマンについて聞いた話を、アンジェラがすべて信じているのは明らかだった。アンジェラの顎（あご）に一瞬、力がはいり、目つきが鋭くなった。「ブルーアが、相手の正体をわたしにいわないで、グレイマンの船に乗り込ませたなんて、信じられない」

また馬鹿笑いして、ゾーヤがいった。「ブルーアはそういう女よ。一度、コートの頭に銃を突きつけたことがあった。わたしがブルーアを撃たなかったら、コートは死んでいたでしょうね」

困惑を払いのけようとして、アンジェラは首をふった。「あなたが、ブルーアを撃った？」

「ええ、殺していたはずだけど、この馬鹿なひとがわたしを撃った」（『暗殺者の追跡』参照）

ジェントリーは、両手で顔をこすった。「みんな、肝心なことに集中――」

「これは正気の沙汰じゃないわ」アンジェラがいった。「あなたたちみんな、いかれてる」

アレックス・ヴェリスキーが、寝室のドアをあけた。「おい、オールトマンにメールを送る時間だ。これをやるのか、それともやらないのか？」

ジェントリーは、アンジェラのほうを向いた。「カメラの画像を呼び出してくれ。おれたちに使えるあらゆる支援が必要だ」

アンジェラがじっとジェントリーを見つめたが、ようやく小さくうなずいた。

ゾーヤが立ちあがり、アンジェラの上から身をかがめた。にっこり笑っていった。「二年前に、わたしはそんなことだとわかったのよ。あなたとはちがって、細かく説明されなくても」

アンジェラは、正気を疑っているような目つきでゾーヤを見たが、なにもいわなかった。

58

西五八丁目のもとは倉庫だった広いロフト・アパートメントで、スーザン・ブルーアとセバスティアン・ドレクスラは、複数のノートパソコンを前にしてワークステーションに座っている十人の男たちのまんなかに立っていた。

ドレクスラとその配下は、数時間かけて、この高級な貸間を俄（にわか）作りの戦術作戦センター（TOC）に変えていた。いまではスーザンが世界各地で作業を行なってきたＣＩＡの遠隔ＴＯＣとほとんどおなじように見える。

ここにいるＣＩＡ関係者はスーザンだけだったが、ドレクスラの配下が一流の監視技術者だとわかった。それでも、自分の助けがなければ、彼らには現在アクセスできる情報の四分の一程度しか利用できないはずだと、スーザンは知っていた。スーザンは国土安全保障省（DHS）のデジタル情報センターにログインして、地域の防犯カメラにアクセスし、アッパー・ウェストサイドにあるエズラ・オールトマンの家の周囲五ブロックの監視を設定した。

その情報を各ワークステーションに分割し、内蔵のソフトウェアでカメラに映っている顔を読み取り、識別した。

ドレクスラとその配下が監視にいそしんでいるあいだに、スーザンは電話で情報を集めていた。その一環として、オールトマンのオフィスを警備している国土安全保障省のチームのひとりに連絡した。スーザンはCIAの身分証明を使い、オールトマンが午後六時四十五分にオフィスを出て、近接警護班によって自宅まで車で送られたことを確認した。夜間は、国土安全保障省の警護班四人が、オールトマンと家族を監視することになっている。

国土安全保障省副長官の命令でオールトマンのオフィスには盗聴器が仕掛けられているし、仕事中に携帯電話を何度も取りあげて、秘密通信アプリがインストールされていないかどうか調べると、警備チームのその男はいった。さらに、警備チームのひとりが、常時オールトマンを監視し、仕事中もしくはそれ以外のときにだれかと会っていないかどうか目を光らせているという。

スーザンは、自分が法に違反していることを知っていたが、違反しているのが自分だけではないとわかったのはよろこばしかった。カービーが国土安全保障省を巻き込んだのか、それとも国土安全保障省の上層部のだれかが、自分たちなりの理由があって、クループキンのデータが発見されないように手を打っている。

いずれにせよ、スーザンの眼中にあるのは、自分がものにする賞品だけだった。ボスふたり——元作戦本部本部長のハンリーと現在の長官のカービー——は、いずれも関与を否定する作戦にはスーザンを使うしかないと決意していたようだった。つまり、DDOの地位を騙し取るのが、出世の梯子を昇る唯一の方法なのだ。DDOになれば、部下に汚い仕事をやらせてうしろ暗い立場に追い込む影響力と能力を強めることができる。

しかし、昇進するにはヴェリスキーと彼が握っている情報を消し去る必要がある。その目的のために、スーザンはターゲットのつぎの動きを予測しようとした。ヴェリスキーがオールトマンに接触する場合、じかに会うはずだと、スーザンもドレクスラも意見が一致していた。あるいは、代理のゾーヤ・ザハロワが会うはずだ。この接触のことを突き止める必要がある。それがわかれば、ドレクスラに指示して、ロシア人を派遣し、関わっている人間をすべて殺せばいいだけだ。

スーザンがキッチンでコーヒーを注いでいるとき、ドレクスラが近づいた。「わたしの資産のリーダーと話をした」

「ロシア人のことね」

「そう、ロシア人のひとりだ。彼らは監視段階を開始する位置についた。ヴェリスキーがオールトマンと接触する前に、通りで攻撃する準備をする。それがヴェリスキーの計画なら」

「わかった。今夜、なにも起きず、ヴェリスキーがあすオールトマンのオフィスへ行くようなら、オールトマンの警備班が知らせてくることになっている」

「われわれはやつのオフィスにははいれない」

スーザンは、小さく肩をすくめた。「最適とはいえないけど、どうしてもはいる必要があるようなら、方法を見つけるわ」

スーザンは、ドレクスラをキッチンに残して、監視技術者のようすを見にいった。ドイツのなまりがあり、トルコ系のように見える若い技術者に近づいた。

「どこのカメラを見ているの？」スーザンはきいた。

「いま、東五二丁目のオールトマンのオフィスのカメラの生映像です」

「でも……何時間も前に帰宅したのに」

「そのとおりです。念のために、テストとして、オールトマンのオフィスのシステムをあちこち見ているだけです。ヴェリスキーが今夜、オールトマンの家に現われなかったら、あすオフィスの画像をリアルタイムで確認する必要がありますから」

「了解」スーザンはそういって、つぎのワークステーションへ行き、そこの技術員の任務を確認しようとしたが、そのときふと思いついた。

「オフィスのサーバーに侵入しているのなら、カメラの録画も見られるわね？」

「もちろんです、マーム。なにか調べたいことがあるんですか？」

「ぜんぶ調べてもらいたいの。オールトマンの警備班は、きょうの会合はすべて既知のクライアントが相手だったし、オールトマンはランチに外出しなかったといっている。なにもないかもしれないけど、わたしのためにダブルチェックして」

技術者がうなずき、話の最後の部分を聞いていたドレクスラのほうを見あげた。

ドレクスラがいった。「彼女の話を聞いただろう、フランツ」

「はい、ヘル・ドレクスラ」


ルカ・ルデンコは、西八一丁目の南側の照明をすべて消した三階の寝室に立ち、通りの向かいの窓を眺めた。オールトマンの家は五軒左だが、この通りのブラウンストーンは幅が狭く、四階建てか五階建てなので、ルデンコのところから正面玄関の階段が見えた。

GRU工作員ふたりと、指揮官のペトロ・モズゴヴォイを含めたドネック人民共和国の五人が、その場にいた。あとのものは、午前五時に交替するまで、イースト・ラザフォードの隠れ家にいる。

「西八二丁目には警察の分署がある」ルデンコはいった。「おれたちがなにをやるにせよ、静かにやらないといけない」

「わかりました」モズゴヴォイがいった。

「おれの仲間が、この界隈のカメラの画像を見てる。ヴェリスキーがやってきたら、武器を持ってやつを殺す準備をすればいいだけだ」

午前一時五十分、ジェントリーは西八七丁目地階のアパートメントのまんなかに立ち、できるだけ鼻から息を吸わないようにしていた。

ヴェリスキーとアンジェラがいっしょにリビングにいて、ジェントリーが腐ったゴミの悪臭を放っているせいで、やはりまともに呼吸することができなかった。

アンジェラが夜のあいだにチェルシーの〈グッドウィル〉で買ってきた服を、ゾーヤが四十五分かけて細工した。まず、裏の路地に持っていって、ゴミ収集コンテナの内側を服でこすった。つぎに、濡れたコーヒー滓をキッチンから持ってきて、服の膝と肘にこすりつけた。

ジェントリーはいま、汚れたブラックジーンズ、黒い長袖のTシャツ、穴があいている厚手の錆色のカーディガンに、前あきがジッパーの薄いナイロンジャケットをはおり、汚れたグレイのワッチキャップをかぶっていた。どれも体に合わないが、エズラ・オールトマンの家に近づくまで偽装できるし、闇のなかでほとんど目につかない。

　ワッチキャップと髪に隠れるように、イヤホンをはめていた。アンジェラのＳＩＧザウアーＰ２２６は、右腰でホルスターに収め、フラッシュライト、マルチツール、ゾーヤの刃渡り一〇センチの折り畳(たた)みナイフもすべて身につけていた。クループキンのｉＰｈｏｎｅが入れてあるマネーベルトは、いまもゾーヤが持っているが、出かける前にそれも服の下で固定する必要がある。

　ジェントリーは、〈アドヴィル〉（鎮痛解熱剤）を四錠飲んでいた。おとといの夜に列車から突き落とされた痛みがまだ残っていたので、それを和らげるためだった。

　ジェントリーは出かける準備ができていたが、ゾーヤは偽装の仕上げをしているらしく、まだバスルームにいた。

　ジェントリーは寝室にはいり、バスルームのドアをノックした。「時間だ」

「わかっている。あと一分だけ」

　ジェントリーは寝室に立っていたが、ヴェリスキーがリビングからはいってきて、寝室を出てついてくるよう手招きした。

　アンジェラは、小さな食卓の前に座り、ヘッドホンをかけて、コンピューターに注意を完全に集中し、話を聞いているふうはなかった。

「どうした？」ジェントリーはヴェリスキーにきいた。

ヴェリスキーが、ジェントリーに近づいた。ゴミのにおいが気になるのか、すこし顔をしかめた。小声で、ヴェリスキーがいった。「きみとベスは、だいぶ長いあいだ会っていなかったんだろうね」

「それで？」

「それで……きみに知っておいてもらいたいことがある」

ジェントリーは、一週間前にはロシアの情報機関のために西側に資金を送っていた人間と、自分の恋愛生活のことを話し合うつもりはなかった。寝室に戻りかけたが、ヴェリスキーが腕をつかんで、立ちどまらせた。

ジェントリーはいらだってヴェリスキーを見たが、ジェントリーが口をひらく前にヴェリスキーがいった。「きみが知っているかどうかわからないが……彼女は……」声がとぎれた。

「彼女は、なんだ？」ジェントリーの声が大きくなったので、ヴェリスキーが自分の口に一本指を当て、閉まっている寝室のほうをジェントリーの肩ごしに見た。

「彼女は……問題を抱えている」

「どういう意味だ？」

ヴェリスキーが、アンジェラのほうを見てから、ジェントリーに視線を戻した。「アルコールのことではないんだ。コカインのことをいっているんだ」

ジェントリーは眉根を寄せたが、なにもいわなかった。

ヴェリスキーが話をつづけた。「知らないだろうと思った。数日前に彼女がコカインを吸っているのを、たまたま見つけたんだ。べつのときもかなり興奮していた。たぶんそのときもやっていたんだろう。アメリカに持ち込みはしなかったと思うが、きのうの夜、彼女は銃を手に入れるために外出した……そのときに手に入れたかどうかわからない」つけくわえた。「それに、彼女は現金を持っている。二万ドル以上持って、こっちに来た」

くそ、とジェントリーは思った。懸念を抱いているのを見せないようにして、ただこういった。「だいじょうぶだ。おれがなんとかする」

「それから、飲酒のほうだが」ヴェリスキーはつづけた。「かなりひどい。スイスからフランスまで車で行くあいだに、彼女はウォトカを一本飲み干した。丸一日くらいアルコールを飲めないと、ほんとうにひどい状態になる」

いまのジェントリーが、いちばん聞きたくないことだった。作戦上の理由だけではなく、ゾーヤを愛しているからだった。それに、ゾーヤが精神的に脆いのを見て、それでなくてもジェントリーは心を痛めていた。ゾーヤが一日を切り抜けるために、連邦法や州法で麻薬・覚醒剤だと規定されている薬物を使っていると知り、ジェントリーはゾーヤの心身の健全にいっそう大きな懸念を抱いた。

ジェントリーがなにをいおうかと考えていたときに、ゾーヤがおなじホームレスの格好で寝室から出てきた。アンジェラが〈グッドウィル〉で買った汚いボロボロのジーンズ、トラックスーツのトップの下の擦り切れて汚れたセーター、その上にはあちこちが破れている汚れたカンバスのコート。安物の毛糸の帽子は、顔の横を覆って、顎の下で結べるようになっている。顔の肌には、化粧でしみと汚れを描いてあった。

長さ一五メートルのロープ二本を、ゾーヤは一本ずつ首と肩にかけ、服の下に入れてあったので、体が大きくふくれて見えた。

だが、ジェントリーはゾーヤの目と身のこなしを仔細に観察していたので、服や体の大きさを見てはいなかった。瞳孔がかすかにひらいているのがわかり、むずがゆいような感じで鼻をひくひく動かしていたが、手でこすろうとはしなかった。

バスルームでコカインを吸ったのだと、ジェントリーはほぼ確信した。

なんてことだ。

ｉＰｈｏｎｅがはいっているマネーベルトをゾーヤが差し出し、ジェントリーはそれを腰に巻いた。アンジェラがはじめてノートパソコンから顔をあげて、ヘッドホンをはずした。「すてきね」皮肉をこめてゾーヤにいったが、おもしろがってはいなかった。「あなたたちふたりが出ていったら、窓をあけるわ。表がどんなに寒くてもかまわない」

ヴェリスキーが、三人のほうを見ていった。「オールトマンに、きみが屋根に行ったらメールすると伝えた。四階のホームオフィスのバルコニーにはセンサーがあるが、切っておいたから、こっそり出てきみにそこで会えるということだ」

アンジェラが立ちあがり、ジェントリーのほうを見た。ふたりの視線が合った。「ここからカメラの画像を見ているし、三者通話をずっとつないでおく。なにか見たら知らせます」

ジェントリーは一瞬考えた。「八二丁目に行ったら通話を開始する」

アンジェラがうなずいた。「幸運を祈ります」

「ありがとう」

ゾーヤとジェントリーは、アパートメントを出て、アムステルダム・アヴェニューに向けて通りを歩きはじめた。年齢と路上生活の影響で体にガタが来ているように見せかけるために、足運びを加減した。

ジェントリーは、足運びを変えるのが上手だった。足運びのパターン分析をコンピューターで処理するのは、現場でターゲットを見分ける重要な要素だった。

だが、外見を変えることにかけては、すべての面でゾーヤのほうがジェントリーよりもずっと巧みだった。歩きはじめたとたんに、ゾーヤは背中を痛めていて右腰を怪我している人間のような足運びになり、ジェントリーよりもすこし速く、もっとぎくしゃくと歩いた。

ジェントリーは追いつくために足を速めながら、ゾーヤはほんとうに演技しているのか、それともコカインを吸ったせいでいつもの身ごなしとはちがうのかもしれないと思った。

ジェントリーは、それについてゾーヤと話をしたかったが、ゾーヤが先に口をひらいた。あたりにだれもいないのに、ほとんどささやくような声でいった。

「彼女、男心をそそる感じね」

ジェントリーは歩きながら眉をひそめた。「だれが？」

ゾーヤが嘲るように笑ってから、ジェントリトの口まねをした。「だれが？」

ジェントリーは、最初はわけがわからなかったが、やがて気づいた。「レイシーのことか？」

「あなたたちふたりは、ちょっと気が合うみたいね」

ジェントリーは歩きながら首をふった。ぎくしゃくした足運びで、ゾーヤほどおおげさではなかったが、たしかにふつうとはちがう歩きかただった。ジェントリーはいった。

「彼女はおれを連続殺人犯だと思っている」

「それでも幸運を祈ってくれるのね」

「そういうことじゃないんだ、Z」

「どんなふうだとも、いっていないのに」

「きみがなにをほのめかしているかわかっている」

「あなたたちふたり、すてきなカップルになるわね」

ジェントリーは、あきれて目を剝(む)いた。ふたりは静かで明かりが暗い西八七丁目の住宅街の歩道を重い足どりで歩いていて、アムステルダム・アヴェニューの街灯まで五〇メートルくらい離れていた。ジェントリーはつぎの行動を考えるために、二度息を吸ってからいった。「コカイン(ブロウ)をやっているんだろう？」

ゾーヤがかなり長いあいだ黙っていたので、弁解がかなり攻撃的な言葉になるはずだと、ジェントリーは悟った。

「アレックスがいったのね？」

「そうだ。しかし、おれも気づいていなければいけなかった。とにかく、バスルームで吸ったんだね？」

「偉そうにいわないでよ、あなた。状況によっては、それが役立つこともある。敵より優位に立てるとわかっていたら、あなただってなんでも体に入れるでしょう」

ジェントリーはいった。「おれはコーヒーしか飲まない」

「勝手にすれば」

ジェントリーは、ためらってからいった。「今夜、きみを頼りにできるかどうか、知る必要がある」

「わたしの能力とやる気を疑うのはまちがいよ」

「率直にいって、きみが判断することだ」

「任務のために鋭敏でいられるように、やらなければならないことをやっただけよ。わたしは馬鹿じゃない。こういう状況は長つづきしないとわかっている。この仕事を片づけて、クループキンとヴェリスキーの情報を世界に知らせてロシアに損害をあたえ、いんちきなサミットが成功しないようにしたら、そのあとでわたしは自分を治すことに取りかかる。

それまで」ゾーヤはなおもいった。「あなたが五階下に落ちて死なないようにロープの端を結びつける係の女を怒らせないように、この話はやめたらどうなの？」

ジェントリーはむっとしたが、いい負けたのは明らかだった。「きみが心配なだけだ」

ゾーヤは長いあいだ黙っていたが、やがていった。「あなたが行ってしまったとき、わたしの心は張り裂けた。それから戦争がはじまり、もっとひどく張り裂けた」

「戦争とはなんの関係もなかったのに」

「わたしは二年前まで、ロシアの情報機関の工作員だった。いまもそうだと思っているんじゃないの？」

「いや、そんなことはない」

厚いコートと帽子を身につけてトイプードルを散歩させている年配の男のそばを通ったので、ふたりは黙った。男がかなりうしろに遠ざかると、ゾーヤはいった。「わたしはだいじょうぶ。あなたは今夜やらなければならないこと、このあと何時間かふたりでやらなければならなくなるかもしれないことだけ心配して」

話を切りあげたほうがいいと、ジェントリーにはわかっていた。「わかった。いつでも相談に乗るよ」

「わかっている」ゾーヤがいったが、ジェントリーには、会話を終わらせるだけのためにそういったように思えた。

59

数分後、ジェントリーとゾーヤは、アムステルダム・アヴェニューの街明かりを離れて、そこよりも暗い西八二丁目にはいり込んだ。ふたりはずっと足運びの演技をつづけ、音をたてないようにしていた。午前二時でも通りには車やひとが出ていたので、偽装がばれる危険は冒さなかった。

とにかく、ジェントリーは自分にそういい聞かせていた。ゾーヤの沈黙は、薬物のことを非難されたのをまだ怒っているからだろうかと思った。

いずれにせよ、言葉をかけられないのは、いまのふたりの作戦上の目的にかなっている。

角から二軒目で、ふたりは道路を南へ横断し、五階建てのアパートメントビルに近づいた。狭い路地がその横を通っていて、壁に非常階段があった。

ジェントリーは、イヤホンを使ってアンジェラを呼び出した。「よし。いま非常階段にいる。なにか新しい情報は？」

「全カメラ、敵影なし」CIA上級作戦担当官のアンジェラ・レイシーが、いかにもプロフェッショナルらしい応答をした。

ジェントリーは受領したことを告げ、ゾーヤとともにつかのまあたりを見て、視界にだれもいないことをたしかめ、闇のなかにカメラがないことをあらためて確認した。危険がないとわかると、ジェントリーはゾーヤの肩に片手を置いた。

「どんな気分？」

「責められた気分」ゾーヤが答えた。

ジェントリーは溜息をついた。「責めていない。これができるかどうか、知りたいだけだ」

「この四日間、わたしがなにをやってのけたか、知らないでしょう」

たしかに、それは事実だった。スイスでヴェリスキーを救出し、ヨーロッパを脱け出すのに、ゾーヤがなにを経験してきたか、ジェントリーは知らなかった。だが、地獄を切り抜けたのは知っていた。ゾーヤのいまの状態はともかく、今夜はだいじょうぶだと、ジェントリーは心のなかでつぶやいた。それよりも、自分の働きぶりのほうを心配しなければならない。

「わかった」ジェントリーはいった。「それじゃ……やろう」

ジェントリーは、収納式梯子の真下に立ち、すこしかがんだ。ゾーヤが向かいに来て、両腕をジェントリーの肩にかけ、曲げた膝をテニスシューズで踏んだ。

ジェントリーはいった。「三、二、一」ゾーヤの腰を持って、高く持ちあげ、太腿でゾーヤの足を押しあげた。跳びあがったゾーヤが、収納式梯子の最下段をつかんだ。

ゾーヤがすぐさま両腕だけをつかって梯子を昇り、足をふりあげて横棒にひっかけた。

ジェントリーは通りを見まわして、だれにも見つかっていないことをもう一度確認した。

ゾーヤはコカインをやっていて、落ち込み、体力は最高とはいえなかったが、昇るのはジェントリーよりもずっと上手で、数秒後には梯子の掛け金をはずし、ジェントリーの手が届くところにおろした。ジェントリーは梯子を昇り、ふたりで元どおりに収納して掛け金で固定した。

あとは非常階段を五階上まで昇って、屋根に出ればいいだけだったが、ふたりともできるだけ音をたてないようにする必要があった。近くのアムステルダム・アヴェニューでは、まだかなり車の往来があったが、ゾーヤとジェントリーは、音がどういうふうに伝わるかを知っていた。近くの物音は、もっと大きい遠くの物音より小さくても、人間の脳には音量に関係なく感知されやすい。この五階建てのアパートメントのどこかに住んでいるたったひとりが、窓の外にだれかがいると気づいて目を醒ましたら、作戦そのものが台無しになる。

だが、ふたりは非常階段を昇りつづけ、二分後には最上階の踊り場に達していた。あと一階分昇れば、平らな屋根に出られる。ふたりは、屋根のHVAC（暖房・換気および空調）システムのそばでしゃがんだ。そこからあたりを一望できる。

ジェントリーは、イヤホンを叩いた。「アンジェラ？　問題はないか？」

アンジェラ・レイシーがすぐさま報告した。「八一丁目にはなにも見えない。あなたたちがいる建物とオールトマンの家の建物のあいだの路地は、安全だと思われる。でも、暗いし、いま調べているところ」

「よし」ジェントリーはいった。ゾーヤとともに、屋根を東に進みはじめた。

隣り合っている建物との高低差があるので、ふたりはよじ登ったり、下ったりしなければならなかったが、そのたびにほとんど音をたてずに着地した。ふたりとも黒いテニスシューズをはいていたが、ゾーヤが小声でジェントリーに、レイシーが半サイズ小さいのを買ったせいで足が痛いと文句を言った。

午前二時十五分に、ふたりは五階建てに達し、身を低くして屋根の南端へ進んでいった。そこでジェントリーは伏せて、縁まで這っていき、下の暗い路地を覗き込んだ。

路地を挟んで四メートル離れている屋根を、ジェントリーは眺めた。向かいの屋根は、ジェントリーがいる屋根よりも一階分低い。着地する場所を見計らいながら、消音にするためにイヤホンを二度叩いてから、ジェントリーはゾーヤのほうにかがみ込んでささやいた。「四メートル跳んで、一階下のコンクリートの屋根にまったく音をたてずに着地することはできない」ジェントリーは考えた。「ロープを巻きつけて跳ぶしかない」

「どうして？」

「おれが着地したあとでロープを投げると、また音をたてる。なんだかわからない音が一度聞こえても、無視されるかもしれない。二度は無理だ」

「太さ一三ミリのロープを腰に巻いて跳んだら、その分の重みと抗力がかかる」

「やれる」ジェントリーはいった。

ゾーヤが転がって横向きになり、ジェントリーの顔を見た。「余分な重量をすべて取り除かないといけない。ジャケットやセーターは脱ぐ。わたしなら拳銃も持っていかない。ナイフだけにする」

「拳銃はそんなに重くない、Z」

「弾薬も含めたら一キロを超える。それが影響するかもしれない」

「弾薬十三発にも大きな影響力がある」

「国土安全保障省（DHS）の警護官を撃つわけじゃない。オールトマンを撃つわけじゃない」

「銃は持っていく」

ゾーヤはあきれて目を剝いた。「勝手にしたら。ちゃんと跳ぶのよ」

ジェントリーは笑みを浮かべた。「たまには心配してくれるんだね」

「オールトマンに電話を渡したいだけよ」

ジェントリーが身を起こしてジャケットを脱ごうとすると、ゾーヤが腕をつかんだ。

「どうやらあなたのことが心配みたい」

ふたりは暗闇で笑みを交わしたが、それはほんの一瞬で、真剣な表情に戻った。

路地の上を飛ぶときの重量を減らすために、ジェントリーがかさばる服を脱いでいるあいだに、ゾーヤがイヤホンを叩いた。「アレックス、聞いている？」

「聞いている」

「オールトマンに、チャーリーがまもなく彼の家がある建物へ行くと伝えて。五分後に会えるはずよ」

「わかった」

ジェントリーは、黒い長袖のTシャツにブラックジーンズという格好になっていた。すでに寒さがこたえていたが、膝立ちになって、長さ一五メートルのロープの端をゾーヤから受け取った。ジェントリーがロープを腰に巻いてしっかり結びつけるあいだに、ゾーヤが反対の端を突き出しているキッチンの通風管にゆるく巻いて、ジェントリーが跳んだときにロープが路地に落ちないようにした。

そのときジェントリーは立ちあがり、ゾーヤのほうを見た。「ダメもとでやるしかない」

「できるわよ」ゾーヤがいった。

ジェントリーは向きを変え、寒い闇のなかで屋根を横切り、北の端まで行った。そこでふりむいた。跳ぶまで二〇メートルを超える距離を助走できるので、跳び越えるにはじゅうぶんなはずだった。走り幅跳びの世界記録が九メートルに近い（八メートル九五センチ）のを知っていたし、ジェントリーはオリンピック選手ではなかったが、路地の向こうの屋根よりも高いところから跳ぶので、距離のことは心配していなかった。

だが、心配なのは、着地だった。安全かつ静かに着地しなければならない。暗闇を猛烈な勢いで跳ばなければならないので、それが難題になりかねない。

ジェントリーは、長くゆっくり息を吸い、肩を何度かまわして体の緊張をほぐして、行動する身構えをしながら、前方をひとしきり見た。

スーザン・ブルーアは、西五八丁目のインダストリアル・スタイル（工場などを思わせる武骨なインテリアデザインのとこ）のロフト・アパートメントに立ち、オールトマン邸の周辺にあるすべての家のドアチャイム・カメラの画像を見ていた、ドレクスラの配下のフランス人の肩ごしに視線を投げた。

　ブラウンストーンの正面に、国土安全保障省の警護班の車がとまっているのが見えた。乗っているふたりは明らかに目を醒ましていた。標章付きの車のなかで、煙草の火が動いていた。だが、ふたりともとくに警戒しているようではなかった。通りにほかに動きはなかったので、スーザンは身を起こし、つぎのワークステーションがなにを見ているか、たしかめにいった。

　そのとき、オールトマンのオフィスのデジタル画像ファイルを調べるように命じてあったドイツ人技術者が、スーザンを呼んだ。「マーム」

　スーザンはすばやくそこへ行った。「なにを見つけたの？」

「オールトマンのオフィスのきょうの録画を調べていたんですが、興味をそそられるようなことを見つけました」

　スーザンはしゃがんだ。そのときにスラックスの下で膝がポキリと鳴った。

技術者がいった。「オールトマンは、一日のあいだに四人とべつべつに会っています。いずれもヴェリスキーかザハロワではありません。しかし、午後四時四十五分ごろに、オールトマンがオフィスを出る画像がありました。十二分後に戻ってきました」

「オフィスがある階の共用洗面所に用を足しにいったんじゃないの?」

「そう思いましたが、廊下のカメラも調べました。オールトマンはエレベーターに乗っています。警護官は休憩室に行っていて、オールトマンがオフィスを脱け出したのにも気づいていないようでした」

「興味をそそられるわね」

「一分ほどあとで、オールトマンが一階のロビーにいるのを、また捉えました。ほら、この男と話をしています」

技術者が中央のモニターに動画を呼び出し、スーザンはスクリーンを仔細に見た。エズラ・オールトマンは五十代で、すこし肥り気味だった。髭をきれいに剃り、白いドレスシャツを着て、襟のボタンをはずし、ユダヤ教徒らしくヤムルカをかぶっていた。オールトマンが、背中をカメラに向けている濃紺のスーツの男に近づいた。「顔が……見えないわね」スーザンはいった。

「そうなんです」ドイツ人技術員がいった。「年齢はヴェリスキーとおなじくらいのようですが、背がすこし高いように見えます」

スーザンは、なおも見つづけた。オールトマンはかなり切迫した口調で男と密接に話をしているように見えた。スーザンは、胃液が逆流するような心地を味わった。「くそ」とつぶやいた。

ロビーの隅での話し合いは、一分半もたたないうちに終わった。オールトマンが向きを変えて、エレベーターホールへ向かい、話をしていた相手の男は高層ビルのエントランスに向かった。

エントランスの上の天井に、ロビーを監視する防犯カメラがあり、スーザンが指示する前に、六メートルの距離から未詳の男を捉えた動画を、ドイツ人技術者が一時停止した。

「拡大して」

技術者が画像を拡大し、顔を中心にして、解像度をあげた。

スーザンは、数秒のあいだ目を凝らしてから、すばやく身を起こした。室内に響き渡る声で叫んだ。「ヴェリスキーはすでにオールトマンと接触していた。八時間以上前に。オールトマンはデータを握っていて、自宅で処理し、《ニューヨーク・タイムズ》に送る準備をしているかもしれない」

部屋の反対側に立っていたドレクスラが、ツイードのジャケットから携帯電話を出して、アイコンをタップしてから耳に押しあてた。ひと呼吸置いてからいった。「ルカ。突入しなければならない。いますぐに」

コート・ジェントリーは、西八二丁目に面している五階建てのテラスハウスの屋根で突進し、一歩ごとに速度をあげて、ゾーヤの横を通った。ゾーヤはジェントリーの腰につないだロープを輪にして持ち、ジェントリーが跳ぶと同時に投げようと身構えていた。そうすれば、巻いたロープが屋根の上でほぐれるときに、大きな抗力になるのを防ぐことができる。

　ジェントリーは、屋根の縁の数センチ手前を右足で踏み切り、跳躍(ちょうやく)して、両手と両脚を宙でふりまわしながら、路地の上をロケット弾のように飛んだ。助走と跳躍による勢いが重力によって弱まり、体が降下した。

　葉の落ちた樹木と、ゴミ回収コンテナ、チェーンで固定した自転車、子供のおもちゃ、物置があちこちにある狭い路地の上で、ジェントリーは夜空を飛翔(ひしょう)した。向かいの屋根の縁の九〇センチほど先で着地することができ、そこでジェントリーは脚、腕、上半身の力を抜き、前方で足が屋根にぶつかったときに、体を丸めた。何度も横転し、コンクリートの上で進む勢いを殺した。

　ようやく仰向(あおむ)けでとまり、空を見あげた。手を上にあげると、イヤホンがはずれているのがわかり、暗いなかで二十秒ほど手探りして、屋根の北端との中間にあるのを見つけた。

膝と肘を擦りむいていて、もとから打ち身ができていた腰がうずいたが、どこも痛めていなかったし、声を出すわけにはいかなかった。

イヤホンを差し込んで、ジェントリーはささやいた。「なにも問題はない、と思う」


ルカ・ルデンコは、監視のための建物の三階に立ち、窓から通りのオールトマンの家がある方角を見ていた。セバスティアン・ドレクスラの電話をイヤホンで聞いてからいった。

「待て。やつの家に行けというのか？　ヴェリスキーは来ていないぞ」

「関係ない。やつの家に行けというのか？」


「関係ない。やつらはきのうの夕方に会っていた。オールトマンは情報を握って、いまそれを処理しているかもしれない」

「握っていなかったらどうする？　おれたちがオールトマンを殺したら、ヴェリスキーは姿を隠し、データ処理を手伝えるべつの人間を探すだろう」

「オールトマンがデータを持っていなかったら、殺さない。しかし、持っていた場合のために、行く必要がある」

ルデンコは、すこし考えた。「警護官はサプレッサー付きの銃で排除できるし、コンピューター、ドライブ、携帯電話など、秘密に関係がありそうなものはすべて回収できる」

ドレクスラがいった。「ウクライナ人も何人か連れていけ。運び出す機器が多いかもしれない」

「それで、なにも見つからなかったら？」

「なにも見つからなかったら、オールトマンと家族を拉致し、ヴェリスキーを誘い出すのをオールトマンが手伝うように脅しをかける」

ルデンコは、なおも窓の外を見ていた。ようやくいった。「わかった」

「何分でそこに行ける？」

「五分くれ」

ジェントリーは、一分前に跳躍と着地を終えたが、二日前に列車から突き落とされたときの擦過傷と打ち身がまだ治っておらず、あらたな打撲傷と体のなかで勢力争いをはじめていた。ジェントリーは屋根のまんなかに立ち、腰のロープをはずしてから、路地の側の非常階段へ行き、コンクリートに埋め込まれている鋼鉄の横棒に結びつけた。

それが済むと、ゾーヤがロープの端をひっぱってピンと張り、大きなHVACシステムの鋼鉄の支柱にしっかり結びつけた。

その直後に、ジェントリーは屋根を東へと進み、冬のあいだ当然ながら使われていないとおぼしいパティオにおりてから、なにもない壁が数メートル高くなっている隣の建物へ登っていった。

ようやくオールトマン邸の屋根に着くと、身をかがめて、狭い路地に面したブラウンストーンの裏手の端へ行き、膝をついて下を覗いた。

バルコニーが真下にあった。

イヤホンを使って、ジェントリーはささやいた。「位置についた」

アンジェラが応答した。「アレックスがいま、オールトマンにメールしている」

ジェントリーは、冷たいコンクリートに伏せて、法廷会計士のオールトマンが現われるのを待った。

60

ルカ・ルデンコは、GRU工作員ふたりとペトロ・モズゴヴォイとともに、西八一丁目の南側のブラウンストーンのキッチンにはいっていって、部下ふたりとドネツク人民共和国（DPR）保安大隊（SSB）の指揮官のモズゴヴォイに、オールトマン邸へ行く目的を説明した。

モズゴヴォイが、その情報を聞いてからいった。「ニューヨーク市警（NYPD）二〇分署まで七〇メートルしか離れていない。真夜中でもその分署には警官が五十人くらいいるでしょうね」

ルデンコはいった。「おれと部下ふたりはサプレッサー付きの拳銃を持ってる。おれたち三人が先に行く。あんたは四人よこして、おれたちを支援してくれ」指を一本立てた。「撃ち合いは、おれとおれの部下がやる」

モズゴヴォイが、ルデンコの負傷している足を見た。「あなたも行くんですか?」

「将校は前線で指揮をとる」ルデンコはそういって、話を終わらせた。ジャケットからサプレッサーを出して、九ミリ弾を使用するHK・VP9を抜き、ネジを切ってある銃身にはめ込みはじめた。部下ふたりがおなじことをやると、ルデンコはいった。「正面の車の警備チームを始末する。そいつらが玄関の鍵を持っているはずだ。なかにはいったら、警護官を制圧し、警報を切らせる。そして撃ち殺す」

ルデンコは、なおもいった。「忘れるな。やつの女房とティーンエイジャーの男の子ふたりがいる。その三人には危害をくわえるな。自宅に記憶装置がなかったら、オールトマンに取ってこさせるのに人質がいる」

モズゴヴォイがいった。「おれは配下を集めて、コンピューター関連機器と携帯電話を回収するのが仕事だと伝えます」

ルデンコはいった。「大きな音をたてたくないから、おまえの配下には銃を持たせるな」

モズゴヴォイが首をふった。「銃なしでそこへ行かせるわけにはいきません！」

「おれが命令したとおりにやれ！　おれたち三人がすべてさばく。ナイフを持たせろ。一分後に二〇分署に全員ひっぱられたいのならべつだが、銃はだめだ」

モズゴヴォイが、腹立たしげに溜息をつき、キッチンから出て、階段のほうへ行った。GRUのひとり、ワシーリーが、ルデンコのほうを見た。「ボス……おれとミーシャでやれる。ボスが行く必要はないですよ」

ワシーリーは足の怪我のことを考えているのだとわかったが、ルデンコは手をふって斥けた。「おれは一〇〇パーセントだ」

そうではなかった。足はものすごく痛かったし、ウォーキングブーツのせいで機敏に動けなかった。だが、自分抜きで部下にこれをやらせるわけにはいかなかった。


ジェントリーが屋根で一分ほど待っていると、ガラス戸が静かにあけられる音が下から聞こえた。その直後に人影が現われ、小さなコンクリートのバルコニーに並べられたデッキチェアのあいだに立った。人影が闇を見まわしたので、ジェントリーは低く口笛を吹いた。

人影がさっとふりむいて、上を見た。ジェントリーは体をまわして横向きになり、両手だけでぶらさがって、デッキチェアの肘掛けに足をおろした。そこからクッションを踏んで、バルコニーの床に用心深くおりた。擦りむいたばかりの膝がその動きに抗議し、ジーンズの下で灼けるような痛みが走った。スイスで負ったひどい打撲傷とおなじくらい不愉快な痛みだった。

ジェントリーは、オールトマンの前に立ち、肩にそっと手を置いて、スライド式のガラス戸と石の手摺から遠ざけ、狭いバルコニーの南西の角へ移動させた。それによって、路地から見えなくなり、オールトマンの家族や警護官にガラス戸ごしに見られる心配もなくなった。

そのときに、中年のオールトマンがいった。「静かにしてくれ」

当然だとジェントリーは思ったが、ただうなずいて。シャツの下に手を入れ、マネーベルトからiPhoneを出した。小声でいった。「ヴェリスキーはパスワードを教えましたか？」

「ああ。Dymtrusだ」

ジェントリーはうなずいた。「この先、だれも信用できないということも説明されましたね？」

「西側へ流れ込むロシアの情報機関の金に関する情報が、これに保存されているとしたら、自分がどれほど大きな危険にさらされているかわかっている。ブルッカー・ゾーネからの怪しい金の流れを、わたしは何年も追跡し、分類してきたが、だれがそのスイスの銀行に送金していたのかはわからなかった。

クループキンがこの電話を持ってロシアから脱出したあと、わたしを警備している連中は、念入りにわたしを監視している。つまり、これには国家安全保障省もからんでいる」

ジェントリーはうなずいた。「アメリカの情報機関も関わっています」

オールトマンが溜息をついて、首をかしげた。「きみを信用できると、どうしてわかる？」

「おれを信用する必要はないでしょう。おれはただの伝書使だ。それじゃこれで」

オールトマンがうなずいた。「ここのオフィスにノートパソコンがあって、わたしのデータベースに接続してあるから、さっそくこれに取りかかる。この情報と、ヴェリスキーがダークウェブにアップした情報と、わたしのオフショア口座に関する情報を組み合わせれば、点と点を結ぶことができるはずだ」

アンジェラ・レイシーは、西八七丁目地階のアパートメントで、小さなテーブルに向かい、コーヒーを飲んでいた。隣にヴェリスキーが座っていて、自分たちの位置から南にわずか六ブロックしか離れていない通りと路地の防犯カメラの画像をアンジェラのノートパソコンのスクリーンで見つづけていた。

アンジェラは、カメラ七十台に侵入していた。特別アクセスプログラムのブラディ・エンジェルを援用することで、秘密扱いの国土安全保障省のウェブサイトに容易にアクセスできた。監視対象のサムネイルすべてが、ノートパソコンに表示されていた。サムネイルの小さな画像でなにかを見分けるのは不可能だが、人間の動きが探知されたときには画像をフルスクリーンで見られるように、ソフトウェアで設定してあった。

西八一丁目の東の端で、ひとりの男が犬を散歩させていたが、男がコロンバス・アヴェニューに曲がると、その動きを追っていた画像は、スクリーンに表示されているサムネイル七十個のひとつに戻った。

アンジェラはコーヒーを置いたが、それと同時に凍りついた。

べつのカメラの画像がフルスクリーンに拡大され、たちまちアンジェラとヴェリスキーは身を乗り出した。

黒っぽい服を着た男ふたりが、西八一丁目を横断して、西へ進んでいた。走ってはいないが、かなり足早だった。ふたりの急ぎ足が不審な感じだったので、アンジェラとヴェリスキーは目を釘づけにして黙り込んだ。

あらたな画像が、それに変わって表示された。オールトマンの四階建てのブラウンストーンの向かいにあるドアチャイム・カメラの画像だった。男ふたりが最初のカメラの視界を出て、そこのカメラに捉えられたために、切り替わったのだ。男ふたりは、なおも西へと進み、国土安全保障省の警備車両の後部に近づいた。そこでひとりがコートの下から拳銃を抜いた。

アンジェラはすぐさまイヤホンを叩いた。「西八一丁目に複数の射手（シューター）！」ヴェリスキーが、スクリーンのべつの部分を指さした。男ふたりのあとを、もうひとりが追っていた。足をひきずって歩いているようで、やはりサプレッサー付きの拳銃を持っていた。

「あれはマタドールかもしれない」ルデンコが足を撃たれたことを知っているアンジェラがいった。

さらに四人の人影が、足をひきずっている男のうしろに現われ、街灯から離れている道路のまんなかの暗闇を進んでいた。

「いけない！」アンジェラは叫んだ。「七人いる。サプレッサー付きの拳銃が三挺」

ジェントリーがオールトマンに別れの挨拶（あいさつ）をして、屋根の縁をつかむためにデッキチェアに乗ったとき、アンジェラからの送信が聞こえた。ジェントリーはデッキチェアから跳びおりて、手をのばし、ガラス戸をあけかけていたオールトマンの腕をつかんだ。そのとき、サプレッサー付き拳銃のくぐもった発射音が、建物の反対側から聞こえた。

アンジェラの声が、通信網から聞こえた。「くそ！　やつらが家の正面の警護官を撃った！」

オールトマンが銃声だと聞き分けなかったのは明らかで、問いかけるようにジェントリーの顔を見た。

またアンジェラの声が聞こえた。「やつらは……車のなかの死体を探っている。玄関に三人いる。聞いている、6(シックス)？」

「ちくしょう」ジェントリーはそういって、イヤホンを叩いた。「受信した(コピー)。報告をつづけてくれ」

「どうした？」オールトマンがきいた。

だが、ジェントリーが答える前に、ゾーヤの声がイヤホンから聞こえた。「そっちへ行く、6(シックス)。到着予定時刻(ETA)、三分か四分後」

ジェントリーは受信したことを伝えず、オールトマンの腕をつかんでいた。「家族もここにいるんだな？」

オールトマンが首をかしげた。「ああ、みんなここにいる。なぜきく？」

ジェントリーは、イヤホンを通じていった。「ベス、バルコニーにオールトマンを迎えにきてくれ」

即座に応答があった。「向かっている」

「なにが起きているんだ？」オールトマンがきいた。声がすこし大きくなり、かなり取り乱していた。

ジェントリーは、決定を下さなければならないが、明確な道すじがないという、めったにない状況に追い込まれた。ここでロシア人と撃ち合うわけにはいかない。サプレッサーを持っていないし、こんな住宅密集地で銃声が響けば、二〇分署の夜勤警察官も含めて、おおぜいの人間が表に出てくるはずだった。

ニューヨーク市警が応援に駆けつけるのを期待して、向かいの建物の煉瓦に数発撃ち込もうかと思ったが、考え直した。ここに警官が詰めかけたら、オールトマンがクループキンの電話を持って逃げ、そこに保存されているデータを暴くことができなくなる。CIAが関与するだろうし、ロシアから持ち出された情報で腐敗していることがばれるおそれがある重要な関係者も介入するだろう。

だめだ。これはできるだけ静かに片づけなければならない。

オールトマンを家のなかに入れてはいけないことを、ジェントリーは承知していた。家族がどういう目に遭おうと、オールトマンは生かしておく必要がある。そこで、オールトマンを手荒く壁に押しつけて、顔を近づけ、低い声で懇願するようにいった。「おれを信じてもらわないといけない。ここにじっとしていろ。音をたてるな。そうすれば、おれたちが片をつける」

「なんの片をつけるんだ?」オールトマンはまだ、ロシア人が家のなかにはいり込んだことに気づいていなかったが、ガラス戸を通してかすかなパンという音をジェントリーは聞きつけていた。「なにか起きているのか? 子供たちや妻——」

ジェントリーは、さらにオールトマンに顔を近づけた。「なにが起きても、なにが聞こえても、おれの仲間が来るまで、電話を持ってここでじっとしていろ。あんたが家のなかにはいったら、家族の命も含めてなにもかもを危険にさらすことになる」

家の警報器が鳴った。表にはそうけたたましく響いてこなかったが、鳴っているのはたしかだった。

オールトマンが、それを聞きつけた。「だれかが侵入したのか?」

「おれが片づける」ジェントリーはいった。

オールトマンがひどくうろたえているのが、暗いなかでもわかったので、ここに残したら指示に従わず家のなかに駆け込む確率は五〇パーセントだろうとジェントリーは気づいた。好都合な選択肢はなかったし、そもそも拳銃を使えないので、選択肢はなからないようなものだった。自分より体が大きく重いオールトマンを屋根に押しあげて、いっしょに撤退することも考えたが、オールトマンの家族は連れ去られるか殺されるおそれがあるので、なにもやらないわけにはいかなかった。

オールトマンの顔に一本指を突きつけて、ジェントリーはいった。「ぜったいに……ここから……動くな」

オールトマンが小さくうなずいたので、ジェントリーはほっとした。「お願いです。わたしの家族を」

「何階にいる？」

「寝室はすべて二階だ」

まずいとジェントリーは思ったが、口には出さなかった。ロシア人のほうが、オールトマンの家族に近い。

ジェントリーは静かにガラス戸をあけて、なかにはいった。そこは設備が整った書斎だった。オールトマンのデスクに置かれたノートパソコンのそばのバンカーズ・ランプだけがついていて、ほかに明かりはなかった。ジェントリーは廊下に向かう途中で、ランプの鎖を引いて消し、書斎は完全な闇に包まれた。

ジェントリーは、小声でイヤホンを通じていった。「ベス……オールトマンが電話を持っている。彼を連れてここから逃げ出せ」

「あなたはどうするの？」ゾーヤがロープを伝って四軒離れた屋根に向かっていることが、息を切らしている声からわかった。

ジェントリーはいった。「おれは家族を助けにいく。なにが起きても、静かにやらないといけない」

ジェントリーは、刃渡り一〇センチの折り畳(たた)みナイフの刃を出して、四階の廊下に出るドアのほうへ移動した。

61

ルカ・ルデンコは、玄関ドアのそばにある警報パネルの前に立ち、まだ生きている国土安全保障省の警護官の顎に、HKのサプレッサーを押しつけた。

警護官は若く、二十五歳くらいだった。スキンヘッドで、赤ら顔は汗と血にまみれていた。武器を奪うときに、ワシーリーが口を殴りつけたからだ。

警護官の相棒は、玄関ホールの硬木の床に、仰向けに倒れ、ライフルがそばに落ちていた。胸に弾痕がふたつあった。

ミーシャが銃を突きつけたあと、ルデンコはその警護官を撃った。家中に鳴り響いている警報をとめるには、ひとり生きていればいいからだ。

ルデンコは、怯えている警護官の目を覗き込んだ。「警報をとめろ。さもないと、おまえの頭を吹っ飛ばす」

警護官は迷っているようだったが、ルデンコが熱したサプレッサーを喉元に押しつけると、手をのばして、四桁の暗証番号を打ち込んだ。

たちまち警報がとまった。警備会社は警報が四十五秒鳴りつづけないと連絡してこないし、警察を派遣するにはもっと時間がかかることを、ルデンコは知っていた。それに、三十秒ほどで警報を切った。

警報が熄むと、ルデンコはいった。「ありがとう」そして、ウォーキングブーツをはいた左足でぎこちなく一歩離れ、警護官の眉間に一発撃ち込んだ。

ルデンコの部下ふたりが、オールトマンを探すために、すでに上の階に向かっていた。ウクライナ分離主義者四人がそのあとを追い、ルデンコは拳銃を構えて、幅が狭いが奥行きがあるブラウンストーンの一階を歩き、敵がいないことを確認した。

一分とたたないうちに、兄弟とおぼしいボクサーショーツとTシャツ姿の、髪が黒く、眠そうな目つきのティーンエイジャーふたりをウクライナ人が連れてきて、連邦防護局（国土安全保障省の警察部門）の死んだ警護官ふたりの正面の階段に座らせた。ふたりは指示どおりにした。ルデンコは、警護官ふたりの武器を取りあげて分解した。男の子ふたりは、家のなかでなにが起きているのかわからず、茫然としてじっと座っていた。

三十秒後に、ミーシャがセアラ・オールトマンを連れてきた。五十代半ばで赤毛の痩せた女だった。セアラがミーシャの手をふり払い、階段を駆けおりて、子供たちに気づき、ふたりを抱き締めたとき、階段の正面の死体に気づいた。

セアラは、ルデンコが指揮官だと判断したらしく、そちらを見あげた。

「わたしの夫になにをやったの？」

ルデンコがミーシャを見ると、ミーシャがロシア語で答えた。「ワシーリーがまだオールトマンを探しているところです」

「あとの連中に、コンピューターを運ばせろ」

「やってます」

ルデンコは、セアラのほうを向いて、英語でいった。「おまえの夫はどこだ？」

セアラが、びっくりして首をふった。「あなたたちが……捕まえたんじゃないの？」

ルデンコは眉根（まゆね）を寄せて、天窓から弱い明かりが漏れている螺旋（らせん）階段を最上階まで見あげることができる、玄関ホールのまんなかへ行った。

ジェントリーは、四階のホームオフィスにとどまっていた。ナイフを片手に持ち、あいたドアの蔭に潜んでいた。ひとりの男が、さきほど踊り場を通るときにフラッシュライトで室内を照らしたが、足音もライトもそのままべつのところへ移動した。

またフラッシュライトの光芒（こうぼう）が螺旋階段をまわっていた。だれかが最上階を目指しているようだった。

ロシア人がすでにオールトマンの家族を捕らえたことはまちがいないし、拳銃にサプレッサーが付いていないジェントリーには、打つ手がなかった。だから、馬鹿な敵が銃身にサプレッサーを取り付けた拳銃を持ってナイフの攻撃範囲に近づいてくるのを、一分前から待っていた。

だが、これまでのところ、見えるのはフラッシュライトだけで、拳銃は見ていなかった。うしろのバルコニーの近くでかすかな物音がしたので、ジェントリーは反射的に拳銃を抜き、そちらに向けたが、ゾーヤがガラス戸からはいってきたのだと気づいた。ジェントリーはむっとして拳銃をホルスターに収め、踊り場と階段に注意を戻した。

ゾーヤが、まったく音をたてずに床を横切り、顔を近づけた。ホームオフィスの外のフラッシュライトの光が近づいてくるように見え、ロシア語でしゃべっているのが聞こえた。

ジェントリーはささやいた。「オールトマンはどこだ?」

「結束バンドでバルコニーの椅子に縛りつけてある」

「いっただろう――」

「シーッ」ゾーヤが制した。男ふたりがドアの外で話をはじめていた。ひとりはまだ階段にいて、もうひとりはもっと近い踊り場にいた。

　ジェントリーはロシア語を聞いたが、ゾーヤは首をかしげた。「階段にいるのはウクライナ人よ」

「なんだって？」

　ゾーヤは確信していた。「ロシア語でしゃべっている。でも、ウクライナ人。もうひとりは、サンクトペテルブルク出身」

　光がかなり近くに現われ、階段の手前の踊り場から、男ひとりが近づいてきた。数秒後に、ホームオフィスにはいってきた。

　ジェントリーは、ドアの横からサプレッサーの先端が出てくるのを見て、ゾーヤの前に進み、男の銃を持っているほうの手首を左手でつかんだ。そして、右手でナイフをそのロシア人の左脇の肋骨のあいだに突き刺した。

　だが、驚いたことに相手が右に強く体を引いたので、ジェントリーはバランスを崩した。ふたりとも床に倒れたとき、ジェントリーは男の銃を握っている手をつかんでいたし、ナイフは男の左胸に突き刺さったままだった。

　ロシア人は叫んでいた。「助けてくれ！　助けてくれ！」

　ゾーヤは九ミリ口径の拳銃を抜き、戸口に向けて、部屋のなかに後退し、床を転げている男ふたりに近づいた。

そのとき、フラッシュライトの光が戸口に現われた。ゾーヤは発砲しないで、突進しながら、暴発しないようにセイフティを押しあげた。

ドア枠の左側に、ライトを前に突き出している人影が現われた。ゾーヤはその男に体当たりすると同時に、鋼鉄とポリマー製の拳銃で側頭部を殴った。ふたりとも踊り場に倒れ、ぐるぐるまわっているフラッシュライトの明かりで、ゾーヤは男が左手にナイフを握っているのを見た。

踊り場に並んで倒れ込んだとき、男がナイフを突き出したが、ゾーヤは上半身を起こして右に体を傾けて避けた。そして、突き出されたナイフのうしろにまわり、男の鼻に拳銃を叩きつけて、ナイフを持っている相手の手に左腕を巻きつけた。

その男——階段で話をしていたときに、ゾーヤがウクライナ人だと思った男——は、ゾーヤのスミス&ウェッソンの銃身をつかみ、最初の男とおなじように、下の階の仲間に大声で助けを求めた。

ジェントリーの敵は、信じられないようなくそ野郎だった。ロシア人は、肺まで深々(ふかぶか)とナイフを突き立てられて、致命傷を負っていたのに、まだ戦っていた。拳銃を握っていて、発砲した。ジェントリーは男の手をつかんでいたので、そらすことができた。それと同時に、踊り場のゾーヤとバルコニーのオールトマンのほうへ弾丸が跳ばないようにしなければならなかった。

一発目の弾丸は天井に突き刺さった。男がまた撃ち、こんどは、煉瓦と石の家の西側の壁に当たった。

ジェントリーは両手で男の銃を持っているほうの腕を押さえ、それと同時に切り傷や打ち身ができている膝をつき、男の左胸に突き刺さっているナイフの柄を太腿で強く押した。ロシア人が激痛に反応して、手の力が抜けたので、ジェントリーはサプレッサー付きのHKを奪い、一本指でくるりと向きを変えて、男のこめかみに向けた。

ジェントリーが一発放つと、ホームオフィスのオリエンタルラグに血と骨が飛び散った。うしろでゾーヤともうひとりの男が叫んでいるのが聞こえたので、ジェントリーは立ちあがり、踊り場に向けて闇のなかを駆け抜け、走りながら拳銃を両手保持に持ち直した。

踊り場でゾーヤと戦っていたウクライナ人は、大男で肉付きがよかった。上の天窓から射す柔らかい月光で突き出した額と落ちくぼんだ目を見たゾーヤは、この男は格闘に長けていると悟った。男はゾーヤよりも力が強く、ナイフを投げ捨てた男に両手で拳銃をつかまれとき、数秒で手からもぎ取られるだろうとゾーヤは悟った。三階の踊り場を過ぎて階段を昇ってくる足音も聞こえていた。

　残された時間はすくないと、ゾーヤは悟った。

　拳銃がゾーヤの手からもぎ取られ、男が腰を横に滑らして銃口をゾーヤの胸に向けた。一メートルも離れていない。

「くそ女(スーカ)」男がののしり、引き金を引いた。

　ゾーヤがセイフティをかけていたので、弾丸は出なかった。それに気づいた男がすぐさま親指を上に曲げて、セイフティを押し下げようとした。

　ゾーヤは拳銃に跳びかかった。撃ち殺される前に奪い取れるとは思っていなかったが、そのとき、サプレッサー付き拳銃から発射された一発が頭の上から飛んできた。男がのけぞって、硬木(ハードウッド)の踊り場に倒れた。

　ゾーヤは、死んだ男の手からスミス&ウェッソン・シールドを取り戻し、ぱっと立ちあがって、サプレッサー付き拳銃を両手で構えてしゃがんでいたジェントリーの横を通り、ホームオフィスに撤退した。

　ジェントリーは、階段の上に見えるフラッシュライトの光めがけて、何度も撃ちつづけた。

　ひとりが倒れる音をゾーヤは聞いた。あとの連中があわてて逃げ、やがてゾーヤはジェントリーのうしろの踊り場に戻った。ゾーヤが見ていると、ジェントリーは手摺の上から身を乗り出して、あらたに手に入れた拳銃の照準器でターゲットを探した。だが、二挺のサプレッサー付きの銃が、下から応射した。数発がジェントリーの頭の上の天窓を砕いたので、ジェントリーは急いで身を引き、照準線から逃れなければならなかった。

ゾーヤがジェントリーの肩をつかんで、ホームオフィスに引き戻した。

ジェントリーはいった。「家族を助けにいかないと！」

「無理よ！　あとで取り戻しましょう。やつらがどこへ行っても、レイシーが追跡できる！」

ジェントリーは、一秒考えただけで、ゾーヤのいうとおりだと認めてうなずいた。ジェントリーが踊り場を見張っているあいだに、ゾーヤがバルコニーへひきかえした。ジェントリーはホームオフィスに立ち、イヤホンを叩いてアンジェラに連絡し、付近を離れる車すべてを追跡するよう指示した。さらに、ヴェリスキーにゾーヤのミニバンを運転して、西八二丁目に急いで迎えにきてもらう必要があった。

一階では、動きがあるのを期待して、ルカ・ルデンコが囲いのない螺旋階段の中心に銃を向けていた。数秒前に四階に男ひとりが現われ、天窓の下でシルエットしか見えなかったが、こちらに狙いをつけるのがわかったので、ルデンコは撃った。

エズラ・オールトマンではないのは明らかだったし、その男の正体にルデンコは心当たりがあった。

ミーシャが仲間を支援するために螺旋階段を駆けあがり、四階の対象と撃ち合っていた。数秒後に、ルデンコは呼んだ。「ミーシャ、無事か?」

「無事です」

「こっちに戻ってこられるか?」

「ええ、上に掩護射撃してくれれば」

「来い」

ミーシャが、二階の踊り場から階段を駆けおりて、ルデンコがいる一階にたどり着いた。

ミーシャがいった。「ワシーリーから応答がない。ドネツク人民共和国(DPR)のひとりが階段にいるのを見た。そいつは撃たれていて、生き延びられそうにない」

ルデンコは、まわりを見た。ここに来られたウクライナ人はふたりだけだった。あとのふたりとワシーリーは、上の階で死んだのだと判断した。

ルデンコはいった。「くそ。オールトマンがやったんじゃない。警護官もそっちにはいない。おまえ、なにを見た?」

「なにも。おれたちの拳銃の音しか聞こえなかった」

「くそ」ルデンコは、階段から遠ざかって、玄関脇のコートラックのそばで縮こまっている人質三人を見た。

すぐにルデンコはモズゴヴォイに電話をかけ、最初の呼び出し音でモズゴヴォイが出た。

「はい」

「ただちに撤退する。ここに二台よこせ。急げ」

「なにがあったんです？」

「おれとおまえは、合わせて三人、部下を失った」そういって、ルデンコは電話を切った。

急遽立案した作戦は、ほとんど失敗に終わった。オールトマンを捕らえることができず、クループキンの電話も手にはいらなかった。だが、プラスの面もあった。まず、警察への通報はなかったとおぼしい。近所の住人が防犯カメラを確認して、家の正面の銃撃を見ないかぎり、このあとも通報はなされないだろう。

つぎに、オールトマンの家族を捕らえた。セバスティアン・ドレクスラがオールトマンに連絡し、今後、指示に従うことがいかに重要であるか、悟らせるはずだ。

ルデンコは、玄関のドアをゆっくりあけて、通りを見た。監視場所からそう離れていないので、足を怪我していても歩いていけるが、人質を連れて歩きたくはなかった。

ゾーヤ・ザハロワがオールトマンの結束バンドを切っているあいだに、ジェントリーはオールトマンの携帯電話とMacBook Airを取ってきて、携帯電話をポケットに入れ、MacBookを腰のうしろでウェストバンドに差し込んだ。ゾーヤが持ってきたロープを受け取り、オールトマンの腰に巻きつけた。

オールトマンは、激しい衝撃から立ち直っていなかった。「セアラはどこだ？　子供たちはどこだ？」

ジェントリーは、ロープを結ぶ手をとめずにいった。「よく聞いてくれ。おれたちがこれをやるあいだ、あんたはほんとうに静かにしていないといけない」

「なにをやる？」

「路地にあんたをおろす」

ゾーヤが最後の結束バンドを切ると、オールトマンはすぐに立ちあがった。ジェントリーがゾーヤを見ていった。「行くぞ」

ゾーヤがうなずき、コンクリートの手摺をつかみ、片脚を蹴りあげて乗り越えた。金属製の排水管のほうへ行き、伝いおりはじめた。

「わたしの家族はどこだ？」

「エズラ、約束する。家族は取り戻す」

オールトマンが異常な興奮状態に陥りかけていたので、四階下まで吊りおろすことができるかどうか、ジェントリーは自信が持てなかったが、早く解決策を見つけなければならないとわかっていた。

「ロシア人が連れていったんだな？」

オールトマンの声が大きくなり、ジェントリーはそのことにも不安をおぼえた。オールトマンの顔を覗き込んでささやいた。「もう行ってしまったが、どうやって見つければいいのかわかっているし、それに対処するチームもいる」じつは、彼らがこの建物を出たかどうかも定かでなかったが、まだ家のなかにいたとしても、助けにいくことは不可能だった。

それに、ジェントリーのもとには、人質救出のようなことに対処できるチームなどいない。

しかし、オールトマンができるだけ落ち着くようにするには、この不確かな状況でも、自信があるように見せかける必要がある。

ジェントリーはいった。「ほかにも近くにロシア人がいるから、静かにしてもらいたい。これから壁ぎわであんたを吊りおろす。おれがやりやすいように、この排水管に片手と片脚をずっとかけていてくれ」

オールトマンは泣いていたが、ようやくうなずいた。ジェントリーは、イヤホンを叩いた。「ベス、これからおろす」

「了解（コピー）」すぐさまゾーヤが答えた。

オールトマンを吊りおろすのに三分かかったが、ジェントリー、オールトマン、ゾーヤは路地でオールトマンの家の裏口を避け、べつの方角から通りに戻った。

三人が西八二丁目に出るとすぐに、ヴェリスキーがゾーヤのレンタカー、トヨタ・シエナで乗りつけ、三人は乗り込んだ。

ミニバンのドアが閉まり、西に向けて走り出したとたんに、オールトマンが声をかぎりに叫んだ。「くそ！」

62

スーザン・ブルーアは、技術者の肩ごしに、ドアチャイム・カメラの画像を見ていた。グレイのトヨタ・シエナが西八二丁目に曲がってきて、ニューヨーク市警(NYPD)二〇分署の五軒手前でとまるところが映っていた。

乗り込んだ人間は、そのカメラからは見えなかったが、トヨタ・シエナが一本北の西八三丁目に出てからアムステルダム・アヴェニューに向かい、右折して北上したことがわかった。

そのミニバンを見失う前に、街灯のカメラがナンバープレートを読み取っていたが、調べると二日前にボストンでレンタルされた車だとわかった。だれが借りたのかを調べられる資源がスーザンにはあったが、午前三時に調べるのは無理なので、朝になってから突き止めることにした。

ドレクスラがさきほど杖の助けを借りてロフト・アパートメントのバルコニーに出て、

ロシア人に電話をかけた。ドレクスラはまだそこにいた。戻ってきたときになにを聞かされるかわからないが、最悪の事態をスーザンは恐れていた。

通りの車のなかで国土安全保障省の警護官ふたりが殺されるのを、スーザンは近くのカメラの画像で見た。ロシア人チームはオールトマンの家に侵入したあと、十分以上たってから出てきた。人質がバンに乗せられ、数人の男が三人の死体を運び出すのを見た。死体は人質とおなじバンに投げ込まれ、バンはゆっくり走り去った。

シエナが西八二丁目でとまったときには、スーザンはロシア人のバンの行方を見失っていたが、まもなくドレクスラが戻ってきて状況と死者数を報告するはずだった。

ちょうどそのとき、ドレクスラが足をひきずりながらバルコニーから戻ってきて、スーザンの隣に座った。杖を膝の上に横たえ、ひどく険しい表情だった。「三人失った。オールトマンを捕らえることはできず、データも回収できなかったが、オールトマンの妻と子供ふたりを捕らえた」

スーザンは目を閉じた。こんどは誘拐？　なんてことなの。「とんでもない失敗だわ」

スーザンはつぶやいた。

「オールトマンにメールや電話で連絡し、交換を手配する」

スーザンは、つかのま虚空を見てから、ドレクスラのほうを向いた。小さく首をかしげていった。「前にもこれをやったことがあるのね？」

ドレクスラが笑みを浮かべたが、疲れた笑みだった。「雇い主に要求されたことは、なんでもやってきた」

「イエスだと解釈するわ」

「イエスだ。きみ自身も必要とあればルール破りをいとわないと聞いている」

スーザンは、それには答えないでこういった。「つぎの手立ては？」

「わたしの現場チームが、オールトマンの家族を近くの隠れ家に移す。そこで、じゅうぶんに保護する」

ドレクスラが、両膝に両手を置いて、左膝をさすりながらいった。「ただ、ひとつ懸念がある」

「わたしの懸念はひとつどころではないわ」スーザンは答えた。「でも、もちろん話を聞く。あなたのひとつの懸念とはなに？」

「このわたしの監視チームは、オールトマン一家と警護官たち以外のだれも、その家にはいるのを見ていない。現場チームを指揮していた男が、いましがたわたしに――」

スーザンはさえぎった。「CIAが呼んでいるように、マタドールといったらどうなの」

チェスをやっていて、相手が巧妙な手を使ったとでもいうように、ドレクスラが両眉をあげた。「いいだろう、マタドールが、警護官は四人とも、一度も発砲しないで死んだといった。それに、オールトマンがみずからわたしたちの資産三人を殺したとは、マタドールもわたしも一瞬たりとも信じていない」

スーザンは理解した。「ほかのだれかが家のなかにいた。ザハロワにちがいない」

ドレクスラが首をふった。「マタドールは、男の戦闘員をはっきり見たといっている。先週、カリブ海で遭遇したのと同一人物かもしれないと、マタドールは思っている。列車で遭遇したのも、おなじ男だというんだ」

スーザンは首をふった。「いいえ……ありえない。その男はスイスで死んだ。確認されている」

「確認したのは……」ドレクスラが、疑うようにきいた。「きみか？」

「わたしじゃない。でも、わたしは——」

スーザンは、不意に言葉を切った。ドレクスラは首をかしげた。「どうした？」

「ああ、なんてことなの」

「どうした？」ドレクスラが、もう一度きいた。

スーザン・ブルーアは答えなかった。首の筋肉が緊張し、顔が赤くなった。

スーザンは、携帯電話に手をのばした。

アレックス・ヴェリスキーは、十分前にミニバンをコロンバス・アヴェニュー西八七丁目の安食堂(ダイナー)の前にとめ、乗っていたあとの三人とともに、夜の通りを歩いていった。ジェントリーは殿(しんがり)で、一行が東に向けて進むあいだ、後方を確認した。近くからサイレンが聞こえないのはいい兆候だったが、防犯カメラで監視されているかどうかわからないので、いまの自分たちが置かれている危険な状況を、あまり楽観していなかった。とはいえ、四人は地階のアパートメントにはいった。アンジェラが小さなテーブルに向かい、ノートパソコンをあけて、いまも国土安全保障省のウェブサイトで付近を監視していた。

オールトマンは、茫然自失(ぼうぜんじしつ)していた。黒いパジャマのズボンと白いTシャツの上に、謎の男とバルコニーで会うために厚手のカーディガンをはおっていた。ゾーヤがソファに連れていって座るのに手を貸したときも、なにもいわなかった。

ヴェリスキーが隣に座り、クループキンの電話の話をしようとしたが、オールトマンが落ち着くまで何分か待たなければならないと、即座に気づいた。

ゾーヤは、オールトマンの前でしゃがんだ。「いまロシア人を追跡していますし、行き先がわかったら、ご家族を取り戻しにいきます」

オールトマンがなにもいわなかったので、ゾーヤは立ちあがり、キッチンへ行った。昨夜、ヴェリスキーといっしょに泊まったスイートから持ってきたカベルネのボックスワイン（瓶よりも鮮度が保たれやすい特殊な構造の箱形容器入りワイン）から紙コップに赤ワインを注ぎ、オールトマンのところへ持っていった。

オールトマンはワインを飲んだが、飲むのがあまりにもゆっくりだったので、ゾーヤはキッチンに戻り、自分も紙コップにワインを注いだ。

そのあいだに、ジェントリーは小さなテーブルのアンジェラの横に座った。「いまもやつらを捉えているか？」

アンジェラはノートパソコンに両眼を釘づけにしていたので、うわの空でジェントリーにいった。「いまのところは。監視地域を拡大しつづけている。かなり速く」

「どこにいる？」

「西に向かっていることはまちがいない。もうジョージ・ワシントン橋に近い。ニュージャージーに渡るつもりかもしれない」

「くそ」ジェントリーはいった。「そっちにはニューアーク空港がある。テターボロ空港もある。午前三時だから、民間の便はないだろうが、やつらは自家用機を持っているかもしれない。それを調べられるか？」

「追跡をつづけながら調べることはできない。わたしひとりしかいないのを、いつも忘れるのね、6（シックス）」

「そうだな」ジェントリーはいった。出発する自家用機がないかどうかアンジェラが調べているあいだ、ノートパソコンでの監視を交替できないことが、腹立たしかった。

そのとき、アンジェラの電話がテーブルのノートパソコンの横で振動した。時刻を思うと意外だったので、アンジェラもジェントリーもびっくりした。ふたりとも発信者がだれなのか見た。

「ああ、なんてこった」ジェントリーは低くつぶやいた。

アンジェラは、ジェントリーのほうを見あげた。「どうすればいいの？」

ゾーヤがキッチンから出てきて、紙コップを持ったままでテーブルのそばに立った。

「だれなの？」

ジェントリーは、ゾーヤのほうを見た。「ブルーアだ」

「くそ。気づいたのね」ゾーヤはいった。「早くここを離れないといけない」

ジェントリーはうなずいたが、アンジェラのほうに注意を戻した。ゾーヤがワインをごくごく飲んでから、ヴェリスキーとオールトマンに、急いでここを出ることを告げにいった。

アンジェラがきいた。「出たほうがいい？」

ジェントリーは、両手で髪をかきむしった。「ふつう、午前三時に電話に出るか？」

「出ない。つまり……その。作戦中だったら出るけど」

「でも、いまはちがう。とにかくブルーアの仕事はやっていない。出るな」

「朝に電話してくるでしょう。そうしたら――」

ジェントリーはいった。「それは朝になってからの問題だ。いまのおれたちには、べつの問題がある。全員逃げ出す準備ができるまで、バンの追跡をつづけてくれ」

アンジェラは、ジェントリーが急いでヴェリスキーとオールトマンのほうへ行くのを見送ってから、ノートパソコンに視線を戻した。人質を乗せたバンがジョージ・ワシントン橋に達していたので、マンハッタンのカメラ網を切り、西のカメラ網を呼び出そうとした。

だが、それがあまり進まないうちに、カメラの画像がすべて消えて、スクリーンがブルー一色になって、中央に一行のメッセージが現われた。

アクセス禁止。認証無効。

心臓がとまりそうになり、アンジェラは寝室に向かうためにそばを通ったジェントリーの手首をつかんだ。「そのことで、問題が起きた。ブルーアはわたしをブラディ・エンジェルから締め出した。国土安全保障省のサイトにアクセスできない」

「つまり、バンを追跡できなくなったんだな？」

アンジェラは、ジェントリーの目を見つめた。「6（シックス）……わたしにはなにもできない」

「くそ」ジェントリーは低い声でいった。「オールトマンの家族を見失った」

アンジェラが、なおもいった。「それよりも最悪なの。考えてみて。わたしが敵対して行動しているとブルーアが考えたら、あなたの遺体のことで嘘をついたことに、もう気づいているでしょう」

ゾーヤが話の聞こえるところに来て、アンジェラがまだノートパソコンに向かって座っているのを見た。「行くわよ、レイシー」

「なんですって？」

「聞こえたでしょう。移動しないといけないのよ」

アンジェラがゆっくり立ちあがり、ゾーヤを睨（にら）みつけた。

こんなときにまたか、とジェントリーは思った。

アンジェラが、腹立たしげにゾーヤに指を突きつけた。「ロシア人スパイの命令は受けない」

ジェントリーは、急いで割ってはいった。「おれたちはおなじ任務をやっているんだ。敵を見失ったし、もしかすると、ブルーアがここにチームをよこすことができるかもしれない。頼むから力を合わせてくれ」

ゾーヤとアンジェラは、それから一秒間、睨み合ったが、ゾーヤがそこで目をそらして、ジェントリーのほうを見た。「これがどういうことか、わかるわね？」

「どういうことだ？」

「つまり、ブルーアはロシア人と組んでいる。それに、ウクライナ人と」

「ウクライナ人？」アンジェラがきき、ふたりの対決は、はじまったときとおなじようにあっというまに終わった。

ゾーヤは答えず、自分の携帯電話を出した。「ウーバー（いくつかサービスがあるが、ここではライドシェアを利用しようとしている）を呼ぶ。ミニバンは使えない。バックパックにはいらないものは、すべて置いていく」

「どのウクライナ人よ？」アンジェラがもう一度きいた。

ゾーヤは顔をそむけたが、ジェントリーが答えた。「オールトマンの家にいたひとりに、ウクライナのなまりがあると、ベスはいっていた」

「たとえば……」アンジェラは困惑していた。「分離主義者ね？」

オールトマンが話を聞いていて、落ち着いた口調でいったので、全員が驚いた。それまでの周章狼狽（しゅうしょうろうばい）とは、あまりにもちがっていた。「去年の暮近く、たしか十一月だったと思うが、ドネツク人民共和国（DPR）の不活性工作員（スリーパー）の細胞が、このニューヨークでFBIに逮捕された。ウクライナに持ち込むヨーロッパ向けの軍事物資を輸送する船がレッド・フックを出港するのを撮影していたんだ」

アンジェラがいった。「そうよ。思い出した。国内の事件で、局（エージェンシー）はほとんど関係がなかったから、ほかにも細胞がいるという疑いが持たれたかどうかは知らない」

オールトマンが、アンジェラに近づいた。「そいつらはいる。ニューヨークに住むウクライナ人は多いし、すべてがいまのウクライナ政府を支持しているわけではない」

ジェントリーは、いま知った情報に驚嘆した。「ということは、CIAはロシア軍の情報機関だけではなくて、ウクライナのスパイと協力している……それもマンハッタンで」

ゾーヤが携帯電話を置き、ジェントリーのほうを向いた。「CIA全体じゃない。ブルーアよ。ブルーアは、自分が望むものをあたえてくれると思っている相手と組んでいるのよ」

ゾーヤのいうとおりだとわかっていたので、ジェントリーはうなずいた。「ブルーアの上にはふたりしかいない。メル・ブレント作戦本部本部長と、ジェイ・カービー長官だけだ」

アンジェラがいった。「ブレントは作戦本部を牛耳(ぎゅうじ)っているけど、作戦が好きではない。典型的な官僚よ」

「カービーもおなじだろう」ジェントリーはいった。

アンジェラは首をふった。「カービーは政治家よ。官僚じゃない。このとんでもないこと……ロシア人……カービーにちがいない」

ゾーヤが、また携帯電話を見た。「SUVが四分後に来る」

「どこへ行くんだ？」ジェントリーはきいた。

ゾーヤが命令口調で答えた。「キンバリー・ホテルに戻る。オールトマンさんが作業できるように」

そこでアンジェラがいった。「それで、そのあと、ニュージャージーへ行くのね」


スーザン・ブルーアは、コロンバス・サークルのロフト・アパートメントで自分のコンピューターを使い、アンジェラ・レイシーが秘密扱いの政府のポータルサイトにアクセスできないようにした。

それが済むと、デスクにもたれて、両手で頭を抱えた。

ニューヨークですばやく、できるだけ手を汚さずに仕事を終えることを考えていた——昼間から夜にかけて何時間か監視し、あとは資産(アセット)に任せて、始発のワシントンDC行きシャトル便に乗るつもりだった——ところが、人間狩りは長引き、誘拐や連邦政府の警護官を何人も殺すことに巻き込まれた。

これから自分がなにをやるのか、スーザンにはわかっていなかったが、いまやこの仕事では昇進だけではなく自分を護(まも)ることが重要になった。なんとしてもやり遂げなければならない。カービーの評判だけでなく、自分の評判にも関わる。

ドレクスラが、スーザンの横で腰をおろした。「わたしたちの状況を、長い目で見ようじゃないか。きみの動機がわたしにはわからない、スーザン。ジェイ・カービーの飴(あめ)と笞(むち)のどっちかだろう。しかし、わたしはダニール・スパーノフの笞に動かされている」

「これをやらないと、スパーノフに殺されるのね?」

「この任務が失敗に終わり、GRUか保安大隊(SSB)が生き残っていたら、わたしがアメリカを出る前にそいつらに追われるだろう。よしんば国に帰れたとしても、そこで待ち構えている連中がいる」

スーザンは、首をかしげた。「SSB?」

「ああ、そうだ。知らなかったんだな。まあ、いまとなっては作戦の全貌を明かしてはいけないという理由もない。ＧＲＵはこのニューヨークで、ドネツク人民共和国保安大隊（DPRSSB）の工作員の細胞を活性化したんだ。彼らがわたしたちを支援している。工作員十人が」――肩をすくめた――「きょうふたりが死んで八人になったが」

「不活性工作員（スリーパー）の細胞？　アメリカ国内で？　わたしたちは、その連中と連携しているの？」

ドレクスラが、疲れたように溜息をついた。「なにしろ非常事態だからね、スーザン。非常事態なんだよ」

63

午前三時三十分を過ぎていたが、東五〇丁目にあるキンバリー・ホテルの二寝室スィートのリビングにいた女ふたりと男三人は、アドレナリンとストレスのせいで血が騒ぎ、眠気などまったく感じていなかった。

アレックス・ヴェリスキーは、エズラ・オールトマンとともにソファに座り、イーゴリ・クループキンの電話のデータを調べはじめるようオールトマンに懇願(こんがん)していた。オールトマンのほうは、ほとんど口をきかなかった。家族がどうなるか心配でたまらず、ときどき泣いては、髪を手でかきむしっていた。

スイートにはいるとすぐに、ゾーヤは何度もオールトマンを安心させようとした。オールトマンが自由の身でいるあいだは、だれも家族に危害をくわえないし、セアラと男の子ふたりを無事に取り戻すまで、だれもデータを公表するよう求めはしないと説いた。

オールトマンが、ＦＢＩを呼ぼうといったとき、アンジェラ・レイシーがそばに行って、西側にいるロシアの資産（アセット）を護（まも）る陰謀には、CIAのトップが加担している可能性が高いし、そのほかの政府部局にも腐敗した高官がいて、目の前のコーヒーテーブルに置いてあるiPhoneに保存されている情報を消し去ることを切望していると告げた。

オールトマンはアンジェラの話を信じていないようだったし、ソファから立ちあがってコンピューターで作業をはじめてほしいというヴェリスキーの懇願も効果がなさそうだった。それでもアンジェラは、iPhoneを持って壁ぎわの小さなライティングデスクへ行き、ふたつの電子機器を接続するのに必要なケーブルといっしょに、オールトマンのノートパソコンの横に置いた。悲嘆とさまざまな疑念からオールトマンが立ち直り、たぐいまれな能力を発揮しはじめることを願っていた。

コート・ジェントリーは、スイスで負ったナイフによる腕の傷の包帯を巻き直していた。二列の建物のあいだにある路地を跳び越し、ロシア人と戦い、四階から排水管を伝いおりたときに、傷口がひらいていた——そのうちのどれが原因だったのかわからなかったが、それはどうでもよかった。

ジェントリーは、シャツを脱いでスイートのバーカウンターの奥に立ち、アンジェラが数時間前に買ったガーゼと圧迫包帯を傷の上に巻いた。胸と背中のあちこちに打撲傷（だぼくしょう）を負い、信じられないくらい疲れていた。だが、あとの三人がオールトマンに懇願するのを聞きながら腕の手当てを終えると、やらなければならない作業を実現するのに、三人とはちがう角度から説得することにした。

ジェントリーは、リビングを横切って、中年の法廷会計士のオールトマンを見おろすように立った。「あんたの家族は、おれが取り戻す。手助けを用意するが、おれがいなかったら、それはできない。わかるな？」

オールトマンは、ヴェリスキーのいうことにはまったく耳を貸さなかったが、上半身のいたるところにみみず腫れや掻き傷があり、包帯に覆われている男のほうを見あげた。すこし間を置いて、オールトマンがいった。「わたしになにをしろというんだ？」

「あんたの家族がいる場所を見つけてほしい」

「どうやって……わたしにそれができる？　誘拐犯はまだ電話してこない。電話してきたら、わたしは――」

「やつらは、あんたの家族をどこかに閉じ込めてから電話してくる。やつらが望むものを渡さなかったら、やつらはあんたの家族を殺す」

オールトマンはうなずいた。「わかっている」

ヴェリスキーが、気はたしかかというように、ジェントリーのほうを見あげた。オールトマンがノートパソコンの前に行ってデータと取り組むよう仕向けるのに、そんなことをいったら逆効果だと思っているようだった。

だが、つぎにジェントリーはいった。「問題は、エズラ、やつらが望むものをあんたが渡しても、やつらはあんたの家族を殺すだろうということだ」間を置いた。「あんたがなにかをだれかに渡す前に、おれたちがあんたの家族を見つけないかぎり、あんたの家族は生き延びられない。誘拐犯に渡しても、マスコミに渡しても、おなじことだ。

この理屈はわかるな？」

オールトマンが、小さくうなずいた。「だが、わたしがどうやれば――」

ジェントリーは、iPhoneとノートパソコンが置いてあるデスクを指さした。「金は足跡を残す。あんたの家族を捕まえているやつらが何者にせよ、ブルッカー・ゾーネを通じて金を受け取っている。ウクライナのドネツク人民共和国（DPR）の資産がここにいることがわかっている。そいつらはだいぶ前からこっちにいるはずだから、ロシア人から資金を受け取っているにちがいない。あんたはニューヨークへの金の流れをたどり、どこへ届けられているかを調べればいいだけだ。銀行口座かクレジットカードなどへの支払いを調べる。ロシアの情報機関とニューヨークの人間か場所とのつながりについて、なにかを見つける。それがわかれば、あんたの家族を取り戻す計画を立てられる」

オールトマンが、背すじをのばした。数秒後にいった。「やってみよう」

「よし」ジェントリーはオールトマンが立つのに手を貸し、ライティングデスクまでそのまま付き添った。

オールトマンが座ると、アンジェラ、ヴェリスキー、ゾーヤもそばに来た。ゾーヤがジェントリーに〈グッドウィル〉で買ったグリーンのTシャツをバッグから出して渡し、ジェントリーはおずおずとそれを着た。

ノートパソコンの電源を入れたときに、オールトマンはつぶやいた。「いつかこういうことが起きるとわかっていた。そういうときには、家族はもっときちんと護られるはずだと思っていた」

「あすのいまごろには」アンジェラがいった。「これは終わっているでしょう。信念を持たないといけない」

オールトマンがいった。「きょう、協定が調印されたら、わたしの家族を取り戻すことだけが望みだ。たとえ世界中のロシアの諜報員を暴露しても、協定が調印される前に報道されないかぎり、国際社会が貿易を再開するのを阻止することはできない。

つまり……たしかにロシアにある程度の損害をあたえることになるだろうが、息の根をとめるところまではいかないだろう」スクリーンが明るくなると、iPhoneとつないだケーブルを、オールトマンはノートパソコンに差し込んだ。そのあとでつづけた。「もちろん、家族のほうがわたしにとっては大切だが、正午前にこれを終えなければならない」

オールトマンは、なおもいった。「前はロシア人が大嫌いだったはずだが……」言葉がとぎれた。

ジェントリーは、床を見つめていたゾーヤをちらりと見てからいった。「正しいロシア人に会ったことがなかっただけだ」

ゾーヤの目がジェントリーに向けられ、口もとに疲れたような淡い笑みが浮かんだ。たちまち、ジェントリーの全身の痛みが、ほんの一瞬、溶けてなくなった。

オールトマンは、ふたりのそういうようすに気づいていなかった。「そのとおりだ。わたしは善良なロシア人を何人も知っているが、彼らは残忍な独裁政権のもとで暮らしているから、ほとんどの人間が、調子を合わせてやっていくしかない。だが、わたしがターゲットにしている連中、オリガルヒや、シロヴィキや」――ヴェリスキーのほうを見た――「外国人の協力者には、わたしはいい感情を抱いていない」

オールトマンは、iPhoneにパスワードを打ち込んでから、話をつづけた。「ことにブルッカー・ゾーネにいるくそったれは、ロシアの金を仮想通貨に換えて、あちこちのシステムへ移動し、わたしが追えないようにしていた」

ヴェリスキーが片手をあげた、「有罪だと認めます」

「まあ……」オールトマンはいった。「こういっておこう。きみはたいへん苦労して、この電話をわたしのところへ持ってきたことで、罪を贖（あがな）った」

ジェントリーはきいた。「必要なものはすべて揃っていますか？」

オールトマンが、肩をすくめた。「いや、揃っていない。このノートパソコンで、わたしの家族を見つけるのに役立つ情報は得られる。口座のデータ、銀行の情報もわかる。しかし、こういう形態のデータを読み解くことができるのは、わたしだけだ。ほんとうだよ。このままではあまりにも難解で、並みの人間には理解できない。ユーザーインターフェイス・ソフトウェアがないと、金の足跡の完全な図表を作成できない。そのソフトウェアは、オフィスのサーバーにある。

ロシアの諜報員の正体を暴くには、それが必要なんだ」

ジェントリーはいった。「では、あとであなたのオフィスへ行きましょう。でも、まず家族の安全を確保しないといけない」

iPhoneに保存されていたデータがノートパソコンのスクリーンに表示され、オールトマンがそれをつぶさに見ていった。ほんの数秒後にいった。「これはすべて送金者側の情報だ。これらの口座は、現実の金融機関ではない。ロシアにあるマネーロンダリング組織で、ここを資金が通過している。だが、クレムリンの口座だとわかっている」

ヴェリスキーがうなずいた。「クループキンのいうとおりだった。では、ダークウェブのわたしのデータを呼び出してくれ」

オールトマンが、仮想秘密ネットワークの〝サイバーゴースト〟に二十三桁(けた)の暗証番号を打ち込むと、たちまち新しいウィンドウに新しいデータが表示された。ジェントリーが見てもまったくわからなかったので、注意を向けなかった。

だが、オールトマンは注視していた。「口座からの送金。おそらく、ほとんどが白紙委任信託宛だろう。金を受け取った人間の身許(みもと)を知るすべはない……ただし、世界中の口座に関する最大で最高の相互参照(クロスリファレンス)データベースがあればべつだ」

「あんたはそれを創ったんだな？」

オールトマンがうわの空でうなずき、スクリーンのデータの塊をあちこちに動かしながらいった。「ノートパソコンにもそのデータベースははいっている。わたし以外のだれにもアクセスできないようにして」さらにいった。「よりによってクループキンがクレムリンの内部告発者になるとは、とても信じられない」

ヴェリスキーがいった。「クループキンの息子は、ウクライナで戦って死んだ。クループキンは、国に責任があると考えた」

ゾーヤがいった。「彼の不運が、わたしたちの幸運になった」

「クループキンとは、一度会ったことがある」作業に気をとられながら、オールトマンがいった。「皮肉なことに、経済犯罪に関するケンブリッジ国際シンポジウムで。わたしが論文を発表すると、聴衆だったクループキンが辛辣な質問をした。講義のあとで、彼はわたしを話に引き込もうとした。貴様は悪党だとわたしはにべもなくいって、その場を離れた。その晩、部屋に戻るときに、わたしがこれまで会ったなかで最高に美しい女が、エレベーターのなかでわたしに体をぶつけて、しなだれかかった」

ジェントリーは両眉をあげた。「それで、あんたはどうした?」

「わたしも世間の男と変わりないが、美女よりも心惹かれることがある。ロシアの強制収容所には行きたくないという気持ちのほうが強いんだ。文字どおり自分の部屋まで走っていって、ドアをロックし、女房に電話した」

ゾーヤとジェントリーは笑い、ゾーヤがいった。「そのあと、SVRはあなたにさぞかし手を焼いたんでしょうね」

「だろうね。そのあと、やつらはわたしの名前に泥を塗ろうとして、オンラインのあちこちであれこれ非難を浴びせたが、二カ月前にニューヨークでサミットをひらく話が出はじめると、すべてぴたりと熄んだ」

ヴェリスキーがいった。「どうしてそれほど清廉潔白(せいれんけっぱく)でいられるんですか？」

ノートパソコンのスクリーンにあらたな情報が満ちあふれたが、ジェントリーにはちんぷんかんぷんだったので、読もうともしなかった。オールトマンは、キーボードを叩きながらいった。「祖父母は裕福なドイツ系ユダヤ人で、戦争中にすべてを失った。生き延びてスウェーデンへ行った。数百万ドルの値打ちがある美術品を所有していたが、盗まれてすべてスイスに持ち込まれた。そこで親切な〝中立国の〟銀行がよろこんで引き取り、売り払った。

わたしは正義と悪をはっきり区別し、強い正義感を持つように育てられた。それがわたしにとっては、なによりも重要なんだ」

オールトマンがようやくノートパソコンから顔を起こし、かたわらで見守っていた四人を見まわした。「きみたちがどう考えているか知らないが、これには時間がかかる。わたしの肩ごしに覗(のぞ)いていてもしかたがない」

ゾーヤがいった。「コーヒーを飲みますか？」

「もちろん、いただくよ」

ジェントリーは、ヴェリスキーのほうを向いた。「あんたがいれたらどうだ？　ゾーヤとおれは、ターゲットがわかったときには、鋭敏でいないといけない。おれたちはすこし眠る」

ヴェリスキーが、文句をいわないで従った。オールトマンとおなじようにコーヒーが必要だとわかっていた。ヴェリスキーはいった。「ただし、きみをチャーリーと呼ぶのをやめて、みんなとおなじように6(シックス)と呼んでもいいなら」

ジェイ・カービーCIA長官は、午前四時十分に電話を受け、妻を起こさないようにベッドからおりて、寝室を出た。

スーザン・ブルーアからだとわかり、いい報せ(しら)であることを祈った。

「スーザン?」

電話の向こうから荒い呼吸が何度か聞こえ、やがてスーザンがいった。「ウクライナ分離主義者のスパイとは、どういうことよ、ジェイ? 信じられない。不活性工作員細胞(スリーパー・セル)? GRUの殺し屋だけでは足りなかったの? こんどはテロリストに対応しないといけないの?」

カービーは、疲れた目をこすり、リビングにはいって、ソファに腰をおろした。「まあ、やつらがじゅうぶんな働きをしたのなら、きみはいまそう報告するはずだろうな」

「オールトマンの家にはいくつも死体があって、そのうちに発見される。西八一丁目に弾(だん)

痕(こん)だらけの国土安全保障省(DHS)の車があるから、もう発見されたでしょうね」

　カービーはいった。「車は一時間前に移動された。死体もだ」

　スーザンが、息を切らしてなおもいった。「ＤＨＳがわたしたちを手伝っているの？」

「わたしは……支援を提供できる人間とつながりがある」

　ついにスーザンはいった。「長官は、他人の罪を隠すために介入しているのではないのね。これはＣＩＡ長官が国のためにやっている秘密作戦ではないのね。ちがう……長官はブルッカー・ゾーネから支払いを受けている。個人的に。長官はこれを自分の罪を隠すためにやっている」

　ひと呼吸置いて、スーザンはつけくわえた。「長官はロシアのために働いている。そうなのね？」

　カービーは答えなかった。暗いリビングの向こうをじっと見ていた。

「わたしは突き止める、ジェイ。いまここでいうか、クループキンのデータでわかるか、どちらかよ。いまいったらどうなの。モスクワからお金をもらっているんでしょう？」

　しばし間を置いて、カービーはいった。「もうもらっていない」

　スーザンがゆっくり呼吸しているのが聞こえ、やがてこういった。「つづけて」

　カービーは立ちあがり、キッチンのそばのバーへ行って、戸棚から〈ウォーターフォード〉のクリスタルグラスを出した。「下院で選挙区の区割りが変更になった（アメリカ下院の選挙区の区割りは国勢調査に基づいて十年ごとに州が見直す）。楽勝だったのが、一夜にして苦戦することになった。そのとき、ロシアの国際テレビ・ネットワークの《ロシア・トゥデイ》（RT）（ロシアのニュース専門局。国営）が、救いの手を差しのべてくれた。そこの女性レポーターが、番組に出演してほしいので、会って話し合いたいといった。会合の途中で、議席を守るのにどれほどの額が必要かときかれた」

「彼女が情報機関の幹部だということは、わかったはずよ」

カービーは、〈ラガヴーリン〉をグラスにダブルで注いだ。「まったく気づかなかった。真実だと誓う。報道する内部情報が知りたいのだと思った。ロシア政府寄りだというのは知っていたが、ペスコフ大統領が締めつけを強めて、ＲＴが国の代弁者にすぎなくなるのは、それよりもずっとあとのことだ」

「なにが起きたの？」

「その金がわたしの政治活動委員会（PAC）のひとつに寄付された。わたしはそれを使って議席を守った。献金者はわたしに見返りを求めなかった。番組への出演すら求めなかった」

「つぎの選挙までは」

「それまで資金源は隠されていたが、ロシアから出ているのはわかっていた。下院議員との面会すら求めずＰＡＣに二十五万ドル、出所不明の献金を行なうものが、ほかにいるはずがない。わたしは見て見ぬふりをして、下院議員を六年つとめてから、上院議員に立候補した」

スーザンが口をひらきかけたが、カービーはつづけた。「そのときはもっと巨額だった。おなじ女からの献金だった。今回は、もう一度会いたいのだろうと思った。なにもかも内々に行なわれた。わたしの選挙区の公園で話をした。ロシア人との関係に深入りしたくなかったので、嫌な感じだったが、落選したくないという気持ちもあった。ロシアが関係しているときには良心に従って投票すること以外には、なにも要求しないと、彼女は約束した。

それなら、なんの問題もなくやれると、わたしは思った」

スーザンが怒り狂った声でいった。「本格的に利用したいときのために、彼らは長官の信用を高めていたのよ」

カービーはうなずいた。「わかっている。正直いって、そのときもわかっていたが、政敵が選挙でどれだか使っているか知っていたし、上院の議席を得るためにだれもが外国の金を受け取っていると、自分にいい聞かせた」宙で片手をふった。「もちろん、わたしたちはそんな話はしないが、わたしだけではないのはわかっていた。

それに、彼らはわたしになにも求めなかった。なにひとつ」

怒りのあまり、スーザンはカービーをどなりつけた。「そんなことはない！　彼らがあなたの出世を手伝ったのは、自分たちが必要なときに貸しでがんじがらめにするためよ。現に、CIA長官になったあなたは、アメリカ国内での活動に注ぎ込まれているロシアの汚れた金を隠蔽（いんぺい）するために、CIA局員を殺すロシアのスパイと協力している」

カービーがいい返す前に、スーザンはいった。「そして、わたしもひきずりおろした」

「わたしがひきずりおろしたんじゃない。きみはわたしの弱みに気づいて、つけこめると思った。じっさいにつけこむことができる。わたしたちがデータを取り戻せば、きみは本部長になり、これはみんな消滅する」

「どうしてそんなにうまく――」

「その金を受け取っている腐敗した人間は、おおぜいいる。上層部に何人もいるんだ、スーザン。《ニューヨーク・タイムズ》がその情報を公（おおやけ）にしたら、こういうひとびとは……わたしも含めて……地位を失う」いわずもがなのことだったかもしれないが、カービーはつづけた。「強い動機がある……この情報を消し去ることを、だれもが望んでいる。それと接触した人間をすべて消し去ることも」

スーザンはいった。「これにからんでいるのは、ヴェリスキーとその仲間と、オールトマンだけではないんですよ。カリブ海とヨーロッパでわたしの仕事を手伝った作戦担当官もいる。彼女はいまニューヨークにいて、ヴェリスキーといっしょにいる。オールトマンの家の付近にある国土安全保障省のカメラに映っているのを見ました」

カービーは、当然のことを口にした。「それは……問題だな」

目を閉じて、シングルモルト・ウィスキーをふた口で飲み干した。バーのほうへ行って、大理石のカウンターにグラスを置き、ウィスキーに手をのばすために目をあけた。

さりげない口調を装って、カービーはいった。「その作戦担当官はこれをまとめる結び目のほどけた糸だとわたしがいったら？」

スーザンは、一瞬置いてから答えた。「ここでわたしのやっていることがばれたから、わたしは長官が望んでいるとおりに対応するでしょうね」

「よし」カービーはいった。スーザンは、CIA局員を殺すのにやぶさかでないといっている。「そのための方策は考えてあるんだな？」

「ええ。でも、それにはロシア人や分離主義者とじかに連携する必要があります」

「この電話を切ったらすぐに、ドレクスラと話をする」カービーは二杯目のウィスキーを持って、ふたたび座った。「それで、見返りになにがほしい、スーザン？」

「メル・ブレントのオフィス以外に？　飛行機を用意してください。ここに。すぐに出発できるように」

「目的地は?」

「なにか緊急の仕事はありませんか? ヨーロッパで」

「ヨーロッパ?」

「これがすべて終わったときに、ニューヨークにはいたくないからです。国外に出たい」

「ダニール・スパーノフが、ドレクスラにGRUの飛行機を一機、貸している。その飛行機は、テターボロにロシア人が二日間借りている私用格納庫にある。すべて終わったら、ドレクスラといっしょにそこへ行けばいい。局（エージェンシー）の指紋がついていないビジネスジェット機も一機ある。できるだけ早くそこに着陸するよう手配する。

ドレクスラときみは、そこでふた手に別れればいい」

「それでいいです」スーザンはいった。「仕事に取りかからないといけません。ご存じのように、結ばないといけないほどけた糸が何本もあるので」

カービーは薄笑いを浮かべた。「それを片づけろ、カウガール」

64

アンジェラは、オールトマンと並んでライティングデスクに向かっていた。アンジェラのSIGザウアーは、ノートパソコンの横に置いてあった。アンジェラは、見慣れない物体でも見るように、目の前のそれを眺めた。拳銃がそこに置いてあるのは、6（シックス）が、ベスとともにベッドへ行く前に、うまく扱えるとは思えないが、ヴェリスキーやオールトマンとはちがってすこしは訓練を受けているので、本物の戦闘員ふたりが眠っているあいだ、スイートの防御を任せるといったからだった。

それを聞いたベスが、寝室から身を乗り出していった。「だれかを撃てなくても、天井ぐらい撃てるでしょう。そうしたらわたしたちは目を醒（さ）ます」冷やかすようにいったのだが、アンジェラはそれをいい助言だと受けとめた。

だれかがドアから突入してきた場合、銃口を真上に向けて撃つことが、アンジェラの唯一の計画だったが、スイートは最上階ではなかったので、それすら気がとがめずにやれるとは思えなかった。

オールトマンは、何時間も懸命に作業をつづけていた。もう午前六時三十分に近かった。そのあいだ、オールトマンはひとこともいわなかった。オールトマン本人が構築したとおぼしいものも含めて、多数のデータベースにアクセスし、そばのメモパッドに判読できない単語や数字を書きつけていたが、わかったことをアンジェラに説明しようとはしなかった。

ヴェリスキーはソファでぐっすり眠っていて、アンジェラはオールトマンとおなじようにコーヒーを飲みつづけていた。疲れていたが、6（シックス）やベスがこの数日くぐり抜けてきたような戦いはなにもやっていないので、やり抜く力が残っていた。

急いで用を足しにいこうとしたとき、拳銃の横に置いてあったアンジェラの携帯電話が振動しはじめた。

恐れていたように、スクリーンに表示された発信者は、ブルーアだった。

アンジェラはうめいたが、今回は携帯電話を手に取って出た。どういう話になるのか、想像もできなかった。

「はい？」

スーザン・ブルーアのぶっきらぼうで高飛車（たかびしゃ）な声ではなく、外国のなまりのある男の声が聞こえた。「おはよう。朝早くからお邪魔して申しわけない」

「だれなの？」

男はそれには答えずにいった。「オールトマンさんといっしょにいると思うが、彼と代わってもらえないか？」

数時間ぶりにオールトマンがノートパソコンから顔をあげた。オールトマンはアンジェラの手から携帯電話をひったくったが、その前にアンジェラはスピーカーボタンを押して、資産(アセット)ふたりを起こすために寝室へ行った。

オールトマンが、かすれた声でいった。「もしもし？」

「やあ、オールトマンさん」しゃべりかたで明らかにロシア人ではないとわかった。

「だれだ？」

「あんたの家族の保護に責任を負っているものだ」

「つまり……誘拐犯か」

「いや、まったくちがう。わたしは誘拐犯ではない。仲介者だ。この問題に明るい解決策がある」

「断言する」オールトマンはいった。「家族にちょっとでも触れたら――」

男が、その言葉に重ねて大きな声でいった。発音からして、フランス人かもしれないと、オールトマンは思った。「アレクサンドル・ヴェリスキーがあんたに渡したもの。それを取り戻したい。それだけのことだ」

アレックス・ヴェリスキーも目を醒ましていて、まだソファに横になっていたが、ひとことも漏らさずに聞いていた。

6とベスが、アンジェラにつづき、目をこすりながら寝室から急いで出てきた。

「あんたのいうとおりにした場合、わたしの家族が解放されるとどうしてわかる？」オールトマンがきいた。

「ひと目がある場所で交換しよう。あんたが安全だと思える場所で」

アンジェラはまわりを見まわした。ベスは激怒し、ヴェリスキーは怯えているように見える。オールトマンは疑わしげな顔をしていた。

だが、6は、好奇心にかられているようだった。電話をかけてきた男の声か言葉に心当たりがあるような感じだった。

「わたしにどうしろというんだ？」オールトマンはきいた。

「いまはなにもしなくていい。午前十時にまた電話する。交換する場所を用意する。電話したのは、盗まれた金融データが、どれも公にされないように念を押すためだ。そうなったら、あんたとあんたの家族を助けることができなくなる」

「わ……わかった」

「どこにいるにせよ、そこから動かずに、わたしのつぎの電話を待て」

「わかった」

「それと……あんたが何人かといっしょにいて、全員がいま話を聞いていることも知っている」

「いや……ただ――」

男がまたしてもさえぎった。「その連中があんたとはちがって、あんたの家族の利益など考えていないことを忘れるな。そいつらがなにをいっても、なにをやれと脅しても、セアラ、ジャスティン、ケヴィンを救えるのはあんただけだ。それもわかっているか？」

「わかっている」

「では」男が電話を切り、全員が一度にしゃべりはじめた。

最初に口をひらいたのは、アンジェラだった。「ブルーアの電話からかかってきた。いっしょにいるのよ、いま、ブルーアは誘拐犯といっしょにいる」

ほとんどひとりごとのように、オールトマンがつぶやいた。「どうすればいいんだ？」

ヴェリスキーがいった。「作業をつづけなければいけない、エズラ」

ジェントリーが最後に口をひらき、ふたつの言葉だけをいった。

「セバスティアン・ドレクスラ」

全員がジェントリーのほうを見た。ゾーヤがいった。「だれなの？」

「その男。ドレクスラだと思う。腐敗した政府、プライベートバンク、オリガルヒの仕事を引き受けるスイス人調査員だ。だれに雇われてるか、わかったものじゃない」

アンジェラ・レイシーがうなずいた。「犯罪者で、反社会的な男ね。噂は聞いたことがある」

ジェントリーはいった。「中年で、膝が悪い。ちがうか？」

アンジェラは肩をすくめた。「噂を聞いただけよ、わたしは。身体的特徴はいわなかった」

ゾーヤが、ジェントリーの顔を見た。「でも……あなたは会ったことがあるのね？」

「どうして膝が悪くなったと思う？」

ドレクスラの膝が悪いのは、ジェントリーのせいだと、ゾーヤが最初に気づいた。あきれて目を剝き、ゾーヤはいった。「自慢しているの？」

「ちがう。殺せるときに殺せばよかった」

「そう、もう一度そういう機会があるといいわね」

だれもがそこでオールトマンに目を向けた。数秒置いて、アンジェラがきいた。「どうするつもり？」

オールトマンは、ノートパソコンのほうに向き直った。「作業をつづける。あの男の声には信用できないところがある」ノートパソコンのスクリーンを手で示した。「わたしの家族が生き延びる見込みは、これだけだ」

ジェントリーとゾーヤは寝室に戻り、アンジェラは洗面所へ行き、ヴェリスキーはソファから転がって離れ、自分とオールトマンのコーヒーを注ぎにいった。

セバスティアン・ドレクスラは、エズラ・オールトマンとの電話を切り、ダニール・スパーノフに電話をかけた。それが済むと、デスクの前で立ちあがった。杖を持ち、ロフト・アパートメントを横切って、オフィス・スペースへはいった。床から天井までの窓のそばに立ち、朝が街にひろがっていくのを眺めていたCIA幹部の女性のほうへ行った。

ドレクスラのヨーロッパ人の監視チーム十人は、ミラノから空路をノンストップでやってきてから、ぶっつづけで十六時間働き、へとへとに疲れていたが、まだ作業をつづけていた。いまはマンハッタン中のカメラの録画を調べて、数時間前にターゲットの一団がどこへ姿を消したのか、血眼(ちまなこ)で突き止めようとしていた。

人質は確保してある。雇い主のスパーノフとの短い電話でドレクスラが伝えることができたささやかな朗報は、それだけだった。ウクライナ人たちがイースト・ラザフォードの隠れ家に人質を監禁し、GRUの男たちはニューヨーク市内にとどまって、エズラ・オールトマンの位置を監視チームのだれかがヒットしたらすぐに襲撃する準備を整えていた。

ドレクスラは、オールトマンに電話するのを午前十時まで待つことにした。そのわずか二時間後には、協定が調印され、国連が決議の投票を行なう。十時になったら、オールトマンの家族と盗まれた情報の交換を要求する。

スーザンが、ドレクスラのほうを向いた。「オールトマンはなんていったの？」

「従うといった」

「数時間後にわかる」スーザンはいった。「わたしはずっと、エズラ・オールトマンに関する資料を読んでいた。どういうふうに仕事をするか、どういうふうに考えるか」

「その研究で、なにがわかった？」

「オールトマンはけさオフィスへ行くだろうとわかった」

驚きをあらわにして、ドレクスラがいった。「いったいどうしてそんなことをする？追われているとわかっているのに」

「そうせざるをえないからよ。わたしが読んだ資料によれば、オールトマンの会計ソフトウェアはとてつもなく先進的で、完全に専門化している。オールトマンはそれを新規に作成するようプログラマーに命じた。使うにはサーバーが必要で、ノートパソコンからは動かせない。自宅からもソフトウェアを立ちあげられるかもしれないけど、東五二丁目のビルに行かないかぎり、ヴェリスキーから受け取った情報を処理する能力はないと思う」

ドレクスラは、それをじっくり考えた。「そうかもしれない。わたしの資産を行かせて――」

エレベーターのドアがあき、四人の男がおりたので、ドレクスラは言葉を切った。四人はみなコートを着て帽子をかぶり、鮮やかなブロンドの髪の男だけは、左足にウォーキングブーツをはいていた。

スーザンは瞬時に男たちが何者かわかった。

GRUの暗殺チーム、もしくはその生き残りだ。ブロンドの髪で足を怪我(けが)している男は、マタドールだ。

ドレクスラがいった。「ああ、そうだよ、スーザン。きみがぜひとも会いたいといっていた連中が来た」

四人はしばし部屋のまんなかに立っていた。周囲の技術者たちは、目を丸くして四人を見てから、モニターに視線を戻した。殺しの任務を支援する最中に、資産をじろじろ見てはいけないとわかっているからだ。スーザンはそれを察した。

ブロンドの男が部下になにかをいい、あとの三人はロフトの一段高いキッチンへ行き、コーヒーを注ぎはじめた。マタドールは、足をひきずりながら、部屋を横切って、窓のほうへ行った。

セバスティアン・ドレクスラに近づき、ロシアのなまりだとわかる言葉で話しかけるあいだ、マタドールはスーザンには目もくれなかった。「ウクライナ人が、ニュージャージーの隠れ家に、オールトマンの家族を確保してある」

「了解した」ドレクスラはいった。「あんたのためにターゲットに狙いをつけているところだ」

「だいぶ時間を食っているぞ」マタドールは見るからに不機嫌だった。

「そうだ。あいにく、やつらが八七丁目のアパートメントを離れるのに使った車が、グランドセントラル駅の横でパーク・アヴェニューのトンネルにはいった。そこはトンネルや線路があちこちにあるし、徒歩で出てくる人間は見えなかった。そこに車が迎えにきた可能性がある。まだ調べている最中だ」つけくわえた。「わたしのチームはきわめて優秀だ。ヒットするだろう」

スーザンが、ドレクスラに向かっていった。「ヒットする必要はない。どこへ行くか、わかっている」

マタドールが、はじめてスーザンを見た。「どこだ？」

ドレクスラが、スーザンの代わりに答えた。「データを処理するために、オールトマンはオフィスに行く必要があると考えられる。それをやるつもりがないようなら、わたしが電話したら、家族とデータを交換するとオールトマンはいうはずだ。そうしたら、正午にグランドセントラル駅で会う。オールトマンは交換がなされると思っているだろうが、われわれはそこからオールトマンを連れ出し、情報もろとも始末する。べつのところにいる家族も始末する」

マタドールがいった。「オールトマンの仲間も来るだろう」

スーザンが、マタドールにじかにいった。「わたしたちの仲間も行く」

マタドールは、スーザンと向き合った。「あんたは何者だ？」

「ＣＩＡ。そしてあなたはＧＲＵ」

マタドールは、驚いて両眉をあげた。目がギラリと光った。「これはまた、意外な組み合わせだな」

スーザンは、それには答えずにくりかえした。「ドレクスラが十時に電話する前に、どこかの時点でエズラ・オールトマンはオフィスに行く」

マタドールはすこし間を置き、ＣＩＡのこの女は腕が立つようだと納得してうなずいた。

「それなら、そこで見つけられる」

だが、スーザンが首をふったので、ドレクスラもマタドールも驚いた。「それはまずい行動よ。あなたとあなたの部下は、オールトマンの家族を見張ったほうがいい。イースト・ラザフォードの家ではなく、テターボロ空港で借りている格納庫で。

そして、オフィスにはウクライナ人を行かせればいい」

「なぜだ?」

「理由は、グレイマンよ」

「説明しろ」

「わたしはグレイマンことコート・ジェントリーのことをよく知っている。考えかたも知っている。彼はオールトマンの家族を救おうとするでしょうね。それはまちがいない。ザハロワとレイシーがいっしょかどうかわからないけど、ほんとうの脅威はジェントリーよ」

「人質のいどころはわからないだろう」

「よく聞いて、彼は機転がきくのよ。いっしょにいる四人も頭がいい。わたしは彼らが情報資材を見られないように処置したけど、これまでにわかっていること、調べあげたことによって、刻限までにオールトマンの家族を見つけるでしょうね」

ドレクスラは納得していないようだったが、マタドールがきいた。「空港に移す理由は？」

「そうすれば、ウクライナ人が仕事をやったとたんに、ここから脱け出せる。ドレクスラとあなたたちは、ダニール・スパーノフのジェット機で出発する。わたしの飛行機もその空港に来ることになっている。十時までに到着する」ドレクスラのほうを向きながら、部屋のなかを手で示した。「ウクライナ人が任務を終えるまで、この監視をつづけなければならないけど、技術者たちはここに残し、あなたは空港へ行くあいだリモートでいっしょに作業をすればいい。空港へ行ったら、片がつくのを待って、アメリカを離れる」

もう一度、まわりを手で示して、スーザンはいった。「このひとたちは解散し、姿を消せばいい。民間の旅客機で帰国できる」

こんどは、ドレクスラが、この案は論外だというように首をふった。「ルカと彼の配下は、オールトマンのオフィスがあるビルに侵入できる。だが、保安大隊（SSB）の連中はどうかな？　そういう訓練を受けていない」

「訓練など必要ない。わたしが電話一本で、オールトマンの警護官が引き揚げて、SSBがビルにはいれるようにする。あとは社員用エレベーターを見つけて、オフィスへ行けばいいだけよ」

ルデンコがつけくわえた。「それならできる。やつらは、攻撃のたぐいの訓練はずっとやっている」

スーザンとドレクスラが、同時にルデンコのほうを向いた。

「なんですって？」スーザンはいった。

「やつらは武器を大量に用意してるし、組織もしっかりしてる。それに、全員が戦闘経験者だ」

スーザンの血が冷たくなった。アメリカに扇動者の工作員がいることは知っていたが、練度の高い戦闘部隊だとは知らなかった。「何人いるの？」

「残ってるのは八人だ。スペッツナズA群ほどのレベルじゃないが、任務には熱心に取り組む。まちがいなくオフィスがあるビルに侵入するだろうし、武器を持ってないデスクの奥の男を殺すはずだ。そこにオールトマンがいれば、ということだが」

ドレクスラが、いまやその計画に乗り気になっていた。「彼らがビルにはいり込んだら、防犯カメラを利用して誘導できる。それに、オールトマンに支援があったら、すぐさまSSBに知らせることができる」

こんどはルデンコがスーザンのほうを向き、両手を腰に当てて、不信をあらわにした。

「あんたの動機はなんだ？　あんたはおれとおれのチームを護ろうとしてるような感じだが」

「自分と任務を護ろうとしているだけよ。オールトマンを殺すためにオフィスへ行ったものは死ぬ。撃ち合いがはじまったとたんに、警察に通報されるでしょうね。チェチェンの僻地（へきち）の山にある村じゃないのよ。ここはニューヨークなの。ニューヨーク市警（NYPD）が十分とたたないうちに、大挙して三十階に駆けつける。五分とかからないかもしれない。ニューヨークのまんなかで死んだのがGRUではなくSSBの細胞だと、話はまったくちがってくる。ドネツク人民共和国（DPR）に責任をかぶせるのよ」

ルデンコは、感心したように、CIAの女を見た。はじめてプロフェッショナルとして敬意を表していた。

ドレクスラがいった。「オールトマンを殺してデータを破壊したら、オールトマンの家族をどうする？」

答はわかりきっているというように、ルデンコが口をひらいた。「飛行機に乗せる。離陸し、大西洋に投げ落とす。痕跡（こんせき）は残らない」

スーザンもおなじ考えだった。オールトマンの家族は、結ばなければならないほどけた糸なのだ。

ヴェリスキー、ザハロワ、レイシー、ジェントリーとおなじように。

またしてもジェントリー。

だが、いまはオールトマンがデータを処理して配布する前に、データを破壊するのが先決だった。

ルデンコが、ドレクスラのほうを見ていった。「彼女の案が気に入った。おれは部下といっしょに隠れ家へ行き、オールトマンの家族をテターボロに移す。モズゴヴォイとSSBの連中は、こっちに戻ってきて、オフィスでオールトマンを殺す」スーザンの顔を見た。「やつがオフィスへ行かなかった場合には、SSBはグランドセントラルへ行って、そこで会うときに始末する準備をする」

スーザンはうなずいた。「三時間半後には、これはすべて終わっているでしょう」

ドレクスラが、ちょっと考えてからいった。「いいだろう」

スーザンは、ルデンコの足を見おろして、指さした。「なにがあったの？」

「グレイマンだ」

スーザンはうなずいた。「だったら、運がよかったと思うべきね。敵として彼とまみえた人間は、ふつうは生き延びないのよ」

ルデンコはドレクスラのほうを見たが、ドレクスラは黙っていた。

「その足は問題ない？」スーザンはきいた。

ルデンコは肩をすくめ、キッチンの部下のほうへ行った。「まったく問題ない」

65

午前七時の直前に、アンジェラ・レイシーはキンバリー・ホテルのスイートでキッチンに立ち、あらたにいれているコーヒーのポットを眺めた。徹夜の影響を感じていたが、表の空はだいぶ明るくなっていたので、これからの一日に備えて、眠気をふり払わなければならないとわかっていた。

エズラ・オールトマンが立ちあがり、目をこすってこちらを向くのが、スイートのメインルームのキッチンから見えた。

アンジェラはいった。「トイレ？」

だが、大柄なオールトマンは首をふった。「だいぶ時間がかかったが、重要なことをつかんだと思う」

アンジェラはコーヒーをそのままにして、キッチンから駆け出した。「話して」

オールトマンが首をふった。「悪く思わないでほしいが、これは銃を恐れないふたりに話さないといけない」

アンジェラはすでに、6（シックス）とベスが休憩している寝室へ向かっていた。アンジェラがドアを強く叩くと、この数日間、ともに世界のあちこちを旅した男がすぐにドアをあけた。

6（シックス）とベスが出てきた。ベスはスポーツブラに汚れたジーンズという格好で、背中と腕のあちこちに痣（あざ）がある。6（シックス）はもっとひどい怪我（けが）を負っていたが、ボクサーショーツしかはいていなかった。

三十分前にドレクスラから電話がかかってきたあとで、ふたりはすぐに眠り込んだのだと、アンジェラは察した。ふたりはおなじベッドに寝ていて、恋愛とセックスの両方で相性がいいのがはっきりしていたので、アンジェラにはそれが意外だった。

アンジェラはいった。「なにか重大なことをつかんだと、エズラがいっている」

黒いパジャマのズボンと古い黒っぽいカーディガンを着て立っている男に、全員が目を向けた。「名前がひとつわかった。ウクライナ人ではないが、去年の夏からずっと、一カ月に一度、十五日に、マンハッタンの銀行から金を引き出している」

「それでなにがわかるの？」アンジェラがきいた。

「なにも。ただ、わたしの調査で、前に名前が浮かびあがったことがある」

「ロシアの手先なのね？」

オールトマンが、めったに見せない笑みを浮かべた。ひどく疲れているのがわかった。

「ロシアの手先ではない人間が、わたしの調査で浮かびあがることはない」

全員が近づくと、オールトマンはいった。「ファースト・トレーダーというその銀行の口座十二件が、ブルッカー・ゾーネを通るロシアの資金で、定期的に補充されている」宙で片手をふった。「典型的なオフショア・バンキングのごまかしだ。もちろん、じかに送金されてはいないが、わたしの精査の網の目をくぐることはできない」

「つづけてくれ」ジェントリーは促した。

「どの口座にもデビットカードがあり、合同会社（LLC）名義になっている。ダミー会社だが、銀行から金を引き出すか、デビットカードを使うには、ＬＬＣの場合でも個人をすくなくともひとり登録しなければならない。記録を調べれば、その個人名がわかる」

「どれくらいの金額なんだ？」ジェントリーはきいた。

「ひと月三万ドルだったが、過去二カ月は五万ドルに近かった。登録されている名前はヘンリー・カルヴィン。マンハッタンの法律事務所に勤務している。その法律事務所をわたしのレーダーが探知したのは、戦争がはじまってクライアントがすべて経済制裁を受けるまで、このニューヨークでロシアのオリガルヒたちの利権に堂々と奉仕していたからだ。不動産売買やそのほかの法律がからむ案件で。

わたしがその事務所に狙いをつけたのは二年前だったが、連邦当局がロシアの金を動かさないようアメリカの銀行に命じたあと、そこは表向き、ロシアの常連客との取引を停止したことになっていた」

アンジェラが質問した。「ウクライナ人とはどうなの？　ニューヨークの不活性工作員（スリーパー）・細胞（セル）とは？　彼らは活動に巨額の資金を必要としているはずよ」

オールトマンがいった。「去年、保安大隊（SSB）の細胞が逮捕されたときに、わたしはその事案を調べた。彼らはFBI（フェズ）がDCで捕らえたSSB工作員から、じかに金を受け取っていた。だが、細胞に渡されたのはひと月一万五千ドルだった」

ジェントリーはいった。「わかった。では、ここの金はここのSSB資産（アセット）に渡されたのかもしれない。しかし、ひと月三万ドルというのは、たいした額ではない」

「そのとおりだが、こういう不活性工作員（スリーパー）は、偽装を確立するためにすべて仕事に就いている。ロシアの情報機関からの金は、現金で隠れ家を借りたり、装備などを買ったりするのに使われる。これは給料ではないんだ。ロシアが払う報酬は、帰国したときにロシアの銀行口座をあたえられるというような形で支払われる」

オールトマンは、薄い笑みを浮かべた。「もうひとつ重要なことがある。去年の七月以来はじめて、ヘンリー・カルヴィンは今月、十五日に、銀行から金を引き出していない」

ヴェリスキーが、活気づいてうなずいた。「クループキンがデータを盗んだのは、一月十三日だった。十五日にはだれかが、現金には手をつけないように、送金網の全員に命じたはずだ」

「そのとおり」オールトマンはいった。

ゾーヤがきいた。「その男がどこに住んでいるか、突き止める方法は？」

オールトマンがまた笑みを浮かべて、メモパッドを見た。「東九六丁目一五三番地。六一四号室」

ジェントリーは首をかしげた。「どうやって——」

「公記録だ。わたしが相手にしているのは、十数件の白紙委任信託に隠されているような不動産だが、そうでないものを探すのは、いとも簡単だ」

「それなら……カルヴィンに会いにいかないといけない」ジェントリーはいった。「そして、ロシアの金をだれに毎月渡しているのか、丁重に質問する」

ゾーヤがいった。「わたしもいっしょに行く」

「待って」アンジェラがいった。「まさか拷問するんじゃないでしょうね？」

ジェントリーは笑みを浮かべた。「〝戦術的質問〟と呼びたいね」

ゾーヤは、アンジェラのほうを向いた。「でも、ちょっと拷問みたいに見えるかもしれない。耐えられないようなら、いっしょに来ないほうがいい」

アンジェラは、喧嘩腰でゾーヤを見返した。「そいつに揺さぶりをかけて、なにが出てくるか見ましょう」

ヴェリスキーが、オールトマンがずっと作業していたライティングデスクのそばで腰をおろした。「わたしは天才といっしょにここにいて、うしろを掩護するよ」

ゾーヤが寝室へ行き、おとといの夜にタイ人の店で買ったスミス&ウェッソンのリヴォルヴァーを持ってきた。それを三八スペシャルが五発ずつ装弾されているスピードローダー二個とともに、ヴェリスキーの前のテーブルに置いた。「必要なとき以外は、触らないようにして。必要なときは銃口を向けて引き金を引いて。回転弾倉に五発こめてある。これで詰め替えればいい」スピードローダーを指さした。

ヴェリスキーが、不安そうな顔になったが、うなずいた。

ジェントリーが、ヴェリスキーのほうに身を乗り出した。「憶えておけ。一発ぶち込むべきものはなんでも、二発目をぶち込むべきだ」

不安げにヴェリスキーがうなずいた。「わかった」

ジェントリーは、寝室に戻り、服を着て、ベッド脇で充電していた携帯電話が鳴るのに気づいた。ジェントリーはさっと携帯電話を取った。「ああ」

「おはよう。キャサリン・キングよ」

ジェントリーはナイトスタンドの時計を見て、七時ちょうどになったことに気づいた。

「こっちに来ているんだな？」

「そうよ。あなたはどこ？」

「それが……ちょっと出かけて片づける用事ができた。キンバリー・ホテルに来てくれ。スイート七一二。ドアをノックしたら、あんたがこれまで会ったなかでもっとも興味深い男ふたりが出る。独りで来てくれ」

ひと呼吸置いて、キャサリンがいった。「あなたに会うんじゃないのね？　かなり怪しげだわ」

それに対して、ジェントリーは答えた。「前に会ったときも、なにもかも現実離れしていたのを憶えているだろう。信じてくれ。あれよりもでかいことなんだ」

キャサリンが、溜息をついた。「そうでないと困るわ。サミットのほうのニュースを見逃すんだから」

ジェントリーは、鼻で笑った。「まあ、おれの見かたとは逆だな」電話を切った。

スイートに残る男ふたりに、ここへ来るキャサリン・キングのことを説明してから、ジエントリー、アンジェラ、ゾーヤはドアに向かった。三人とも武装していたが、まずいことになった場合、アンジェラが銃を使うのは望ましくないのははっきりしていた。

三人がドアまで行くと、オールトマンがいった。「わたしの家族を取り戻してくれ。頼む」

「取り戻します」ゾーヤが約束した。

ヘンリー・カルヴィンは、午前七時半に幼い子供ふたりを学校まで歩いて送っていき、校門前で別れて、朝の通勤者のあいだを地下鉄の九六丁目駅へ向かった。

風の強い寒い朝で、気温は零度に届かなかった。風がコートに吹き込み、顔をなぶったが、カルヴィンは根っからのニューヨーカーなので、こういう天気が好きでなくても、慣れきっていた。

カルヴィンはレキシントン街を渡って群衆とともに進んだが、地下鉄駅の階段の手前で、左腕をつかまれ腰になにかを押しつけられた。

腕をつかまれ、押されたままで、カルヴィンは前進したが、肩ごしに見ると、男がすぐうしろからじっと見ているのがわかった。カルヴィンは立ちどまろうとしたが、男に左にひっぱられてから押されたので、階段からそれた。

カルヴィンはすこしよろけてからいった。「いったいなんの――」

男が低い声で話しかけ、息が顔にかかった。「背骨に押しつけられているのは、サプレッサーだ。九ミリ弾をこめた拳銃に取り付けてある。おれの指は引き金にかかっているし、おれは浴びるほどコーヒーを飲んでいる。このまま歩きつづけたほうがいい」

男はアメリカ人で、顔に見おぼえはなかったが、声のトーンと、体を近づけていることと、圧倒的な存在感のせいで、カルヴィンは恐怖にかられた。

カルヴィンは歩きつづけた。「これはどういうことだ？」

腰のうしろへの圧力が強まったことだけが返事だった。

カルヴィンは歩きつづけながらいった。「なあ、金ならすこしある。もし――」

「心配するな。もうすこししたったら金の話をする」男がいい、カルヴィンに道路を横断させて、ペンキの缶で押さえて閉まらないようにしてあるドアを通らせた。ドアの奥にはコンクリートの階段があり、背中に銃を突きつけている男が、カルヴィンをそっちへ押していった。

最初はそこがどこなのか、カルヴィンにはわからなかったが、東九六丁目一七五番地の月極（つきぎめ）駐車場だとすぐに気づいた。

ふたりは階段を二層分下って、比較的明るい場所に出た。駐車スペースは四分の一も埋まっていなかった。うしろの男が一歩離れ、だれかとイヤホンで通話しているようだったが、やがてカルヴィンを左に向けて、駐車場の隅まで連れていった。そこに大きな白いラム・プロマスターのカーゴバンがとめてあった。後部ドアがあいているのが、カルヴィンには不気味に思えた。

「乗れ」拳銃を持った男がいった。

カルヴィンは周囲を見てから、男に目を戻した。三十代らしく、まったくの中肉中背だった。茶色の髪を短く刈り、顎鬚(あごひげ)を切り整えて、ダークグレイのコートと黒いズボンを身につけていた。

「乗れ」男がくりかえし、今度はカルヴィンの顔に拳銃を向けた。男が腕をのばすと、長いサプレッサーの先端が、カルヴィンの鼻先に触れそうになった。

カルヴィンは向きを変えて、乗り込んだ。下塗り用の白い塗料とおぼしい五ガロン缶がいくつか積んであるだけで、あとはがらんとしていた。前部にはシートが二列あるだけで、広い後部荷室はゴム引きで、いたるところに鮮やかな色のペンキの斑点(はんてん)があった。作業用の車だというのは明らかだった。ふたたび拳銃で促されて、カルヴィンは缶のひとつに腰かけた。

銃を持った男が前にまわって運転席に座るのを、カルヴィンは予想していたが、男はいっしょに乗り込んで、カルヴィンの左の運転席に近い五ガロン缶に座った。

それとほとんど同時に、バンの後方からふたつの人影が現われた。自分と男が乗るのを、遠いほうの壁ぎわで待っていたにちがいないと、カルヴィンは思った。ふたりとも女だったので、カルヴィンは驚くとともに正直いってほっとした。ひとりはダークブルーのセーターとベージュ色のウールのコートを着た黒人の美女で、もうひとりは光沢のある黒いリップストップナイロンのスキージャケットを着た、脅しつけるような厳しい顔の白人の女だった。

「どこへ行くんだ？」カルヴィンは、三人のなかではいちばん恐ろしげではない黒人の女にきいたが、答えたのは拳銃を持った左の男だった。「どこへも行かない。これはおれたちのバンではない。しばらく借りるだけだ」

「なんのために？」

女ふたりがバンに乗り込み、リアドアを閉めて、カルヴィンの左右で塗料の缶に腰をおろした。ほとんど闇に近いなかで、白人の女がカルヴィンのほうを向き、アメリカ英語でいった。「おまえはずっとニューヨークのロシアの利権のために、銀行口座を扱ってきた」

「なんだって？」カルヴィンは、驚いたふうを装っていったが、うまくいったとは思えなかった。「わたしは弁護士だ。バンカーじゃない」

隣に座っていた男が、カルヴィンの頭のてっぺんの髪をつかみ、うしろにひっぱって、塗装業者のバンの内壁に後頭部を叩きつけた。カルヴィンがうめき、ぶつけられた場所を両手で触ると、打ち身がすでに瘤になりはじめていた。

「ちくしょう！　クライアントをすべて知っているわけじゃないんだ。だれかがあんたたちを怒らせたんなら、それを――」

黒いジャケットの女が、また口をひらいた。「先日、ロシアから金融データが持ち出されたのを知っているはずよ」

カルヴィンが口ごもり、まわりを見てからいった。「知らない」

男がカルヴィンの頭をつかみ、こんどは前に突きとばした。五ガロン缶から落ちたカルヴィンが、バンの車内を吹っ飛ばされて、女ふたりのあいだの内壁に額が激突した。

「なにをするんだ！」カルヴィンが叫び、額から頬に血が流れ落ちるのを感じた。

黒人の女がびっくりして身を引くのをカルヴィンは見た。だが、女は立ち直って、すこしふるえる声でいった。「エリートは……身許を護られている。いまのところは。でも、あんたのような下っ端はどう？　漏れた情報にはあんたの名前があちこちに書いてある。その情報が、数時間後には公になる」

「い……いったいなんの話か、まったくわからない」

コート・ジェントリーは、疑いの余地なくひとつのことを確信していた。ヘンリー・カルヴィンは、なんの話かよくわかっている。

ジェントリーはいった。「おまえの頭に分別を叩き込もうとしたんだが、ヘンリー、うまくいかなかったようだ」

「あんたたちは、わたしがなにをやったと思っているんだ?」カルヴィンはきいた。

ジェントリーは答えた。「想像できる悪事すべてだ。だが、おれたちがこうして集まった理由はひとつで、そのためにおまえの鼻は潰れた」

カルヴィンが額に触れた。「額だ。鼻は――」

ジェントリーが右足をさっとのばし、カルヴィンの顔を蹴った。カルヴィンが床にくずおれて、鼻を押さえたとき、血がどくどく流れはじめた。

数秒後に、カルヴィンがジェントリーのほうを見あげ、にやりと笑った。カルヴィンは怯(おび)えきっているので、作り笑いだとすぐにわかった。「うちの事務所の弁護士を総動員する」

アフリカ系アメリカ人の女が、さっきよりも落ち着いた声でいった。「弁護士は必要ない。法律的に危険な状況に追い込まれているんじゃないのよ。ほんものの現実の世界で生き延びられるかどうかという状況なのよ」

カルヴィンの表情が変わるのを、ジェントリーは見た。血にまみれ、笑みが消えかけ、額が汗ばみ、打ちのめされているのがわかった。

ようやくカルヴィンがいった。「なにが望みだ？」

「この六カ月、おまえは三万ドルないし五万ドルを、毎月引き出している。現金で。その金をどうしたのか知りたい」

「ギャンブルだ」

「鼻のギャンブルで負けたばかりじゃないか。こんどは右足首を賭けるか？」

ジェントリーは片足を持ちあげて、カルヴィンの脚に乗せて身構えた。

「やめてくれ！　頼む」

ジェントリーは、バンのフロアに足を戻した。「おまえはだれかにその金を渡している。そこまでは知っている。相手はだれだ？」

「知らない。毎月ある合同会社（LLC）から現金を引き出して、ある男に渡すだけだ」

「どういう男だ？」

「知らない」

「最後に会ったのは？」

「おとといだ。今月、渡されなかったので、金のありかをきかれた」

「おまえがクライアントから、秘密がばれたといわれたからだな」

「クライアントと話をすることはできない。違反することに――」

ジェントリーはふたたびカルヴィンの脚の上のほうに足をあげた。カルヴィンが、身を縮めて体を丸めた。

「そうだよ！　金には触れるなといわれた！」

「だれにいわれた？」

「クライアントだ」

「クライアントは何者だ？」

「アムステルダムにあるＬＬＣ。完全に合法的だ」

「嘘よ」白人の女がいった。「おまえはロシアのスパイに金を渡していた」

カルヴィンが、否定しようとしたが、顎鬚の男のほうを見あげた。「聞いてくれ……わたしが……金を渡した相手は……ロシア人じゃない」

「すまないが、やりやすいように、足首をこっちにずらしてくれないか、ヘンリー」

カルヴィンが叫んだ。「ウクライナ人だ。それしか知らない」

「それじゃ……ロシアからの金が、アメリカにいるウクライナ人に渡されているんだな。どういうことかわかるか？」

カルヴィンが顔の血を拭いて座り直し、コート、スーツ、血を見た。「なんてこった」

ジェントリーはいった。「これから十分のあいだ、おまえが生き延びられる見込みは、薄くなってきた。かなり薄い。だが、正直に話をすれば、おまえに有利なほうへ天秤が傾くかもしれない」

カルヴィンがうなずいた。「ドネツク人民共和国。なにかはよく知らない」

「ロシア人の代理として、自分の国と戦っているウクライナ人だ。知らないはずがない」

カルヴィンが肩をすくめた。「ニュースは見ない」

「去年、おまえが使っている銀行は、ロシアに協力しているとして目をつけられた。とぼけるのはよせ。このニューヨークでスパイの細胞に金を渡していたことを、承知しているはずだ」

数秒置いて、カルヴィンがうなずいた。「命じられたことをやっただけだ」

ジェントリーは、アンジェラとゾーヤを見て、ふたりの顔に不安が浮かんでいることに気づいた。「金の使い道は？」ジェントリーはきいた。

「し……知らない」

ゾーヤが口をひらき、ジェントリーに向かっていった。「この男は役に立たない。撃ち殺して、よそへ行きましょう」

「やめろ！」カルヴィンが叫んだ。「知っている……重要なことを」

「それなら、いってみろ」

「金を渡す相手。その男がニュージャージーに家を持っている」

「そいつの名前は？」

「知らない。通信には暗号名を使う」

「もちろんそうだろう。つづけろ」

「アントニオと呼んでいる。その男が家を借りて、現金で払う。しかし、クリスマスのころに、家主から電話がかかってきた。うちの法律事務所を保証人にしていたからだ。馬鹿なやつだ。教えてやったダミー会社を使えばいいのに、ドジを踏んだ。イースト・ラザフォードの家の家賃が、六千ドル滞（とどこお）っていると、家主の女がいった」

「その家で、やつらはなにをやっているんだ？」

「なにをやっているか知らないし、知りたくもない。わたしは弁護士で、自分の事務所のクライアントの要求を精いっぱい満たしているだけだ。それだけだ」

「住所は憶えているか？」

「もちろん憶えていない」

「くそ、おい」ジェントリーはいった。「今夜、死なずに子供たちと会えるかどうかの瀬戸ぎわなんだぞ」

「待て！　くそ、わかった。ウィンザーだ。ウィンザー・ドライヴとか、そんなふうな感じだった。それしか思い出せない」

アンジェラが、すでに市と通りをグーグルマップに入力していた。数秒後にいった。「イースト・ラザフォードに、ウィンザー・アヴェニューがある。この通りの家は六軒だけで、あとは十字路に面している」

ジェントリーはうなずいた。「よし、ヘンリー。さて、ウクライナ人の友だちとは、どうやって連絡するんだ？」

「で……電話番号を知っている」

「携帯電話を出して、番号を読みあげろ」

カルヴィンがいわれたとおりにして、アンジェラが自分の携帯電話にその番号を打ち込み、数秒後にいった。「〈テレグラム〉か〈シグナル〉か、なにかの秘密メッセージ・アプリを使っている。なにもわからない」

ジェントリーは肩をすくめた。「電話をかけることはできる」

精いっぱい出血をとめようとしているカルヴィンのほうを向いて、ジェントリーはいった。「正直いって、ヘンリー、あらいざらい吐くまでもうちょっと持ちこたえていたら、敬意を表していたところだが、約束は約束だ。おまえはきょう、この駐車場から生きて出られる」

カルヴィンが、大きな安堵（あんど）の溜息をついた。口や鼻から垂れる血が、前のフロアに点々としみをこしらえていた。「ありがとう。ありがとう。ほんとうにありがとう」

ジェントリーは首をふった。「おれだったら、礼はいわない。それに、おれたちのことはだれにもいわない。それどころか、容疑者引き渡し条約を結んでいない国に逃げるのに、二十四時間の余裕しかないぞ。それとも、走っている地下鉄の前に跳び込んだほうがましかもしれない。おまえの名前と、ロシアとテロリストに協力していたことは、あすのいまごろにはニュースになっているはずだからな」

「でも……聞かれたことを教えたのに」

「生きてここを出られるということしか、約束していない。そのあとは自力でやっていくしかないんだよ。それに、はっきりいって、おまえはドジを踏んだんだ」

ゾーヤが、カルヴィンを床に殴り倒し、手ぎわよく手足をまとめて縛った。「これでしばらくは動けないわね」

「こんなふうに置き去りにしないでくれ！」

ゾーヤはバンのリアドアをあけて、おり立った。ジェントリーは、ヘンリー・カルヴィンにはひとこともいわずにつづいた。

アンジェラは、一瞬、五ガロン缶に座ったまま、カルヴィンのほうを見おろしていたが、ようやくいった。「自由の身になったら、弁護士になってくれるひとを呼ぶか、それとも、棺桶をかついでくれるひとを呼んだほうがいい」ドアからするりと出ると、こういった。

「わたしなら両方呼ぶ。何事もぬかりなくやらないとね」

66

キャサリン・キングは、メモパッドの上にボールペンを浮かし、キンバリー・ホテルのスイートで身じろぎもせずに座っていた。これまで三十分、ずっとそうしていた。最初は猛烈に走り書きしていたが、それでも間に合わなかった。速記に切り換えたが、それでも書き切れなかった。アレクサンドル・ヴェリスキーは、コーヒーのせいで興奮していたし、ロシアの金を西側に流し込むのが自分の仕事だったこと、ロシアのフィナンシャル・プランナーと会ったこと、クレムリンの諜報活動に関わる情報を手に入れたことについて、滔々（とうとう）と語った。

キャサリンは、大々的に報道されたが、容疑者がわからず、当局も原因に触れなかったチューリヒでのCIA局員殺しの事情を知った。ヴェリスキーはミラノからジュネーヴ行きの列車に乗ったことを話した。キャサリンはもちろん、列車で起きた事件のことを知っていた。現在ニューヨークで行なわれているモスクワと西側諸国の話し合いに影響があることも考えられたので、死んだロシア人数人についてきわめて入念な追跡調査を行ない、ひとりがGRUの殺し屋だということを突き止めていた。

ヴェリスキーの話の一部をキャサリンが知っていたことで、話の信憑性は高まったが、エズラ・オールトマンが話しはじめると、これはすべてが途方もない幻想ではないかと、キャサリンは思いはじめた。

オールトマンは、昨夜、ニューヨーク市内にある自宅が襲撃されたことと、ドレクスラという名前のスイス人から謎めいた電話がかかってきたことにくわえて、スーザン・ブルーアというCIAのかなり上の人間がニューヨークにいて、じかに関与していることを話した。

キャサリンは、ブルーアをおもに風評によって知っていた。数年前にDCで会ったことがあり、CIAでブルーアが昇進するあいだ、注意深く観察していた。いまブルーアは作戦本部本部長メル・ブレントの特別補佐官なので、これがどういうことであるにせよ、ブレントも関わっているのだろうかと、キャサリンは思った。

これがどういうことであるにせよ、事実だとすれば。

オールトマンは、話をしながら視線をそらしていた。自分の話とノートパソコンのスクリーンに注意を二分していた。なにをやっているのかとキャサリンが尋ねると、クループキンのiPhoneの異種データを編集しているのだとオールトマンは明かしたが、キャサリンにはデータをひとつも見分けられなかった。

これまでのところ、キャサリンに確信できたのは、いま会っている疲れ果てたようすの真剣な男ふたりが、極端だが説得力のある話をしていることと、キャサリンが信頼している男にふたりがなんらかの形で結びついているということだけだった。

ここに来るのには、それでじゅうぶんだったが、記事を書くにはじゅうぶんではなかった。

男ふたりが詳細を語ってキャサリンをおおいに楽しませたあとで、キャサリンがそれを指摘すると、オールトマンが大きな肩をそびやかした。「6（シックス）とベスがわたしの家族を取り戻すまで、証拠を教えるわけにはいかない。そのあとは……すべてあなたのものだ」

キャサリンは、オールトマンの向こう側のノートパソコンを見た。数十ものデータベースやスプレッドシートが重なり、それを見ただけでは、なにがなにやらわからない。「なにがすべてわたしのものなの？　生データ？」

オールトマンは、キャサリンのほうを見た。「いや、オフィスへ行って、これをサーバーで処理しなければならない。サーバーがメディア向けのユーザーインターフェイスを作成する。6（シックス）はあなたに独占記事を書いてもらうようにといったが、ただちにオンラインにアップして、告発された人間にコメントを求めることをあなたが約束するという条件付きだ」

「でも……どうしてわたしに？」

「6（シックス）が信頼しているのは、あなただけなのだと思う」

ヴェリスキーが口をはさんだ。「いいですか、国土安全保障省とCIAの幹部がからんでいるとすると、ジャーナリストもロシアから賄賂（わいろ）をもらっている可能性も否定できませんよね」

キャサリンはいった。「わたしの狭いアパートメントと、十一年前の型の車を見たら、悪事を働いていないと、即座にわかるはずよ」

ヴェリスキーが答える前に、オールトマンがいった。「もう出かける。わたしのオフィスは数ブロック離れている。自分の結論を付けて、大きなドキュメント一個にすべてを収納する。生データ、情報源を裏付けるリンク、あなた宛のメールも添える」

「どれくらいかかるの？」

「一時間程度だろうが、それだけ時間があるかどうかわからない。モスクワから賄賂をもらっている集団の名前をいくつか割り出すことはできるはずだ。それなら容易にやれる」

オールトマンはつけくわえた。「いいかね、これはすべて、6（シックス）、ベス、アンジェラがわたしの家族を奪還することを前提としている」

ヴェリスキーが立ちあがった。「わたしもいっしょに行く、エズラ。掩護(えんご)する」

キャサリンは立ちあがった。「わたしも行く」

だが、オールトマンは首をふった。「やつらはカメラの画像を見られる。わたしとアレックスがオフィスにいるのを見たら、やってきて阻止しようとするだろう。しかし、《ワシントン・ポスト》の記者がいるのを見たら、やつらはわたしの家族を殺しにいく」

キャサリンは、長い溜息を吐いた。「ニューヨーク市警(NYPD)に知り合いがいる。ここで活動しているFBI捜査官も知っている。連絡し――」

ヴェリスキーとオールトマンは、首をふった。「警官はだめだ」ヴェリスキーがいった。「どんなやりかたをしても、官憲と話をはじめたとたんに、わたしたちを追っているやつらに知られる」

キャサリンは、オールトマンに向かっていった。「その格好でオフィスへ行くつもり?」

オールトマンは、自分の体を見おろした。「ああ……そうするしかない」

キャサリンは、ハンドバッグに手を入れて財布を出し、クレジットカードをオールトマンに差し出した。「だめよ。八時にあく〈ターゲット〉が、十番街にある」肩をすくめた。「わたしはここでニュース番組にさんざん出たけど、朝いちばんに猛ダッシュして新しい服を買いにいったことが何度もあるのよ」

オールトマンがクレジットカードを受け取り、家族の無事が確認されたらすぐにメールを送ると約束した。キャサリンは、ホテルに戻って報せを待つといった。データそのものを見る前に、それに関係がある情報をみずから確認しようと決意していた。

一分後、三人はドアの前で握手を交わし、オールトマンがノートパソコンを持っていく用意をしているあいだに、キャサリンが最初に出ていった。オールトマンは、きょうが人生でもっとも重要な一日になることを知っていた。

ペトロ・モズゴヴォイは、大きなカンバスのダッフルバッグを片方の肩にかつぎ、ニュージャージー州イースト・ラザフォードの隠れ家の地階を出た。おなじようなバッグを運んでいるアルセン・オスタペンコが、すぐ前にいた。

モズゴヴォイの細胞のあとの男五人は、すでにそれぞれのバッグを持って上の階のリビングへ行き、ジッパーをあけて中身を取り出していた。

黒いカンバスのバッグは、クロゼットの奥の壁に見えるように塗装された大きなパーティクルボードの裏に隠してあったが、ドライバーを使えば一分たらずで取り出すことができた。

クロゼットにバッグがふたつ残っているのは、ものすごく力が強いがあまり頭がいいとはいえないバラバシとボンダレンコ兄弟の兄タラスが、けさがた殺されたからだった。ふたりの死体は、オールトマンの家から回収された。遠くまで車で運び、セメント袋にロープで縛りつけられて、GRU工作員――モズゴヴォイはその男の名前を知らなかった――ひとりとともにハドソン川に沈められた。

なにもかも、とんでもない失敗だった。モズゴヴォイは心の底で嘆いていたが、まだ仕事が残っているので、部下のやる気を維持する必要があるとわかっていた。

これからマンハッタンに戻ることになるし、ロシア人がまもなくやってきて、二階の寝室で重い家具に縛りつけてある人質三人を受け取ることになるという指示を受けていた。ロシア人が人質のアメリカ人三人をどうするのか、保安大隊（SSB）工作員たちには見当もつかなかったが、自分にとって厄介（やっかい）な問題がなくなるので、モズゴヴォイはほっとしていた。モズゴヴォイにも息子がふたりいるので、数時間前にオールトマンの家族三人を捕らえてからずっと、十六歳と十四歳の兄弟を撃ち殺すことを思い、嫌な気分に襲われていた。

前にもひとを殺したことがあるし、内戦の戦闘中にこの兄弟よりも幼い男の子を殺したこともあったにちがいない。しかし、母親といっしょに縛られているこのユダヤ系アメリカ人の兄弟は、モズゴヴォイの戦いとはまったく無関係だったので、ロシア人に始末を委（ゆだ）

ねられるのはありがたかった。マンハッタンで法廷会計士を暗殺することになりそうだが、そのほうがはるかに納得しやすい。

男たちは目前の仕事に注意を集中し、黙って服を脱ぎはじめた。ウクライナ分離主義者たちは具体的な計画を立てていたが、これはその計画ではなかった。もともとは国連本部ビルのミレニアムヒルトン・ニューヨークワンの一部の階で作業している建築会社の作業員にまぎれ込み、ウクライナ外相を暗殺するのが目標だった。ウクライナ外相は、サミットには出席しないが、休戦の条件としてウクライナへの武器支援を中止するというアメリカの提案に抗議するために、国連総会で演説する予定だった。

その計画は消滅したようだった――いまのところは――そして、その代わりにこの任務をあたえられた。

数分かけて着替えると、男七人はすべて建築作業員の身なりで、工具ベルト付きの小型ショルダーバッグ、ヘルメット、無線機などの装備を携帯していた。すべて死んだタラスと弟のエヴゲンが働いている金物屋で、卸値（おろしね）で買ったものだった。七人はきょう演じる必要がある役割に見せかけていて、さらに全員がもうひとつの道具をそれぞれの小さなバックパックに入れていた。

SIGザウアーMPXカパーヘッドは、現存する最小のサブマシンガンで、単射機能があり、折り畳（たた）み式ストックではなく、伸縮式アームブレースを採用している。この超小型殺傷兵器（リーサル・ウエポン）は、アメリカの多くの州で十五分間の身許（みもと）調査を受ければ、合法的に購入できる。

ＳＳＢ細胞は、九ミリ弾を使用するこのサブマシンガンをニューハンプシャー州で十挺購入した。三十発入り弾倉を挿入でき、完全に縮めると全長は三六八ミリしかない。

軍隊ではもっと大きいカラシニコフをずっと使ってきた男たちは、冬に四度、ウェストヴァージニア州まで車で行き、この小さな銃で訓練を行なっていたので、いまではそれを使うのに熟達していた。

細胞の生き残りの男七人の準備が整ったので、一団で唯一の女性、クリスティーナ・ゴルボワはほっとした。男たちが計画を練り、武器を念入りに点検し、ようやく変装するまで、クリスティーナはソファに座っていらいらしながら待っていた。

クリスティーナは、濃紺のビジネススーツを着て、紅茶をゆっくり飲み、オールトマン・グローバス会計ＬＬＰがある東五二丁目のビルの屋内見取り図をｉＰａｄで見た。一時間前からずっと観察していたので、そこのことはよくわかっていたが、当初の計画の対象になっていたホテルの場合は、何カ月も観察をつづけていた。これはあまりにも大幅な計画変更だった。

クリスティーナは、男たちとはちがってカパーヘッドを携帯していなかった。ハンドバッグに、チームの全員とおなじブランドの無線機とともに、タウルスGX4マイクロコンパクト・セミオートマティック・ピストルを入れてある。クリスティーナは拳銃の射撃訓練を行なっていたが、きょうは見張りが役目だった。拳銃を抜いて使わなければならなくなったら、それは作戦が最悪の事態に陥ったことを物語っている。

全員が作業服を着て、武器をしまい、ランチボックスとヘルメットを小脇に抱えたとき、ドアにノックがあった。

全員がはっとして、急いでカパーヘッドを出して構え、廊下、食堂、リビング、キッチンに散開した。FBIの連携された襲撃だった場合に備え、アントン・ジュークがカパーヘッドを持って裏口を護(まも)った。

モズゴヴォイが顎(あご)で示し、クリスティーナがハンドバッグから拳銃を出して、ドアの前へ行き、覗(のぞ)き穴から外を見た。

「ロシア人よ」閂(かんぬき)に手をかけながら、クリスティーナがいった。

モズゴヴォイは、玄関ホールのまんなかに立ち、悪態をついた。「くそったれ(スーカ)。前もってメールをよこすことになってるのに。やつら、なにもちゃんと――」

ドアがあき、モズゴヴォイは言葉を切った。

ルデンコが、生き残りの部下三人とともにはいってきた。武器は手にしていなかったが、ルデンコが片足にかさばるウォーキングブーツをはいていたにもかかわらず、四人は強い威圧感を発していた。

モズゴヴォイとその配下は銃をおろし、ルデンコはモズゴヴォイをじろじろ眺めた。

「今回はだいぶましだな」前にここに来たとき、モズゴヴォイに体当たりし、完全に不意打ちしたことを皮肉っていた。

モズゴヴォイは、配下に向かっていった。「もとどおり荷物をまとめろ」それから、ルデンコのほうに向きなおった。「来るときには前もってメールをよこすことになっていました」

「忘れていたようだ」

忘れるはずがないと、モズゴヴォイは思ったが、いい返さなかった。

ルデンコがきいた。「人質はどこだ?」

「二階です。縛りつけてあります」

命じられる前に、ルデンコの部下ふたりが階段に向かった。

ルデンコは、またモズゴヴォイのほうを向いた。「行っていいぞ。幸運を祈る」

「あなたは人質といっしょにここに残るんですか?」モズゴヴォイはきいた。

ルデンコが、モズゴヴォイに近づいた。前に見たとき、ルデンコは足をひきずり、一歩ごとに顔をしかめていたが、いまはだいぶ歩くのが楽になっているようだと、モズゴヴォイは気づいた。

ルデンコはいった。「自分の任務のことだけ心配しろ。なにもかもが、おまえたちに懸かっている」

モズゴヴォイの目が鋭くなった。「おれたちは消耗品扱いの兵士じゃない。おれたちが行動するときにはその場にいると、あなたは前にいった」

「作戦が変更された。おまえたちといっしょにいるわけにはいかない。オールトマンの家族を取り戻すための攻撃が予想されるし、おれたちの敵がこれまでやってのけたことを思うと、油断できない」

「おれたちが攻撃するビルには、警護官がおおぜいいる」

ルデンコは、肩をすくめた。「おまえたちの作戦は、いたれりつくせりの支援を受ける。防犯カメラを監視する資産（アセット）がいる。おまえたちがビルに到着したら、ターゲットの警護官はよそへ行くよう命じられる。ターゲットの頭を撃って、データを取り戻し、離脱すればいいだけだ」モズゴヴォイが黙っていたので、ルデンコはつけくわえた。「デスクの向こうの会計士を撃つような仕事ができないのなら、おれが――」

「おれたちは任務を遂行する」モズゴヴォイは、胸をふくらまし、拳（こぶし）を宙に突きあげて、大声で叫んだ。「蜂起せよ、ドンバス！」

チームのあとのものが、声をそろえて叫んだ。「蜂起せよ、ドンバス！」

ルデンコはうんざりした顔になったが、おなじように拳をあげ、呼応して叫んだ。「母なるロシアがついている」

ドネツク人民共和国の非公式国歌の歌詞だった。ルデンコがドネツク人民共和国のことなどどうでもいいと思っているのを、モズゴヴォイは知っていた。礼儀として応えたのだ。

拳銃しか持っていないGRU四人の武装を強化するために、モズゴヴォイは残っていたカパーヘッド二挺と予備弾倉をルデンコに渡した。

一分後、ウクライナ人たちはキッチンのドアから、下見板張りの小さな家の裏手に出て、私設車道の突き当たりにある離れの車庫にとめてあった作業用バン二台に乗った。一分後にはウィンザー・アヴェニューに出て、南に向かった。

バン二台が左折してランドルフ・アヴェニューを走り、州道3号線を目指したとき、赤い日産アルマーダが、二ブロック北でホーボーケン・ロードからウィンザー・アヴェニューに曲がり込んだ。

アルマーダに乗っていた人間は、バン二台を見なかったし、バン二台に乗っている人間もアルマーダを見なかった。

67

コート・ジェントリーは、盗んだ赤い日産アルマーダを運転していた。マンハッタン・ミッドタウンの病院の駐車場で駐車場係のブースに忍び込み、キーを見つけた車だった。助手席にはゾーヤ・ザハロワが乗っていた。後部にはアンジェラ・レイシーがいて、三十分のドライブのあいだ、携帯電話のＧＰＳアプリに注意を集中していた。

しゃべっているのは、ほとんどゾーヤだった。ゾーヤとジェントリーは二時間眠ったあとで大量のコーヒーを飲んでいたし、あちこちがうずき、痛むので、ゆったりと座っているのは無理だった。

だが、ジェントリーは考えていることを口にしなかった。駐車場でジェントリーがキーを探しているあいだに、ゾーヤが洗面所へ行ってコカインをひと条かふた条吸ったことは明らかだった。アルマーダに乗ったときに、ゾーヤはひどく元気になっていた。なにをいえばいいかわからなかったので、ジェントリーは黙って運転していた。

ウィンザー・アヴェニューにはいると、三人は家々を見ていった。衛星画像を確認したアンジェラが、角の家はすべて十字路に面しているので、通りに番地が付されている家はほとんどないと、ジェントリーとゾーヤに伝えていた。

だが、三人が捜しているのはウィンザー・アヴェニューの番地なので、通りに郵便箱（メールボックス）が出ている六軒を丹念に調べた。六軒とも小さいがすっきりした外観の二階建てで、狭い庭があり、私設車道が家の裏手にのびていた。そばを通った家すべてに車庫があり、扉が閉じていることに、ジェントリーは気づいた。

最初の交差点を過ぎたとき、その向こうの道路で白いシボレー・タホがバックで私設車道から出てくるのが前方に見えた。

アンジェラもそれを見た。「レンタカーよ。三列シート。おおぜい乗れる」

「ああ」ジェントリーはいい、そのまま走りつづけた。バックで通りに出ようとしていたタホがとまり、ジェントリーのアルマーダが通り過ぎるのを待った。

アルマーダが前に出ると、タホが私設車道から出てきて、反対方向に車首を向けた。

「全員、前を向いて」ゾーヤが命じ、うしろに遠ざかるタホをこっそり見るために、ルームミラーの向きを変えた。

ロシア人スパイに諜報技術（トレードクラフト）のコツを教えられたのが悔しいらしく、ゾーヤのうしろでアンジェラが憤慨しているのが、ジェントリーの耳に届いた。「なによ、うしろ向きになって、ガラスに顔を押しつけそうになったわけじゃないのに」

ゾーヤがいった。「あなたがなにをやりそうだったか、わたしにわかるわけがない」

「頼むよ。やめてくれ。こんなときに」ジェントリーはつぶやいた。

ジェントリーのアルマーダは、ウィンザー・アヴェニューの突き当たりに近づいていた。うしろのタホが右折したので、平行に進むためにジェントリーは左折し、カーナビのスクリーンを見た。

ゾーヤがいった。「あいつらよ」

「なにが見えた？」

話しかたで、ゾーヤがコカインを吸ったことをジェントリーは確実に知った。すこし早口になり、わずかに芝居がかっている。ロシアなまりが忍び込んでいるようにも思えた。

「四人以上乗っている。ウィンドウにスモークが貼ってあって、正確な人数はわからない。でも、見なかったものの話をするわ。あの通りで、テロリスト細胞が移動できるような大型車は、ほかに見ていない」

「車庫があった、ベス」アンジェラが指摘した。

ゾーヤが、さっとふりむいた。「そう？　いいわ。それじゃウィンザー・アヴェニューに戻って、これから数時間、車庫の扉があいて、ドネック人民共和国（DPR）のくそ野郎たちが装甲車に乗って出てくるのを待ってもいいわ。そのあいだ戦闘員が何人も乗れる車一台が、マンハッタンに向けて走るのをほうっておく。それが、あなたの計画なの？」

いいかげんにしろと、ジェントリーは心のなかでつぶやいた。

アンジェラが、一理あることを認めた。「わかった」そして、ジェントリーに向かっていった。「このひとと毎日いっしょにいるのに、どうして銃口を口に突っ込まないでいられるのか、理解できない」

ゾーヤがアンジェラにいった。「あなたこそ自分の口に銃口を突っ込んでもいいのよ。でも、あなたは引き金を引けないから、なんにもならないって、わたしたちはみんな知っている」

ジェントリーは、こんどはなにもいわなかった。この状況を和らげられるような言葉はなかった。もう一度左折した直後に、州道17号線を北に曲がった白いタホが、数台をあいだに挟んで前方を走っていることに気づいた。

アンジェラがいった。「マンハッタンへ行くには、南へ曲がらないといけない。どこへ行くのかしら？」

「この追跡がはずれでなければいいんだが」ジェントリーはいった。「エズラとアレックスには応援がいないし、おれたちはあてずっぽうにあの車を追っている」

ゾーヤがいった。「あれにまちがいない。落ち着いて。どこかを目指しているのよ。このまま追跡しましょう」

ゾーヤは、ジェントリーのほうを見た。「弾倉に何発残っているの？」

「九発。それと、薬室に一発」

ゾーヤはアンジェラのほうをふりかえった。動きとしゃべりかたが、あいかわらずすこし変だった。「銃を渡して」

「なんですって？」

ゾーヤはいった。「彼に七発あげて。こいつらと戦うことになったら、弾倉にめいっぱい弾薬がないといけない。あなたのＳＩＧは十三発入りだし、フルに装弾されているはずよ。六発残してあげる」

アンジェラはゾーヤを数秒のあいだじっと見てから、ようやくいった。「あなた……なにかでラリっているのね？」

「銃を、お願い」ゾーヤが、片手を差し出していった。

アンジェラは拳銃を抜いて、弾倉をはずし、ホローポイント弾を抜き取りはじめた。「弾薬がこめてある拳銃をそのまま渡す気になれない。いまのあなたは危険だわ。あなたはなにかをやっている、シスター。プロフェッショナルらしくない。ことにいまの状況では」

ジェントリーはいった。「アンジェラ、やめろ。頼む」

ゾーヤが、威嚇（いかく）をこめていった。「いい助言だわ」

アンジェラは怒っていたが、ベスと呼ばれている女に弾薬七発を渡し、敵意をこめて睨（にら）んでから、SIGに弾倉を差し込んでホルスターにしまった。

ジェントリーは、悪化している状況を精いっぱい静めようとしてアンジェラに礼をいってから、ゾーヤに自分の拳銃を渡した。ゾーヤが弾薬を足してから、ジェントリーにHKを返した。

そのとき、前方で自家用ジェット機が朝の灰色の空を上昇した。

ジェントリーとアンジェラが、同時にいった。「テターボロ」

「くそ」ゾーヤがいった。「あいつらは空港へ向かっている」

「オールトマンの家族を連れて？」答はわかっていたが、ジェントリーはいった。「だとすると、つじつまが合わない。クループキンの携帯電話と交換するつもりなら、どうしてそこへ連れていくんだ？」

アンジェラが、自分の携帯電話を差しあげた。「交換するつもりではないからよ。警察に電話したほうがいいかもしれない。あの車のナンバーを伝えて、武装した男たちが人質を捕らえているといえばいい」

ゾーヤが首をふった。「警察がここにＳＷＡＴチームを招集するのに三十分かかるし、バンに乗っているのがウクライナ人テロリストだったら、ＳＷＡＴじゃない警官隊は全滅し、オールトマンの家族は殺される。これは目につかないようにやらないといけない」

ジェントリーは賛成した。「助けを呼びたいのはやまやまだが、かえって状況が悪化するかもしれない」

アンジェラ・レイシーが、ちょっと考えてからいった。「わかった。テターボロの運航予定を調べる」アンジェラが電話をかけるあいだ、ジェントリーはタホを見失わないようにしながら一定の距離をあけて追跡することに注意を集中した。

エズラ・オールトマンは、オフィスがある東五二丁目のビルのエントランスを、午前八時四十分にはいった。ライトグレイのスーツ、襟(えり)をあけたボタンダウンのシャツ、新しい靴は、すべて早朝からあいている十番街の〈ターゲット〉で買った。

ノートパソコン、クループキンのｉＰｈｏｎｅ、アンジェラに借りた周辺機器を入れている合皮の小さなショルダーバッグも持っていた。

非の打ちどころのない格好とはいえないが、十数年前からオフィスを構えているこのビルにはいるときにつねにかぶっているヤムルカがないことを除けば、ふだんとおなじように見えるはずなので、警備員に過度の詮索(せんさく)を受けることはないだろうと思っていた。

アレックス・ヴェリスキーが並んで歩いていた。ヴェリスキーもオールトマンとおなじように、〈ターゲット〉で安物のビジネススーツを買っていて、洗練された感じではないにせよ、見苦しくはなかった。

オールトマンは、エレベーター前のデスクにいた警備員に近づき、ヴェリスキーが半歩うしろをつづいていた。「やあ、マーカス」

ブルーのブレザーを着た六十代の警備員が、問いかけるようにヴェリスキーの服装を見たが、すぐに笑みを浮かべた。「おはようございます、オールトマンさん」

「じつは……財布を家に忘れてきたんだ」オールトマンは、ショルダーバッグを持ちあげてみせた。「これだけ持って出かけたんだ」

「ご心配なく。一日限りの通行証を印刷します」

「わたしの客の分も頼む」

ヴェリスキーが、スイスの運転免許証を渡した。マーカスが、ヴェリスキーとオールトマンの写真を撮って、ふたりの通行証を印刷した。

一分後、ふたりはエレベーターに乗り、三十階でおりて廊下を歩いていった。オールトマンは、防犯カメラの下を通るときに、強いて上を見ないようにした。額から汗が流れているのを見分けられるくらい、解像度はいいはずだと思ったのだ。オールトマンはオフィスの入口に立っていた警護官ふたりに手をふった。

警護官ふたりは、オールトマンを見ても驚いたようすはなく、ヴェリスキーにも格別の関心を示さなかった。オールトマンはそれをいい兆候だと思った。

「やあ、ご苦労さん」オールトマンはいった。

警護官ふたりがうなずいた。そのふたりは、わずか二週間前にオールトマンにつけられたばかりだった。国土安全保障省は最近、警護班を頻繁に交替させていた。監視され、盗聴されているのではないかと、オールトマンは疑っていたが、このふたりは通常の勤務を行なっているだけで、危険な当事者に関する問題で、ときどき政府に呼ばれる会計士のオフィス前の廊下を警備しているにすぎないようだった。

オフィスにはいると、そこでも警護官ふたりに出迎えられた。オールトマンは、挨拶に、ふたりはやはり無関心に応じた。それに慣れているオールトマンは、仕切り付きデスクや狭いオフィスで働いている十数人のスタッフに手をふり、ヴェリスキーを紹介せずに歩きつづけて、精いっぱいいつもとおなじようにふるまった。ここにいるひとびとにとっては、まさにいつもとおなじ一日なのだということが、ありありとわかった。まもなくオールトマンは、細長いスペースのいちばん奥にある専用オフィスにはいった。

ショルダーバッグを置いたとたんに、ポケットの電話が鳴りはじめた。いい報せであることを、オールトマンは祈った。

オールトマンは電話に出た。「オールトマンだ」

「6（シックス）だ」

「わたしの家族は？」

相手の口調から、高望みしていたとオールトマンは気づいた。

「おれたちはニュージャージーで何人かを追跡している。その車に何者が乗っているか、はっきりとはわからないが、ウクライナ人らしい。テターボロ空港に向かっているのだと思う。そっちはどうなっている？」

「いまオフィスに着いたところだ。これから――」

「オフィス？　キンバリーを出てはいけないことになっていたのに」

「メディアがすぐに使えるような形にデータを処理するには、ここでやるしかない。この情報を早く公表しないと、協定の調印を阻止するのに間に合わない」

「おれたちはニュージャージーにいるから、あんたたちを護(まも)ることはできない」

「アレックスがいる。銃を持っている」

6(シックス)は安心していないようだった。「オフィスに警護官はいるんだろう？　そいつらはどんな態度だ？」

「まったく正常だ。なにもかもいつもとおなじ一日だ」

「いいか、敵方はあんたがそこにはいるのを見たはずだ。オフィスにバリケードを——」

オールトマンはすでにノートパソコンを置いていた。「いいかね、わたしにはやることが山ほどある。仕事に取りかからないといけない。そうすることで、わたしたちの取引で自分の役割を果たす。お願いだ。きみも自分の役割を果たしてくれ」

「用心してくれ」

「きみも用心しろ。朗報をつかんだらすぐに電話してくれ」オールトマンは電話を切り、ノートパソコンをワークステーションのジャックに接続して、作業に取りかかった。アレックス・ヴェリスキーは閉じたガラス戸のそばのソファに座った。そこからオフィス全体を見渡すことができる。

スーザン・ブルーアは、十番街の朝の車の流れに乗ってリンカーン・トンネルに向かっているメルセデスのリアシートに座っていた。セバスティアン・ドレクスラがフロントシートで、だれかと小声でしゃべり、ドレクスラのチームのひとりが運転していた。

ドレクスラはマタドールと話をしているのか、それともダニール・スパーノフと話をしているのだろうと、スーザンは思ったが、ほんとうは知りたくもないと気づいて、すでに起きてしまったことと、これから待ち構えていることに、神経をすり減らしながら、サイドウィンドウから外を眺めた。

つぎの一時間が、これからの人生を決定する。それは疑いの余地なくわかっていた。何度か息を吸って気を静めようとして目を閉じたとき、手にしていた携帯電話が鳴った。スーザンはぱっと目をあけ、すばやく耳に当てた。

「ブルーア」

ドレクスラの技術者のひとりだった。トルコ系ドイツ人で、フランツと呼ばれるのを聞いたことがあった。「ドレクスラさんに連絡しようとしてるんですが、出ないので」

「ここにいるけど、電話中よ。なにがあったの？」

「対象1（サブジェクト・ワン）と2（ツー）の位置がわかりました」

「ヴェリスキーとオールトマンね。どこ？」

「ふたりともオールトマンのオフィスにいます。五分ほど前に到着しました」

スーザンは、満足してうなずいた。エズラ・オールトマンがどこかのさえないホテルにじっと座って、データと家族を交換するために、午前十時の電話を待っているはずはないというのが、スーザンの読みだった。やはりオールトマンは作業をつづけている。ヴェリスキーに渡されたデータを処理しているにちがいない。つまり、ヴァイオレイターはオールトマンの家族を取り戻そうとしている。そうでなかったら、オールトマンが危険を冒して、よく知られている場所へ行くはずがない。

スーザンはきいた。「ほかにだれがいるの？」

「きのうとおなじオフィスのスタッフ。廊下とオフィスのロビーに、おなじ警護官がふたりずつ」

ちょっと間を置いてから、スーザンはいった。「わかった」電話を切り、保安大隊(SSB)細胞の指揮官とじかに話ができるようにドレクスラから教わった番号にかけた。

スーザンの仕事人生には、後戻りできないような状況が何度もあった。今回の一件がどれほど重大であるのか、数量的に判断する尺度がないとはいえ、アメリカ本土にいる外国人テロリスト細胞に指示をあたえるのは、スーザンがこれまでやってきたどんなことよりも下劣に思えた。

とはいえ、スーザンはＣＩＡで前任者をひとり葬ったことがあったし、今回も倫理的に悩みはしなかった。これは急場しのぎの方便なのだ。

なまりのある英語でしゃべる男が出た。ロシア人のように思えたが、ほんとうはウクライナ人だと、スーザンは知っていた。

「なんだ?」

「オールトマンのいどころを突き止めた」

短い間があった。「あんたはだれだ?」

「ルカを動かしているのとおなじ人間のために働いている」

今度は、間を置かず返事があった。「やつはどこだ?」

「予想どおり、いまオフィスにいる。ヴェリスキーもいっしょにいる」

「警護官は?」

「あなたたちが行くところには、警護官はいなくなっている。わたしが手配する。どれくらいで行ける?」

「二十五分」

「できるならもっと早くして」

「早くできるようなら、二十五分とはいわない」

スーザンは電話を切った。「馬鹿」

68

ジェントリーがイースト・ラザフォードからずっと尾行してきた白いシボレー・タホが、テターボロ空港の一般航空区画にある運航支援事業者（ＦＢＯ）に通じる道路脇の警備員詰所に近づいたとき、ジェントリーは、フェンスぎわの道路から一本離れて平行しているライザー・ロードで、盗んだ赤い日産アルマーダの速度を落とした。道路二本の境に樹木が茂っている排水路があるので、そこは警備員詰所とＦＢＯから見えない。

一月なので、樹木には枯れ枝と茶色くなった葉しか残っていなかったが、見つからずに空港のフェンスまで行くのに、じゅうぶん身を隠すことができる。とにかく、木立の向こうでフェンス沿いにのびている二車線のフレッド・ウェーラン・ドライヴを渡らなければならなくなるまで、隠れていられる。

ゾーヤとジェントリーが、タホを最後に見かけた場所を、木立のあいだから懸命に観察するあいだ、アルマーダの車内は静かだった。最初はなにも見つけられなかったが、じきにあらたな動きがあった。タホが遠くに見え、つぎの瞬間には建物の横をまわって見えなくなった。反対側から出てこなかったので、裏側でとまったのか、巨大な格納庫三棟のうちの最初の一棟のそこにはいっていったにちがいないと、ジェントリーは思った。その格納庫には、もっと小さな建物が付随していた。

リアシートからアンジェラがいった。「何度もいうようだけど、わたしたちが十分間追跡していたあのSUVが関係あるという確証は――」

ゾーヤがアンジェラのほうをふりかえりそうになり、口論になると察したジェントリーは、アンジェラの腕に手を置いた。「アンジェラ、ベスの考えが正しいと思う。あの車には何人も乗っている。おそらくウクライナ人だろう。人質を連れているかどうかわからないが、調べなければならない」

ゾーヤは、木立ごしに運航支援事業者（FBO）のほうを見つづけていた。「わたしたちはふたりだけよ。敵の人数はわからないけど、おおぜいいるにちがいない」

アンジェラがいい返した。「わたしたちは三人よ」

ゾーヤが溜息をついたが、ジェントリーはいった。「きみにはここにいてもらう必要がある、アンジェラ。なにか見たら報告しろ」

三人は車からおりて、周囲を眺め、あたりになんの動きもないことをたしかめてから、密生している低木林にはいった。ジェントリーが先頭を歩き、たちまちスイスで負った右腕のナイフの傷に頑丈な細い枝が食い込んだので、痛みのあまり声をあげそうになるのをこらえた。

三メートルほど斜面を下ると、氷の端に達した。排水路の水が凍結し、幅が二メートル近くあった。

ジェントリーは片足でそっと氷を踏んでから、ゆっくりとさらに体重をかけた。氷が割れなかったので、反対の足で踏み出し、排水溝をそろそろと渡るとすぐに、向こう側の細い木の幹をつかんだ。ふりむいてあとのふたりに手を貸そうとしたが、ゾーヤとアンジェラは、それぞれ渡る場所を見つけていて、ジェントリーの手は借りなかった。

三人とも身をかがめて、フェンス沿いの道路に向けて、密生した低木林を登っていった。そこで地面に伏せて、格納庫のほうを眺めた。

私有のターミナルとおぼしい小ぶりな平屋が見えた。それが空港の敷地内の格納庫三棟のうちの一棟とつながっているようだった。格納庫はそれぞれ全長が六〇メートルほどで、三階の高さがある。格納庫の裏には整備車両と給油車が並んでいたが、施設が閉鎖されているのか、正面の駐車場にとまっている従業員の車や作業用の車両の数はすくなかった。

格納庫三棟のあいだから、向こう側の駐機場のほんの一部が見えた。自家用ジェット機が一機、セスナ・グランドキャラヴァン一機、それに第二次世界大戦中の戦闘機の複製のような飛行機一機が見えた。

それらの飛行機の周囲に動きは見えなかったが、駐機場の大部分と格納庫三棟の内部すべてが見えないので、この飛行場全体の地勢をつかむことはできなかった。

ゾーヤが、ジェントリーのほうに身を乗り出した。「フェンスを越えるのは簡単よ。スパイクがあるけど、高さは一八〇センチしかない。あなたの手を支えにして跳べばいい」

ジェントリーは、警備員詰所を見た。なかは見えない。寝ぼけたじいさんがひとりいるだけなのか、それとも、血気にはやるランボーが四人いるのか、見当がつかなかったので、フェンスの向こう側の格納庫に視線を戻した。

「カメラがある」ジェントリーはいった。

「ええ、でも遠い。フェンスの内側のモーション・ディテクターと連動しているだけでしょう。さもないと、通りを車が通るたびに警報が鳴ってしまう。すばやくやれば敷地内を走って、警備員詰所にいるだれにも気づかれないで、建物内にはいれる」

「それで、きみがおれを踏み台にして跳び越えたあと……おれはどうする？」

ゾーヤが、ジェントリーのほうを向いた。「冗談よね？　ほんとうにわからないの——」

ジェントリーにはわかっていた。「フェンスのどこかに登って、スパイクできんたまを切り取られないようにする」

「そのとおり」

アンジェラがいった。「わたしはどうするの？」

「あなたになにができるっていうの？」ゾーヤがきいた。

ジェントリーは、ポケットから日産のキーを出して、ゾーヤの背中ごしにアンジェラに渡した。アンジェラがそれを受け取った。

ジェントリーはいった。「みんなイヤホンをはめろ。常時、連絡を維持する。アンジェラ、なにか見たら知らせてくれ」

三人はイヤホンをはめ、ジェントリーが三者通話を設定した。人質救出になったら、アンジェラはたいして役に立たないはずだから、ここにいさせるのが賢明だった。

警備員詰所までの距離は、七〇メートルほどだった。午前九時を過ぎていて、陽射しはあってもどんよりと曇っていたので、フェンスを越えて駐車場へ行き、格納庫のこちら側にとまっている作業用車両や牽引車の蔭に隠れられると、ジェントリーは確信していた。

車が一台、北に向かって通り過ぎた。三人は最後にもう一度、イヤホンで連絡できることを確認した。ゾーヤとジェントリーは、すぐに膝立ちになってから全力疾走し、数秒で道路を横断して、芝生が茶色くなっている細長い空き地を走り抜け、黒い鉄のフェンスを目指した。

　ジェントリーがすばやく向き直って、背中をフェンスにつけると、ゾーヤが跳びあがってジェントリーの太腿（ふともも）に両脚で着地した。ジェントリーはゾーヤの腰をつかみ、膝をもっと大きく曲げてから、両脚を思い切りのばした。ゾーヤがその勢いに合わせて踏み切り、フェンスの上を跳び越えて、横転しながら向こう側の芝生に着地した。

　ジェントリーは向きを変えて、一〇センチ×一〇センチの鋼鉄の杭の上のほうを両手でつかんだ。杭と杭のあいだに、もっと細いスパイク付きの杭が何本もある。ジェントリーは両足を使って杭を登りはじめた。

凍りついている冷たい鋼鉄を握る手が痛かったが、数秒でてっぺんに達し、そこで横向きに蹴ってスパイクを越え、杭から手を離した。

　ジェントリーは四つん這（ば）いで芝生に着地し、包帯を巻いた右腕をさすりながら、ゾーヤのあとから駐車場に向けて走りはじめた。

　運航支援事業者（FBO）は、アメリカ国内のダニール・スパーノフのダミー会社によって、三日間貸し切りになっていた。つまり、扉があいている格納庫ですでに飛行前チェックリストを行なっていたスパーノフの手先の武装した機長と副操縦士のほかに、少数の地元地上員がいるだけだった。地上員は、呼ばれるまで隣の無人のターミナルで待つよう命じられていた。

格納庫は新しく、照明が明るく、汚れひとつなかった。面積は二八〇〇平方メートル、三階の高さで、自家用ジェット機を何機も格納でき、整備施設も完備していた。上のほうには狭い歩路(キャットウォーク)があり、二階にはオフィスや会議室があった。壁ぎわは倉庫と物置で、階段をおりた地階には、燃料などの危険物質が保管されていた。

タホからおりるとすぐに、GRUのミーシャとステパンが、オールトマンの家族三人を歩かせてぴかぴかの白い床を横切り、白いガルフストリームG450のそばを通った。格納庫にはほかに二機の飛行機と、給油車一台、補助動力装置(APU)、燃料試験車、巨大な航空機用工具、電動エンジン吊り上げ機まであった。五人は金属製の階段を昇って、二階へ行った。そこで家族はオフィスに入れられ、ひとりずつ回転椅子に座らされた。ロシア人ふたりは、三人が抗議するのも意に介さず、結束バンドを使って後ろ手に縛りあげた。

男の子ふたりが、それを押しのけようとして、ジャスティンがたちまちミーシャに顔を平手打ちされた。

セアラ・オールトマンが甲高(かんだか)い声を浴びせたので、ミーシャは手をふりあげて、セアラに迫った。だが、兄のケヴィンが突進して、ミーシャの胸に頭突きし、椅子に押し倒した。

ステパンが拳銃を抜き、弧を描くようにふりおろして、十六歳のケヴィンの頭に叩きつけた。

ケヴィン・オールトマンが床に倒れ、回転椅子につながれたまま横向きになって、痛みにうめいた。母親と弟が立ちあがって助けようとしたが、動くなとロシア人ふたりが命じた。

こういったことが起きているあいだ、ルカ・ルデンコはレオニードとともに格納庫にいた。ルデンコは、格納庫の壁ぎわにあるデスクの前で、椅子に腰かけていた。負傷した足をデスクに乗せ、脱いだウォーキングブーツがそばの床に転がっていた。

ルデンコは、スイスで看護師からもらったリドカインの小瓶と注射器をバックパックから出して、負傷した足にその局所麻酔薬を注射する準備をした。

レオニードは、首から吊っているSIG九ミリ・カパーヘッドに片手をかけ、ひとりで周囲を見張っていたが、まもなく人質をオフィスで拘束したステパンとミーシャが一階におりてきた。ふたりは警備を強化するために、あいている格納庫の扉から広い飛行場のほうを向いた。

ルデンコは、そばのデスクにもう一挺のカパーヘッドを置いていたが、包帯の上から足に注射するあいだ、それを無視していた。言葉にならないくらいひどい痛みを味わっていたが、ルデンコは反応を示さなかった。これをやった男と対決することをふたたび夢想し、けさ暗いなかで四階にいた男めがけて撃ったが、命中しなかったとおぼしいことを嘆いた。ルデンコは思った。まあ、CIAのくそ女の予想が当たっていれば、グレイマンは精いっぱいがんばるはずだから、もう一度撃つチャンスがあるだろう。

ルデンコはバックパックに手を入れて、右足にはいているのとおなじ左足用の靴を出し、ゆっくりはいた。そのときは痛みに身ぶるいするのを我慢できなかった。麻酔薬はまもなく効くはずだが、まだ効果が出ていなかった。

このあとの数時間がきわめて重要なので、そのあいだできるだけ機敏に動けるようにしたかった。


コート・ジェントリーとゾーヤ・ザハロワは、ターミナルビルのロックされていたドアから侵入した。きのうアンジェラが買った工具を使って、ゾーヤが錠前を破った。なかにはいると、そこは廊下で、たちまち前方から物音が聞こえた。

ふたりは拳銃を抜いて、廊下の奥のあいたままのドアに近づいた。そのときには、物音はテレビの放送だとわかっていた。

テレビから流れていたのはケーブルニュースの番組で、正午に協定が調印され、そのあと国連総会が開催されて決議がなされ、ロシアを最恵国とする貿易を再開するために、ロシアのウクライナ領保有がほぼ合法化されることについて、討論が行なわれていた。

ゾーヤはテレビの音を意識から締め出して、両膝をつき、戸口の角からそっと覗いた。

数秒後に首をひっこめて、立ちあがり、ジェントリーの耳もとでささやいた。「地上員の作業服を着た男が五人。年配でたいがい肥っている。戦闘員じゃない」

ジェントリーはうなずいた。「迂回しよう」

ゾーヤはうなずき、またしゃがんで片手をあげ、ジェントリーに動かないよう合図した。また戸口の角から休憩室を覗き、つぎの一瞬、手をふってジェントリーを進ませた。

ジェントリーは、あいた戸口の前を一秒以下で駆け抜けた。

こんどはゾーヤが立ちあがり、ジェントリーがひざまずいて戸口の逆の側から室内を覗いた。

地上員ひとりが立ちあがって冷蔵庫のほうへ行くのが見えたので、ジェントリーは片手をあげて、ゾーヤに待つよう合図した。

数秒後に男が椅子に戻り、〈ドクター・ペッパー〉を持って、またニュースを見はじめた。ジェントリーは手をふって、ゾーヤを進ませた。

ふたりはがらんとした狭いターミナルで、案内表示をたどり、格納庫1を目指した。閉まっているドアがあり、ロックされていなかったので、ジェントリーは細目にあけて覗いた。

奥は片側に窓が並んでいる通路だった。窓の向こう側は照明が明るい格納庫で、高級なビジネスジェット機が何機か見えた。さまざまな整備用機材もあった。

ジェントリーとゾーヤはふたたび身を低くして、窓のほうへ進んでから、ゆっくり身を起こした。

すぐさままた身をかがめた。

「人質はいない」ジェントリーはいった。「飛行機に乗せたのかもしれない」

「わたしならそうする」ゾーヤが答えてからいった。「ほかにもわかったことがある」

ジェントリーはうなずいた。「ずっと奥のほう。首からサブマシンガンを吊っているブロンドの男。マタドールかもしれない」

「あれがルデンコだとしたら、ここにいるのはウクライナ人ではなく、GRUよ。それとも、両方かもしれない」

ジェントリーは首をふった。「そんな幸運には恵まれないだろう。何者かがオールトマンを狙うはずだ。ウクライナ人が行くにちがいない」溜息をついた。「付近を偵察して、どういうやつらが敵なのかたしかめよう」

ふたりはいくつかある長い窓のあちこちに移動し、見通しがきくさまざまな場所から、視界内のあらゆる場所を二分あまり調べた。格納庫内、格納庫の北側のそこから見える飛行機の窓、一階のオフィスや倉庫の囲いがない場所、広大なスペースで縦横にのびている狭い歩路（キャットウォーク）。

ようやく、通路のなかごろで窓の下にふたりは身を寄せ、ゾーヤが観察の結果を口にした。

「人質がいる気配はない。明るい報せ（しら）は、武装した男が四人で、あとはたぶん武装していないパイロットふたりだけだということ。悪い報せは、武装しているやつらがたぶんＧＲＵの２９１５５部隊で、たとえ四人しかいなくても、そいつらが人質を殺す前に突破するのは容易じゃないということ。だいいち、人質がどこにいるかわかっていない」

「かなり不利だな」ジェントリーはつぶやき、ゾーヤが相槌（あいづち）を打った。

そのとき、アンジェラ・レイシーの声が三者通話から聞こえた。「報せる。黒いメルセデスが、警備員詰所に近づいている」

「受信した（コピー）」ジェントリーは小声で応答し、ゾーヤの顔を見た。「モーリスの話をしたことがあっただろう」

「あなたの師匠ね」

「ああ」

「文字どおり、百回聞いた」

ジェントリーは、気を悪くしなかった。「モーリスは、おれにこういったことがある。〝若造、忘れるな。悪い事態は悪い事態の前触れだ〟」

「冗談が好きなひとなのね」

「風変わりな魅力があった」

「正直いって」ゾーヤがいった。「いまは世渡りの知恵よりも、銃がもっとほしい。ここは広いから、拳銃二挺だけで複数の敵と交戦するのは難しい」

ジェントリーは肩をすくめた。「速度(スピード)、奇襲(サプライズ)、激烈な行動(ヴァイオレンス・オヴ・アクション)」

ゾーヤが、グリーンの目をきらめかせてジェントリーを見た。「覚醒剤(スピード)なら任せて」

コカインのことをジョークにしたので、ジェントリーは笑わなかった。「これをやれるくらい頭がはっきりしているのか、Z?」

「外の藪(やぶ)にいるあの馬鹿なデスクワークの女と、いつでも交替するわよ」

それが合図だったかのように、アンジェラがまた送信した。「車がターミナルの前にとまった。ふたりがおりて、メルセデスは駐車場へ行った。ここから確認できないけど、乗っていたうちのひとりはブルーアだと思う」

ジェントリーとゾーヤは、顔を見合わせた。ジェントリーはいった、「ふたりはたぶんここを通る」

「捕まえる」ゾーヤはそれに対していった。「オールトマンの家族を取り戻すのに使う」

それを聞いていたアンジェラがいった。「GRUの殺し屋が、CIA幹部を護るために任務を差し控えると思う？」

アンジェラのいうとおりだったが、ゾーヤはそれには答えずにいった。「それなら移動しないといけない」

ジェントリーとゾーヤは、這うようにして通路を進んだ。格納庫に直接出られるドアが突き当たりにあったが、右側に狭い会議室があるのが、右の壁沿いの窓から見えた。ドアに鍵がかかっていなかったので、ふたりは会議室に這い込み、ドアを閉めてロックし、通路側の窓の下に伏せた。

顔をくっつけるようにして、ジェントリーはいった。「人質がここにいるとしたら、ジェット機のうちの一機に乗せられているのかな？」

「かもしれない」ゾーヤがいった。「でも、キャットウォークの配置からして、わたしたちの真上に二階があると思う。そこにオフィスか倉庫があるかもしれない」

「くそ、そうなると、もっとややこしくなる」ジェントリーはきいた。「どの飛行機に乗ってここを離れるか、見当はつくか？」

ゾーヤはいった。「あのG450なら、途中で給油せずにモスクワへ直行できる」

「あとの二機はサイテーションとファルコンで、ファルコンはエンジンを取りはずしてあるから離陸できない。サイテーションの航続距離では、ロシアまで行けない。しかし、ロシアへ行くかどうかもわかっていない」

ふたりが伏せている場所と壁一枚を隔てているだけの通路から足音が聞こえた。足音が遠ざかると、ゾーヤは膝立ちになり、窓ガラスを通して見た。通路の向かいと、そちら側の窓の外の格納庫が見えた。

「ブルーアと杖をついている男が、パイロットふたりといっしょに歩いている」

ジェントリーはうなずいた。「それはドレクスラだろう」しばし考えてからいった。「ロシア人が増えなかったのはよかった。ブルーアが武装しているかどうかわからない。これをどうやりたい？」

「わたしの助言がききたいの？」ゾーヤはいった。「まあ、めずらしい」

アンジェラの声が、イヤホンから聞こえた。「わたしにきいたのなら、飛行機が飛べないようにしてから、建物内で人質を探すよう提案するわ」

ゾーヤがジェントリーのほうを見あげ、イヤホンを三度叩いて、通話を保留にした。「まちがっていない。大騒ぎが起きたら、わたしたちのうちどちらかがガルフストリームとサイテーションの前脚のタイヤを撃つ。そうすれば、やつらはどこにも行けなくなる」

ジェントリーは手をのばしてゾーヤのイヤホンを叩き、三者通話を再開した。

ジェントリーはいった。「それじゃ……パイロットふたり、ロシア人四人、ドレクスラ、ブルーア。ターゲットは八人で、四人以上が武装している。それにくわえて、二機の前脚のタイヤを撃たなければならないし、人質三人がどこにいるか突き止めて、助け出さないといけない。なにかいい忘れたことがあるかな?」

ゾーヤが、大きな溜息をついた。「警官を呼んだほうがいいかもしれない。わたしたちを手伝うんじゃなくて阻止する武装した人間が増えないことに賭けて、骰子をふったらどうなの」

ジェントリーはそれをしばし考えた。「時間がないと思う。オールトマンがいまオフィスにいるから、敵は彼を襲うだろう。やつらがオールトマンとデータを手に入れたら、人質はいらなくなるし、アメリカに長居する必要もなくなる」

アンジェラが、また口をひらいた。「わたしも行く」

ジェントリーとゾーヤが、声をそろえていった。「ノー」ジェントリーはいった。「じっとしていてくれ。これはおれたちだけでやる。おれたちがうまくやれなかったら、オールトマンの家族は死ぬ。そうしたらオールトマンに電話してくれ。失うものがなくなったオールトマンが、情報を公開することを願おう」

ゾーヤがまた頭をあげて、窓から眺め、すぐさま首をひっこめた。

ジェントリーの顔を見て、ゾーヤはいった。「いい報せと悪い報せのどっちを先に聞きたい？」

「いい報せだ」

「パイロットたちが、ガルフストリームの点検をはじめた。それを使うつもりなのよ」

「撃たなければならないタイヤが減った。〝まあまあの報せ〟だな。悪い報せは？」

「パイロットひとりがコートを脱いだ。ショルダーホルスターに拳銃がある」

ジェントリーは、つかのま目を閉じた。「結構なことばかりが増えているな」

「わたしの拳銃には九発。あなたの拳銃には十七発、サプレッサーもある」

ジェントリーは、自分のＨＫを抜いた。「交換しよう」

「なぜ？」

「おれに理由をいわせたいのか？」

ジェントリーのほうが、射撃がうまいし、ゾーヤはそれを知っている。九発あれば、斃した敵から武器を手に入れる見込みが大きい。

ゾーヤは九ミリ弾をこめたスミス&ウェッソン・シールドを出して、ＨＫと交換しながらいった。

「ぐずぐずしている時間はない。動きはじめないといけない」

69

アレックス・ヴェリスキーは、エズラ・オールトマンのオフィスのドアの前に立ち、二五メートルほど離れたロビーまでひろがっているオフィスフロアを見ていた。オフィスのスタッフは仕事をつづけている。オールトマンが秘書に邪魔を入れないよう指示してあるので、ヴェリスキーは正面のドアをロックしていた。

うしろでオールトマンが躍起(やっき)になってキーボードを叩き、ときどき息を呑んでいるのが聞こえたが、ふたりはほとんど言葉を交わさなかった。時間が逼迫(ひっぱく)しているのを、ふたりとも承知していた。二時間後には協定が調印される。6(シックス)たちはそれまでに人質を救出しなければならないし、オールトマンとヴェリスキーがこのオフィスにいるのを敵が知っていることはまちがいない。

それでも、オールトマンは根気よく作業をつづけ、ヴェリスキーは見張っていた。

ロビーの警護官ふたりのうちのひとりが、ヴェリスキーのところから見えた。その警護官が、携帯電話で話をしていた。ヴェリスキーはその警護官に注意を集中していたわけではなかった。オフィスのあちこちの人間に目を光らせていただけだった。だが、両開きのドアがあいて、国土安全保障省の警護官ふたりがはいってきて、ロビーの警護官ふたりと話し合っていた。

十秒もたたないうちに、警護官は四人ともふりかえりもせずに、両開きのドアから出ていった。

ヴェリスキーは、うしろのオールトマンに向けて叫んだ。「オールトマン」

「いま話はできない」

「警護官。いなくなった」

オフィスに響いていたキーボードを叩く音が、一瞬とまった。「くそ」

「つづけてくれ」ヴェリスキーは促した。「しかし……スタッフが」

「ここから出せ。家に帰るようにいってくれ」

「わたしの話は聞かないだろう。知るはずがないし――」

オールトマンが、作業をつづけながらいった。「火災報知器だ。警報を鳴らせば出ていくだろう」

ヴェリスキーは、なにもいわずにオールトマンのオフィスを出て、ロビーへの通路を半ばまで進んだ。スタッフがおおぜいいる会議室やオフィスの横を通ったが、だれも目を向けなかった。ヴェリスキーはそこで火災報知器のレバーを引いた。

たちまち警報が鳴りはじめ、ヴェリスキーは向きを変えてオールトマンのオフィスに戻り、ドアをロックした。

三十秒とたたないうちに、オールトマン・グローバスのスタッフが両開きのドアから列をなして出ていき、ヴェリスキーは早く出ていくようにと心のなかで促した。オールトマンの秘書がドアのところに来たので、ヴェリスキーはあけてやった。ワークステーションに向かっていたオールトマンが、六十五歳の女性秘書に、すぐあとから行くので、ハンドバッグを持って下におりて、道路に出るようにと、丁重に指示した。

オフィス全体が無人になるまで二分以上かかったが、だれもいなくなると、ヴェリスキーは両開きのドアまで走っていってロックし、椅子やソファをドアに押しつけた。

敵を長い時間、押しとどめるのは無理だろうが、いまはほんの短い時間でも貴重だと、ヴェリスキーにはわかっていた。

オールトマンのオフィスに戻ると、ヴェリスキーはふたたびドアをロックした。「時間はどれくらい必要なんだ？」

「必要な時間にとうてい足りない」オールトマンが、そっけなくがっかりするような答を返した。

「精いっぱいやってくれ、エズラ」

またキーボードを叩く音が聞こえ、オールトマンがいった。「ベス、チャーリー、アンジェラがわたしの家族を救うと、ほんとうに信じているんだな？」

ヴェリスキーは、ためらわずに答えた。「わたしは命を懸けてベスを信じるし、ベスはあの男を信じている。彼らはあなたの家族を取り戻す。自分の役割を果たしてくれ。そうすれば偉業を成し遂げることになる」

ペトロ・モズゴヴォイと生き残りの細胞のチームは、駐車場からビルにはいる横手のロックされたドアから侵入したところだった。クリスティーナ・ゴルボワが先にビルにはいり、警備員たちのそばをすり抜けて、チームが侵入できる場所を見つけ、ドアをあけておいたのだ。

クリスティーナは左に進んで、エレベーターホールに戻ったが、モズゴヴォイのチームは右に進み、飾り気のない通路を歩いていった。突き当たりに従業員専用エレベーターがある。建築作業員の格好が功を奏しているようだった。高層ビルの保守点検・施設管理要員数人とすれちがったが、ちらりと目を向けられただけだった。

エレベーターが三十階に向けて上昇するあいだに、モズゴヴォイの配下はバックパックをおろして、ジッパーをあけ、サブマシンガンは入れたままでバックパックを持ち、すぐに取り出せるようにした。

モズゴヴォイは、チームの面々に向かっていった。「これはおれたちが訓練してきた仕事とはちがうが、おれたちはこの仕事をやる。訓練のおかげでうまくいくはずだ」

だが、そういったとたんにエレベーターの速度が落ちて、二十二階で停止した。

エレベーターのドアがあくと、たちまち火災警報の音が聞こえた。

モズゴヴォイはいった。「やつらだ。おれたちが来るのを知ってる」急いでエレベーターから出た。「階段で行く」

その階は広い一社用のオフィス・スペースで、仕切り付きデスクがあちこちにあった。作業員の服装の七人は、当然、そこで働いていたひとびとに注目された。火災警報が鳴った原因がなんであるにせよ、作業員たちが急いでいるのはそれと関係があるのだろうと思って、オフィスのスタッフたちは私物をまとめた。

モズゴヴォイは階段を見つけて昇りはじめたが、すでにおりてくるひとびとで混雑していた。途中でニューヨーク市警（NYPD）の警官ふたりとすれちがったが、ウクライナ人分離主義者が進むのをふたりとも制止しなかった。

音で出た。

モズゴヴォイは、階段を昇りながらルデンコに電話した。ルデンコが、最初の呼び出し音で出た。

「どうした?」

「やつら、火災警報を鳴らした。おれたちが行くのを知ってます」

「どれくらい離れている?」

「二分か三分」

ルデンコがその情報をだれかに英語で伝えるのが聞こえた。すぐにルデンコがいった。

「ぐずぐずするな。まっすぐオールトマンのオフィスへはいり、ただちにふたりとも殺し、電話やコンピューターをすべて破壊しろ。オフィスを燃やし尽くし、できればビルも燃やせ」

「わかりました」

モズゴヴォイとそのチームは、密集するいっぽうの人混みを押しのけ、二十五階を過ぎて、なおも昇っていった。

ジェントリーとゾーヤは、通路の突き当たりまで行き、格納庫に出るドアを細目にあけて、前方を見た。かなり広い空間だった。ジェット機三機と整備用機材は、左のほうに置かれていた。右は格納庫の壁で、真正面に上に昇る階段と、地階に通じているとおぼしい階段があった。

左前方が格納庫の巨大な扉で、あいていて、駐機場の何機もの飛行機が見えた。その向こうが滑走路だった。格納庫の外側に男がふたり立ち、遠いほうの男は小さなサブマシンガンを片手に持ち、近いほうの男は拳銃を握っていた。

ジェントリーはいった。「おれかきみが気づかれないように二階へ行き、もうひとりがガルフストリームを目指す。ふた手に分かれるしかない」

アンジェラがイヤホンで伝えた。「わたしが日産を使って、ゲートを突破し、注意をそらす」

「だめだ」ジェントリーはいった。「警備員を巻き込むだけだし、そいつらがだれを撃つかわからない」

「でも――」

こんどはゾーヤがいった。「黙らないと接続を切る。こっちはいろいろなことが起きているのよ」

短い間を置いて、アンジェラがいった。「幸運を祈るわ」

ジェントリーはいった。「二八〇〇平方メートルの空間で、五人を相手に拳銃一挺で戦うことはできないし。きみが見られずに二階に行くことはできない」

「あなたの計画はなんなの？」

ジェントリーはつかのままわりを見てから、天井を見あげて、うなずいた。「火事を起こすしかない」

「どうして？」

「大きな赤いドラム缶が、天井からぶらさがっているだろう」

「ええ」

「表にパイプがあるのを見た。格納庫全体が、発泡消火システムで護られている。それが作動したら、深さ一八〇センチの泡がひろがる」

「そうなの？」ゾーヤが、合点がいかない顔でいった。「それがわたしたちの役に立つの……どういうふうに？」

「おれたちが近づくのをごまかせる。おれたちが近づくのがわかっていても、接近するまで見つけられない」

「それから、わたしが二階へ行くのね？」

「きみは二階へ行き、おれはガルフストリームを目指す。どちらかが人質を見つけたら、ここを出るのをもうひとりが掩護する」

「火災報知器を見つけないといけない」ゾーヤがいった。

ジェントリーは首をふった。「こういうシステムは、火災報知器のレバーを引くことで作動するんじゃない。もっと高度な火炎検出器だ。炎を起こさないといけない。それもかなり大きい炎を」

「どこでそんな――」

「ついてきてくれ」ジェントリーはそういって、拳銃をホルスターに収め、表の見張りふたりに目を配りながら、格納庫の床を四、五メートル這って、階段へ行った。ジェントリーは階段をおり、ゾーヤがつづいた。

そこは地階の作業場で、あちこちに装置類が置かれ、機械や溶接機があった。照明は消えていたが、ジェントリーが探しまわるあいだ、上の格納庫の照明であたりがじゅうぶんに見えた。

地階の奥に螺旋階段があり、そこを昇れば格納庫の隅に出られるはずだった。ジェントリーはそれに目を留めてから、作業場の装置類と化学物質を見まわした。

ジェントリーが作業を進めるあいだ、ゾーヤは拳銃を構えて、階段の上の格納庫に向けていたが、なにをやるつもりなのか、見当もつかなかった。

ルカ・ルデンコは、縛りあげた人質がいるオフィスのすぐ先にある二階の会議室に首を突っ込んだ。ＣＩＡの女とドレクスラが、そこで待っていた。いまもマンハッタンにいるドレクスラの監視チームと接続されている携帯電話が、ふたりの前のテーブルに置いてあった。

ルデンコがいった。「モズゴヴォイがいまオールトマンのオフィスを襲撃している。まもなく片づくはずだ」

ドレクスラがいった。「ミッドタウンのカメラによればジェントリーとザハロワがそこにいる気配はないと、わたしのチームはいっている」

ルデンコはうなずいた。「それなら、ここに来ると思っていなければならない。どれくらいかかるかな？　おれたち四人だけで監視しているから、この格納庫内での守りは心もとない」

ドレクスラはうなずいた。「パイロットの準備はできているか？」

「準備しろとおれがいえば、準備できる」

セバスティアン・ドレクスラは腕時計を見て、午前十時だと知った。指を一本立ててから、エズラ・オールトマンのオフィスの直通電話にかけた。呼び出し音が数回鳴ってから、相手が出た。

「なんだ?」オールトマンだった。火災警報がけたたましく鳴っているのが聞こえた。

ドレクスラはいった。「なにをやっているのか知らないが、オールトマンさん、あんたは家族の命をもてあそんでいる」

オールトマンがいった。「交換の準備はできている。だれにもまだデータを送っていないが、キーをひとつ押せば、全世界が知ることになる。家族を解放すれば、それはやらない。わたしはオフィスにいるが、それをあんたは知っている。家族をここへ連れてこい」

ドレクスラは、モズゴヴォイと電話で話をしているルデンコのほうを見た。ルデンコが口の形で、あと六十秒だと伝えた。ドレクスラはうなずいて、わかったことを示した。

「よくわかった、オールトマンさん。われわれはまもなくそこへ行く」

ドレクスラは電話を切り、ジャケットにしまった。「データを送る準備ができているというのは嘘だ。まだ作業をつづけている音が聞こえた。間に合わないだろうな」そこでいった。「唯一の問題は人質だけだ」

ルデンコがいった。「ふたりとも飛行機に乗れ。格納庫を出るまで、おれと部下が護る。そのあと、ひとりをここによこして、オールトマンの家族を撃ち殺す。おれたちは外で乗機する」

CIAの女はなにもいわずに立ちあがり、ドレクスラにつづいてドアに向かった。

うしろでジェントリーがなにをやっているのか、ゾーヤは一分間ずっと見ていなかった。そのあいだにガルフストリームが備えている補助動力装置(APU)が耳障りな低いうなりを発しはじめた。ゾーヤは飛行機のことをすこしは知っていた。ガルフストリームのジェットエンジンを始動するには、APUの温度が安定するまで二、三分、待つ必要がある。APUの音のなかで、うしろのジェントリーがきしむキャビネットをあけているのが音でわかった。ロシア人が階段に近づいたら、格納庫からその音を聞きつけるのではないかと、ゾーヤは心配になった。

肩ごしにちらりと見ると、上に〝可燃液体置場〟と書いてあるキャビネットから、ジェントリーが大きな缶をいくつか取り出していた。

数秒後、ジェントリーがうしろでドライバーを使って缶の蓋(ふた)をこじあけているのに耳を澄ましていたとき、上から声が聞こえたので、ゾーヤは作業場の奥へ駆け戻り、つぎの缶をこじあけようとしていたジェントリーの肩に手を置いて、人差し指を自分の口に当てた。

ジェントリーも声を聞きつけていたので、ぎょっとして、スミス&ウェッソンを抜いて、脚に沿わせて持った。

スーザン・ブルーアの声だと、ゾーヤは聞き分けていた。ブルーアはだれかに話しかけていたが、言葉は聞き取れなかった。声はすぐに、低いうなりをあげているガルフストリームのほうへ遠ざかった。

ゾーヤが見ていると、ジェントリーがアセトンの一ガロン缶を二個持って前進し、そばを通った。ジェントリーが体を低くして奥にある金属製の螺旋階段を昇り、ようやく最上段に缶を置いた。それから戻ってきて、アセチレン・トーチをつかみ、バルブをあけてから、火打ち金(ストライカー)を持ちあげ、トーチのノズルにキャップ形の火口を近づけた。

トーチに点火すると、ジェントリーはそれをゾーヤに渡した。「これをすぐ渡してくれ」またできるだけ身を低くして、螺旋階段を格納庫に向けて昇っていった。

ゾーヤがなおも見ていると、ジェントリーが見まわして、二八〇〇平方メートルの格納庫でだれにも見られていないことをたしかめてから、最初の缶をつかみ、手をのばして、格納庫の床まで持ちあげた。音をたてないように透明な液体をゆっくり流すと、格納庫の広々とした場所に向けて右へ流れていき、そこで床に溜まりはじめた。ジェントリーが肩ごしに確認すると、ロシア人ふたりがいまもだだっ広い格納庫の入口にいるのを見た。ふたりとも外に注意を向けていた。三〇メートル離れたガルフストリームのそばでも動きがあり、二階からも物音が聞こえていた。

最初の缶が空(から)になると、ジェントリーは螺旋階段にそれを置き、二個目の缶の中身を格納庫の床にゆっくり流しはじめた。

半分ほど流したところで、イヤホンがビーッという音をたて、電話がかかっていること
を伝えた。ジェントリーは急いで物蔭にひきかえし、イヤホンを二度叩いて、アンジェラ
やゾーヤとの三者通話を中断し、電話を受けた。

「オールトマンか？」

「やつらが、ここに来たとアレックスがいっている！　わたしのオフィスの外に」

ジェントリーはいった。「ウクライナ人だ。ロシア人じゃない。何人いるかわからない
が——」

オールトマンがさえぎった。自分の身の安全はどうでもいいと思っているのは明らかだ
った。「わたしの家族を取り戻したか？」

ジェントリーはいった。「三〇メートル以内に近づいているし、計画がある。二分後に
は取り戻す。約束する」守れるかどうかわからない約束だったが、データの公開にはオー
ルトマンの助けが必要だとわかっていた。

キーボードを叩く音が聞こえていたので、いい兆候だとジェントリーは受けとめた。

オールトマンがいった。「アレックスがあと二分、敵を食い止めてくれれば、報告をキ
ャサリン・キングに送る。ジャスティン、ケヴィン、セアラをきみが救ってくれると信じ

ている」

「ありがとう」そういってから、ジェントリーはつけくわえた。「幸運を祈る」

「幸運を祈る」オールトマンがいって、電話を切った。

ジェントリーは、ゾーヤのほうへ行って、トーチに手をのばした。

「用意はいい？」ゾーヤがきいた。

「いいよ」ジェントリーはきっぱりといった。「きみは二階に行け。おれは飛行機に行く。オールトマン一家以外のやつは、すべて死ぬ」

ゾーヤが、トーチを自分から遠ざけて身を乗り出し、反対の手でジェントリーの髪をつかんで引き寄せた。ふたりはキスをして、ゾーヤはいった。「わたしたちはやれる」

ジェントリーは笑みを浮かべた。「おれたちならやれる」トーチを受け取り、格納庫に出られる奥の螺旋階段へ行って、音もなく昇った。それから手をのばし、床の上でトーチをふった。

たちまち熱と光が押し寄せ、右側で炎が噴きあがって、四、五メートル先のアセトンが溜まっているところへのびていった。ジェントリーはひきかえして、トーチを投げ捨て、拳銃を抜いた。ジェントリーとゾーヤが地階から昇る後方の階段に向けて走り出したとき、火災警報が鳴りはじめ、格納庫中に響き渡った。

70

「間近だ！」エズラ・オールトマンが叫んだので、ヴェリスキーははっとした。いまのヴェリスキーは興奮しきっているので、ステンレス製のリヴォルヴァーの引き金を引いても、それほど動揺しなかったにちがいない。ヴェリスキーは正面に拳銃を構え、オールトマンのオフィスのガラス戸ごしに、バリケードを築いたロビーの両開きのドアに狙いをつけていた。

「ああ」ヴェリスキーはいった。「やつら、すぐ外にいる。ドアをあけようとしている」

「そうじゃない。作業終了が間近だといっているんだ！　あと二分、敵を食い止めてくれれば、報告をキャサリン・キングに送る」

ヴェリスキーは、五発が装塡されているリヴォルヴァーを見おろし、ちょっとやかましい音をたてる以外のことが自分にできるだろうかと思った。だが、できるだけしっかり狙いをつけながらいった。「ありがとう、エズラ。これまでずっとすまなかった」

うしろでオールトマンがいった。「目を醒ましてくれてありがとう。きょうここに来たことに、どういう理由があるにせよ、きみは偉業を成し遂げる。それを知っておいてもらいたい」

ヴェリスキーは、妹、両親、会うことすらできなかった赤子の甥のことを思った。目に涙があふれた。片手を拳銃から離して涙を拭いたとき、ロビーの両開きのドアが破られて内側にひらき、ヴェリスキーが急いでこしらえたバリケードが、三〇センチ押し戻された。

「やつらがはいってくる！」ヴェリスキーはうしろのオールトマンに向かってどなってから、百本もの西部劇映画で見たように、親指で拳銃の撃鉄を起こし、通路の向こうのドアに狙いをつけた。

表からドアに体当たりされて、椅子やソファが吹っ飛び、小さなライフルを持った人影がひとつ現われた。

ヴェリスキーは撃ち、前のガラス戸が砕けた。拳銃の反動と銃声にびっくりして、ヴェリスキーはつかのま照準をつけられなくなったが、拳銃を構え直して、ロビーにはいり込んでいた最初の男めがけて撃った。

さらに何人もがなだれ込み、ヴェリスキーはまた発砲して、こんどはひとりが倒れるのが見えた。

だが、その男の背後にもうひとりいて、ヴェリスキーが狙いをつけられないくらい動きが速かった。

応射のけたたましい不協和音が響き、ガラス戸を銃弾が貫いたので、ヴェリスキーは左にあったオールトマンのオフィスのソファに跳びあがった。肩ごしに見ると、オールトマンがデスクの蔭で膝(ひざ)をついていたが、なおもモニターを見て、マウスとキーボードを操っていた。

「もっと時間をくれ、アレックス!」オールトマンが叫び、三十五歳のヴェリスキーは、ポケットからスピードローダーを出して、ふるえる手で拳銃に装塡した。

ゾーヤとジェントリーの頭と銃が、同時に螺旋(らせん)階段から出ると同時に、格納庫の三階の高さの天井にある十六基の赤い発泡消火システムが作動した。最初は巨大なシャワーノズルのようなものから何百ガロンもの液体が落ちてきて、わずか二秒以内に濃密な白い泡が高圧で撒(ま)き散らされ、床のあらゆるものを覆(おお)った。

格納庫の扉近くのロシア人ふたりにジェントリーがスミス&ウェッソン・シールドの狙いをつけると同時に、ゾーヤがガルフストリームの前脚にサプレッサー付きのVP9で狙いを定めて二発放ち、前脚のタイヤ二本に命中させた。その直後に泡がコンクリートの床を覆い、視界がさえぎられた。

ジェントリーもほとんど同時に発砲し、GRUの殺し屋ふたりのうち近いほうの男がターゲットを見つけようとして首をまわしたときに、側頭部を撃ち抜いた。三〇メートルほど離れているもうひとりに、ジェントリーは狙いを移そうとした。

滝のように何本も流れ落ちる泡に視界をさえぎられたので、ジェントリーは階段から出て、格納庫の床を突っ走り、ガルフストリームを目指した。

ルカ・ルデンコがガルフストリームのエアステアのそばでかがみ、あちこちに銃口を向けたとき、最初は液体を、つぎに泡を全身に浴びた。

ドレクスラがすでにエアステアを昇っているのは見えたが、二八〇〇平方メートルの空間で十六本の白い泡の柱がどんどん太く、濃くなっていたので、格納庫のそれ以外の部分はまったく見えなかった。

ルデンコは、カパーヘッドを肩の高さに構え、白い泡を透かして格納庫の遠い角を見ようとした。明らかにそこが炎と銃撃の源(みなもと)だったからだ。敵が泡を目くらましに使っているのはわかっていた。相手はきわめて巧緻(こうち)に長(た)けた戦闘員なのだと、気を引き締めた。

「グレイマンとバンシーだ」ルデンコはつぶやき、そのあたりをやみくもに撃ちはじめた。

銃撃が開始されたとき、ジェントリーは床に伏せた。ガルフストリームの機首まで二〇メートル弱離れていたので、胸を床につけ、テーマパークの乗り物に乗っているような感じで滑っていった。頭上を超音速の銃弾が通過し、ロシア人に位置を知られたようだとわかったので、右に横転した。体がとまると、泡のなかで両膝をつき、そのときセバスティアン・ドレクスラが乗降口から機内に姿を消すのが見えた。

ジェントリーはべつのターゲットを探そうとしたが、ガルフストリームの左主翼の近くから連射が放たれたので、ふたたび盛りあがる泡の海のなかに戻り、必死で身を隠そうとした。

イヤホンから、アンジェラの声が聞こえた。「そっちはどうなってるの？」

「スタンバイ（こちらから送信するまで送信を控えろという指示）」としか、ジェントリーは答えられなかった。泡のなかを這い進み、できるだけガルフストリームに接近して、さっと身を起こし、そこにいるロシア人を撃ってから、人質が乗っているかどうかをたしかめるつもりだった。

ルデンコは、片膝をつき、盛りあがる泡に体の一部を隠して、カパーヘッドの弾倉を交換した。右でCIAの女がしゃがんで、やはり泡に隠れていた。「拳銃を渡して」女が要求した。

ルデンコは、カパーヘッドの弾倉交換を終えると、HKを抜いて女に渡した。いまのところは味方だし、銃を持っている味方はできるだけ多いほうがいい。

だが、驚いたことに、CIAの女は敵が撃ってきた方角に狙いをつけなかった。向きを変え、格納庫の奥へ走っていった。そこにもキャットウォークと二階に昇る階段がある。

ルデンコは、あてずっぽうでまた数発放ち、二階に通じているその階段に動きがあるのを、目の隅で捉えた。バンシーだった。右手に拳銃を持ち、全速力で走っていた。オフィスで縛られている人質のほうを目指していた。

ルデンコはカパーヘッドを構えてバンシーを撃とうとしたが、撃たなかった。カパーヘッドの予備弾倉は残り一本だし、拳銃はCIAの女に渡してしまった。それに、この格納庫のどこかでグレイマンが巧みに移動していることはまちがいない。

バンシーがオフィスのドアをあけて、なかに姿を消した。

ガルフストリームの右主翼の下でしゃがんでターゲットを探していたミーシャも、階段での動きを見ていた。ミーシャはルデンコに向かって叫んだ。「ザハロワが二階の人質のところへ行った！　おれがザハロワを殺る！」

ミーシャが主翼の下から跳び出して、泡のなかにはいり、カパーヘッドを前に構えて、二階のオフィスに通じている階段に向けて走った。

スーザン・ブルーアが乗る予定のCIAのジェット機は、まだ到着していなかったので、格納庫で銃声が鳴り響きはじめたとき、ドレクスラのあとからガルフストリームに乗り込んで逃げることを考えた。だが、すぐに思い直した。ガルフストリームは、武装した襲撃者たちによって簡単に飛べなくなるおそれがある、パイロットたちがそれを格納庫から出すまで、格好の的になってしまう。

だめだ。ジェントリーとザハロワがここにいるとしたら、生き延びて逃げるには、人質を交渉の材料にするほかに勝機はない。

それには、GRUの男たちの機先を制しなければならない。ルデンコはすでに人質を撃ち殺せと命じているにちがいないから、いざという場合には、そいつらを狙い撃つ。

格納庫の奥にある階段を使うのは、銃撃の源から離れているからだったが、人質のところへ行くには遠まわりになる。

ひろがるいっぽうのすさまじい泡のなかに、これまで会ったなかでもっとも危険な人間がふたり潜んでいるのを強く意識していたので、スーザンは、拳銃を前に構えて、できるだけ早く移動した。

オールトマンの家族に銃を突きつけ、ジェイ・カービーが手配したジェット機が到着するまで交渉して、ここからさっさと逃げ出さなければならない。

71

アレックス・ヴェリスキーは、リヴォルヴァーで通路ごしにオフィスのロビーに向けて何発撃ったか、わからなくなっていた。すでに二度、装塡(そうてん)していたが、もう一発か二発しか残っていないはずなので、ドアのほうへ這(は)ってひきかえした。

敵の銃撃が弱まっていた。角から覗(のぞ)いたとたんに撃ち殺され、オールトマンが作業を進める時間がなくなるとわかっていたので、覗かないように我慢していた。

ヴェリスキーは、ウクライナ語で叫んだ。「さあ来い(ダヴァーイ)！　こっちには機関銃がある！」

ひとりがウクライナ語でどなり返した。「だったら、どうしてその拳銃を使っているんだ、くそったれ」

もっともな疑問だとヴェリスキーは思ったが、答えなかった。その代わりにドアの近くに陣取り、相棒のほうをふりかえった。

「あとどれくらいだ？」

「数秒だ！　何秒かあればいい！」

ヴェリスキーは鼻を鳴らして立ちあがり、前で拳銃を構えた。一歩右へ進み、通路のまんなかを近づいてくるターゲットを見つけて、撃った。

とたんに、シャベルで殴られたような衝撃を胸の右脇に感じ、つづいて首の右側に刺されたような痛みが走って、ヴェリスキーは身をよじり、仰向けに倒れた。

リヴォルヴァーが、ヴェリスキーの手から転げ落ちた。

ニュージャージー州の空港の格納庫では、コート・ジェントリーが泡のなかからさっと身を起こし、そのとたんに複数のターゲットを見つけた。パイロットふたりがガルフストリームから逃げ出して走っていた。距離は七、八メートルで、すでにジェントリーの近くを通り過ぎ、ターミナル側のドアを目指していた。

ジェントリーはそのふたりを撃たず、泡に覆われた床で巨大な航空機整備用カートを押して、それに身を隠しながらガルフストリームに近づこうとしていたGRUの男に狙いをつけた。

その男には姿を見られないはずなので、ジェントリーは撃つのを控え、さっと向きを変えてマタドールを探した。

マタドールの姿は見当たらなかったが、セバスティアン・ドレクスラがガルフストリームから出てきて、濃い白い泡のなかを格納庫の扉に向けて足をひきずりながら歩いているのが見えた。ジェントリーはターゲットを四つ捉えていたが、そのうち三人は逃げているので、見逃すことにした。それに、カートを押している男を撃てば、マタドールがどこに隠れているにせよ、撃ってくるにちがいない。

くそ、ジェントリーは思った。カートに注意を戻し、カートの底があるとおぼしい下のほうに狙いをつけ、弾丸が跳ねるのを計算に入れて、さらに下を狙った。

盛りあがる泡のなかに、ジェントリーは二発をたてつづけに放った。男が悲鳴をあげて、身を起こし、頭と上半身があらわになった。

ジェントリーはすでにスミス&ウェッソン・シールドの狙いをカートの上に移していたので、一発放ち、GRUの殺し屋の顎にそれが命中した。

GRUの男が、濃い血飛沫をあげ、その向こうの泡のなかに見えなくなった。

ジェントリーは狙いを左にずらして、マタドールを探したが、不意にだれかがジェントリーのほうへ撃ちはじめた。銃口炎がガルフストリームの主脚の蔭で光るのがちらりと見えたが、ジェントリーはそこに狙いをつけなかった。濃い白い泡のなかに戻り、右に何度も横転して、敵に姿を見られた場所から、できるだけ遠ざかろうとした。

敵の射撃は、大きくそれてはいなかった。銃弾が体の近くでうなりをあげて飛ぶのがわかったので、撃っているのはマタドールにちがいないと、ジェントリーはすぐに気づいた。ガルフストリームの主脚の蔭にいる男が、弾倉の全弾を撃ち尽くしたので、ジェントリーはまた泡に身を隠して、床を這い進みはじめた。

エズラ・オールトマンは、デスクの蔭で床にひざまずき、ふるえる手でキャサリン・キングのメールアドレスを打ち込んだ。クレムリンと西側のエンドユーザーのあいだの金の流れをオールトマンが分析したものがすべて収められているファイルフォルダーを、それに添付した。ソフトウェアの解析と結論に目を通す時間がなかったので、その九九パーセントをオールトマンは見ていなかった。

それでも、データは完璧に処理されていたし、数百個のファイルに収まり、すべてが一個のフォルダーにまとめられていた。それをメールに添付すれば、あとはキーをいくつか押すだけで、即座に送信される――。

オールトマンは、右肩に激しい衝撃を感じ、ひざまずいた格好で体がまわった。デスクのうしろの本棚に顔をぶつけ、仰向けに倒れた。

本や思い出の品々が、本棚からオールトマンの上に落ちてきた。

また銃撃がまわりに襲いかかり、オールトマンの上でコンピューターのモニターが揺れた。オールトマンが左右を見ると、片腕と書類が血にまみれ、椅子のマットにも血が飛び散っていた。

だが、オールトマンは血のことなど気にしていなかった。キーボードのことが心配だった。体がまわったとき、メールを送る前に、キーボードをデスクから落としてしまった。それに、ヴェリスキーが、オフィスに侵入されるのをなんとか食い止めていたので、襲撃者たちはコンピューターを狙い撃って破壊しようとしていた。

キーボードを見つけて、メールを送信しなければならない。だが、右手をのばしたとき、激痛に呑み込まれて、オールトマンは仰向けに倒れた。

ゾーヤ・ザハロワは、テターボロ空港の格納庫の二階で、拳銃を前に構え、ゆっくりと廊下を進んでいた。泡が体にくっついていて、一歩ごとに落ちていたが、それでも石鹸(せっけん)の泡にくるまれているような心地だった。

ゾーヤは、廊下を半分進んだところで、左側のドアに片手をかけてあけた。拳銃を前で構え、引き金に指をかけて、なかにはいった。

そこは会議室で、だれもいなかった。ゾーヤは廊下を出て、つぎのドアを目指した。

サプレッサー付きの九ミリHKを構え、ノブをまわしてドアを押しあけると、そこは仕切り付きデスクが四カ所にある狭いオフィスだった。

壁ぎわに赤毛の女と顔立ちの整った黒い髪の男の子ふたりがいるのが見えた。三人とも、オフィスの椅子に厳重に縛りつけられていた。男の子ひとりは椅子が倒れて、床に横たわっていたが、三人とも生きていて、見たところ怪我はしていないようだった。

ゾーヤはほっとして溜息をつき、イヤホンを使って伝えた。「二階で人質を確保している。これから拘束を解いて――」

廊下の左手から銃声が響き、ゾーヤは身を隠すために部屋に跳び込んで、床に激突し、イヤホンが耳から落ちた。

急いで戸口に戻り、拳銃を前に突き出し、廊下を覗いた。

そのとたんに、カパーヘッド・サブマシンガンで狙いをつけようとしているGRUの殺し屋が見えた。ふたりが同時に撃ち、ゾーヤは頭と腕を部屋のなかにひっこめた。

うしろで縛られている人質三人は無力だし、すべては自分の双肩にかかっていると、ゾーヤは気づいた。GRUの男が接近するのを願って数秒待ち、銃を左手に持ち替えて、廊下に身を乗り出しながら撃った。頭と左手しか敵に見られないその体勢で、五、六メートルしか離れていない敵に向けて、片手撃ちで何発も放った。

四発目で左腕に衝撃を感じたとき、ゾーヤは体の向きを変えて後退し、両膝(ひざ)をついた格好で、完全に身をさらけ出した。

ふたたび銃弾がうなりをあげてそばを飛び、ゾーヤはカーペットを敷いた床の上で仰向けになって、片手でなおも撃ちながら、床に背中をつけた。

そうしながら、弾丸が足の上を越すようにターゲットめがけて撃ちつづけ、それだけに注意を集中した。

ロシア人は被弾して両膝をつき、前かがみになっていたが、それでもサブマシンガンを構え、弾丸を撒(ま)き散らしていた。

狙いやすいようにゾーヤは上半身を起こし、拳銃を両手で握って、右手に握り直すために体をまわしかけた。だが、体勢を整える前に、左肩に衝撃を感じ、あらたな熱い痛みが左前腕を突き抜けた。ゾーヤは痛みと恐怖をこらえて、ＨＫの引き金を引き、一発がロシア人の左こめかみをかすめて、左脇に当たった。つぎの一発が、下腹に命中した。

ロシア人がくずおれて、顔から床に倒れ、自分の武器の上に横たわった。ゾーヤは足のあいだから男の頭頂にとどめの一発を撃ち込んだ。

ゾーヤの拳銃の弾薬が尽きて、スライドが後退したままになった。ゾーヤは倒れて、うしろの床に頭がぶつかった。

ゾーヤは撃たれ、弾薬が尽き、人質は縛られたままだった。ジェントリーがどうなったのかわからなかったが、ここで助けを待つしかなかった。

体から血がどんどん流れ出ていたが、死んだロシア人の武器をまず拾いあげてから、うしろのオールトマン一家を救出するために、右腕と脚で廊下のほうへ這っていった。

ジェントリーは、泡を抜けて滑りやすい格納庫をすばやく横切り、ガルフストリームを目指した。マタドールに忍び寄ろうとしていたので、ゾーヤに話しかけることはできなかったが、そのあいだずっと、二階でふたりが激しく撃ち合っている音に耳を澄ましていた。なんでもいいからゾーヤから連絡があることを願い、できるだけイヤホンにも注意を払っていた。

人質が二階にいて、ゾーヤが命懸けで戦っているのがわかっていたので、ジェントリーは足を速めた。わずか数メートル進んだところで不意に身を起こし、たちまちふたつのことに気づいた。一、ガルフストリームの主脚が左にあり、三メートルも離れていない。二、マタドールはその位置から移動し、目の前に立っていて、二階に銃の狙いをつけている。

ジェントリーとマタドールは、同時に相手に気づき、それぞれのターゲットに銃を向けて発砲した。

ジェントリーは、九ミリ弾がわずか数センチの差で顔の左を通過するのを感じ、自分もあわてて撃ったために、やはりマタドールの顔には当たらなかった。

だが、ジェントリーはのばした腕に拳銃を握っていて、マタドールがサブマシンガンの銃口の向きを変えたとき、二挺の銃がぶつかり合った。拳銃は吹っ飛ばされて泡のなかに落ちた。マタドールがまた発砲したが、衝撃で銃弾が大きくそれた。

ジェントリーはマタドールが首から吊っていたカパーヘッドのフォアグリップを片手でつかみ、狙いをそらしつづけた。突進し、マタドールに体当たりし、ふたりは泡で滑って、床に倒れた。

ふたりはサブマシンガンを自分のものにしようとして、素手で戦った。だが、ジェントリーは不意にカパーヘッドから手を放し、負い紐のバックルをカチッとはずした。そのあいだにマタドールがカパーヘッドを取り戻したが、銃口をターゲットに向けようとしたとき、ジェントリーが渾身の力をこめて弾倉をひっぱった。カパーヘッドがマタドールの手から吹っ飛び、床を滑って遠ざかった。

マタドールが拳銃を持っているかどうか、ジェントリーにはわからなかったので、跳びかかり、泡のなかでパンチを浴びせ、股を膝蹴りした。

マタドールが腰投げでようやくジェントリーを払いのけた。ジェントリーは仰向けに着地し、マタドールがべつの銃かナイフを持っていた場合のために、泡のなかをあとずさって離れた。

格闘しているあいだにイヤホンをなくしたことに、ジェントリーは気づいた。ゾーヤが生きているかどうかわからず、アンジェラに助けにいってもらうよう頼むこともできなくなった。ジェントリーはそのことを頭から締め出し、アンジェラにはなにもできないし、こいつをどうにかして二階へ行くほかに、ゾーヤを助けることはできないと、自分にいい聞かせた。

それに、そのためには武器を見つけなければならない。両膝をついてさっと向きを変え、体を起こして、いまも一五〇センチくらいの高さに盛りあがっている泡に隠れて、身を低くしたまま、拳銃を持った男をさきほど斃した航空機整備カートのほうへひきかえした。

正面のドアの向こうにある廊下で、四十五秒前から猛烈な撃ち合いがくりひろげられるあいだ、スーザン・ブルーアは階段のてっぺんで体を丸めてうずくまっていた。

やがて銃声が熄んだ。スーザンはしばらく待ってからゆっくり立ちあがり、ノブに手をかけた。

廊下に出る前に、一階の格納庫を見おろした。数メートルの高さの泡がすべてを覆い、ジェット機の主翼の上まで達していた。天井の消火システムは、最後の液体と泡を放出しているところだった。それでも、さきほど下の格納庫から銃声が聞こえたので、人質が生きているようなら前進して確保するのが唯一の選択肢だと、スーザンは思った。

スーザンはドアをあけて、廊下に出た。左に三メートル進んだところで、右に折れているとわかった。角まで行って、銃を構え、さっと右を向いた。たちまち、ぞっとするような光景に出くわした。

ロシアのGRUのひとりが、廊下のまんなかでくずおれていた。顔が下を向き、頭が割れて、スーザンのほうまで、二メートル近くカーペットに血が飛び散っていた。

その死体のすぐ前に、ゾーヤ・ザハロワがいた。負傷しているのは明らかで、腹這いになり、血が左腕と背中の上のほうから流れ出し、死んだ男のずんぐりした形のサブマシンガンを右手で引き寄せていた。

スーザンはマタドールから渡された拳銃をすばやく構えたが、ゾーヤが同時にスーザンを見て、床に伏せたままサブマシンガンを持ちあげた。

スーザンは撃たなかった。急いで廊下の角をまわって、身を隠した。

そこですぐにいった。「いいこと、アンセム。あなたはかなりひどく撃たれている。わたしはあなたを助けられる。よく考えて。いまあなたが死ぬよりも生きているほうが、わたしの役に立つのよ。銃を置いて。わたしが助けにいくから」

ゾーヤの声は弱々しかったが、きっぱりといった。「ぜったいに断わる、くそ女」

スーザンは小さな笑みを浮かべ、決然とした目つきになった。「あなたの恋人がまだ生きているようなら、わたしがあなたを捕らえていたら、わたしを殺そうとはしないでしょう。それくらいわかるはずよ。嘘じゃない。あなたを生かしておく。このとんでもない状況から脱け出すために」

ゾーヤが、数秒後に答えた。「わかった。いいわ。銃を置く」

スーザンは、それを信じなかった。壁ぎわで床の近くまで伏せてから、銃を持った手をのばした。角からスーザンの顔が出たとたんに、ゾーヤが発砲した。

スーザンは、身をかがめて逃れながら応射した。

「過ちを犯しているわよ」スーザンは、廊下に向けて叫んだ。

「これが最初じゃない」ゾーヤが応じた。かなり声が弱々しくなっているのがわかった。

もう戦いに勝ったと、スーザンにはわかっていた。アンセムは失血死しそうになっている。

あと一分か二分待ち、オールトマンの家族を捕らえて交渉材料にすればいいだけだ。

72

身を低くして濃い泡のなかを一五メートルほど走ったジェントリーは、GRUの男がジェントリーに撃たれる前に身を隠すのに使ったカートを、手探りで探し当てた。そこで両膝(ひざ)をつき、カートのうしろに這(は)い込み、手であたりを探った。死んだ男の足に触れ、腕までたどった。どちらの手にも銃はなかったが、ジェントリーは泡をかきまぜて、懸命に探した。

「それじゃ」うしろからロシアなまりの声が聞こえた。「おまえがあの有名なグレイマンか」

戦術だというのを、ジェントリーは知っていた。マタドールは、口をひらかせて、位置をつかもうとしている。

ジェントリーは黙って、ただ手探りして、武器を見つけようとした。

「おれが予想したとおりの反応だ」マタドールが、すこしよろこんでいるような声でいった。

ジェントリーの手は消火剤のせいで滑りやすかったが、必死で探しつづけた。

「おまえの大切な相棒のバンシーは、おれの大切な友だちのセミョーノフ（愛称はミーシャ）軍曹と二階で出会ったようだ。それで彼女はどういうことになっただろうね」

ジェントリーはたじろいだ。ゾーヤは独りで人質を救おうとしていた。いっしょに行くべきだった。支援する手立てを見つけるべきだった。

「おそらく」マタドールが話をつづけた。「ヴェリスキーとオールトマンとおなじようなことになったんじゃないかな。ふたりはモズゴヴォイや保安大隊(SSB)のチームと会ったはずだ」

ジェントリーは、また顔をしかめた。マタドールのいうことが事実で、オールトマンとヴェリスキーが死んだかどうか、判断のしようがなかった。だが、マタドールは自信ありげな口調だった。それでも、ジェントリーは罪の意識を払いのけて、結果に影響をあたえるただひとつのことに注意を集中した。探しつづけているうちに、工具のようなものに手がぶつかった。それがすこし滑ったが、すぐにジェントリーはヘッケラー＆コッホＶＰ９のグリップをつかんでいた。ジェントリーはスライドをすこし引いて、薬室に弾薬があることをたしかめた。

弾倉は確認しなかった。一発あれば事たりる。

ガルフストリームの近くから長い連射が聞こえたとき、ジェントリーは航空機整備用カートの蔭にしゃがみ、銃声が熄むのを待った。

銃声が熄むと、ジェントリーはカートの蔭から立ちあがり、ガルフストリームの尾部の右側に狙いをつけて、そこの泡のすぐ上に照準を合わせた。そこが銃撃の源だったからだ。

広大な格納庫は、数秒のあいだ静かだった。滑走できなくなったガルフストリームの補助動力装置が執拗にうなっているのが、唯一の物音だった。位置を確認できるようにマタドールがなにかをいうのを、ジェントリーは待っていたが、なにも聞こえなかったので、自分からことを起こさなければならないと、ジェントリーは決断した。

広い空間に向けて、ジェントリーは叫んだ。「おい、マタドール。足のぐあいはどうだ？」

突然、遮掩に使っていた整備用カートが腰に激突し、ジェントリーはうしろに投げ出された。床に倒れた瞬間に、ＨＫから一発放ったが、そのときカートが両脚に叩きつけられた。

マタドールが泡のなかをジェントリーの位置へ忍び寄り、いまではカートの反対側にいた。

拳銃がジェントリーの手から転げ落ち、またしても高さが二メートル近い泡のなかに見えなくなった。ジェントリーは必死でカートのいちばん上の引き出しをあけて、なかに手を突っ込み、最初に触れた工具をひっぱりだした。大型のレンチだった。

そのとき、短い連射が聞こえた。マタドールがカートの上から撃っていた。一二〇センチしか離れていなかったが、ジェントリーは床に伏せていたので、当たらなかった。

銃撃が不意にとまった。どうやらカパーヘッドの弾倉が空になったようだった。

ジェントリーはカートを押して、マタドールに叩きつけてから、上を跳び越え、横転して、向こう側の泡のなかでマタドールの真上に落ちた。マタドールは片膝をつき、SIGザウアー・カパーヘッドのボルトリリースレバーを戻そうとしていた。

ジェントリーは着地したときにレンチをふって、マタドールの左前腕を殴り、カパーヘッドを吹っ飛ばした。マタドールが右手でパンチをくり出し、ジェントリーの顎を殴った。泡がひろがっているせいで、ふたりとも相手がよく見えなかった。

一瞬茫然としたジェントリーは、レンチを落とし、カートの角に背中をぶつけた。その拍子にカートがぐるりとまわった。マタドールがよろけながら立ちあがり、ジェントリーの上を乗り越えて、カートの引き出しに手をのばし、大きなボールピーンハンマーを出した。ジェントリーの頭めがけてマタドールがハンマーをふりおろしたが、ジェントリーが真上の引き出しをあけ、ハンマーはそれに叩きつけられた。

あいた引き出しに手をのばしたジェントリーが、最初に触れた工具をひっぱり出したとき、ボールピーンハンマーがまたふりおろされた。

ジェントリーは転がって離れた。把手がプラスティックでかなり重い工具がなんなのか、まだわからなかった。

カートの反対側に這ってまわることで距離をあけ、そこで立ちあがり、敵に見つけられ、とどめを刺される前に、敵を見つけてとどめを刺そうとして、必死で見まわした。

ペトロ・モズゴヴォイは、オフィスの通路で部下を先導し、生きているものがいれば頭を下げさせるために、戸口から見えるデスクに連射を浴びせた。数分前から応射がまったくないので、ウクライナ語で叫んだ拳銃を持っていた男は死んだか、怪我のために戦えなくなっているのだと確信していた。

だが、拳銃を持ったその男は、おもな目標ではなかった。目標はオールトマンと、オールトマンが握っている情報だった。だから、モズゴヴォイは、奥のオフィスのドアの縁に向けて、どんどん進んでいった。

これは、ホテルのロビーでウクライナ外相を襲撃するための訓練と、まったくおなじだった。

きょうこのオフィスビルで行なっている任務は、それと比べれば規模が小さく、はっきりいってずっと簡単だった。たしかに、あわれな若いオレク・クズメンコは、一五メートルうしろの戸口で撃ち殺され、エフ・ネステレンコは足首を撃たれていたが、あとは全員が敵に迫り、ドンバスの栄光のために戦っている。

モズゴヴォイは、誇りに胸をふくらまし、オフィスに駆け込んで、すばやく左を見てから、前方のデスクと、右側のソファの向こう側に目を向けた。

血まみれの男が、ソファにもたれて床に座り込んでいた。拳銃を構えて、モズゴヴォイの顔に向けていた。ウクライナ分離主義者の指揮官のモズゴヴォイが、カパーヘッドの引き金を引いたとき、目の前に閃光(せんこう)が見えて、モズゴヴォイの世界は終わりを告げた。

銃創を負っていたせいで、オールトマンはかなり苦労したが、ワークステーションとつながっているコイルケーブルからぶらさがっていたキーボードをようやく見つけた。手が届かないところだったので、痛みと力を入れたためにうめきながら、左肘(ひじ)をついて三〇センチ左に移動した。

オフィス内で短い銃撃のやりとりが聞こえ、デスクの向こう側でだれかが床に倒れる音が聞こえた。

キーボードに手をのばしたが、銃弾が何発もうしろの本棚に突き刺さり、オールトマンは床に伏せなければならなかった。もう一度横に移動しないと、キーボードに手が届かない。

オールトマンは急いで横に動き、手をのばしたときに見あげた。いまではデスクの横にまわっていたので、上半身を起こしてソファにもたれているヴェリスキーが見えた。白いシャツにいくつも赤い花が咲いたようになっていたので、何発もくらっているのだとわかったが、まだ生きていた。ふたりは目を合わさなかった。ヴェリスキーは拳銃を左手で握り、正面に構えていた。首の右横からも血が噴き出していた。

ヴェリスキーが叫んだ。「偉業を成し遂げたか？」

オールトマンは、一メートルほど離れたところにぶらさがっていたキーボードを見て、怪我をしていないほうの腕でそれに跳びついた。血まみれの指をリターンキーに置きながらいった。「われわれはそれを成し遂げた、友よ」

オールトマンはリターンキーを押し、メールが送られた。

正面にヴェリスキーが見えた。そのとき、ヴェリスキーは頭を撃ち抜かれた。ソファに倒れ込み、拳銃が動かなくなっていた右手のそばに落ちた。オールトマンは仰向けに倒れ、横たわった。その上で武装した男たちが、オールトマンのところに押し寄せた。

「間に合わなかったな、おまえたち」オールトマンが笑みを浮かべていい、ウクライナ人分離主義者のひとりがその額を撃ち抜いた。


格納庫ではコート・ジェントリーとルカ・ルデンコの荒々しい戦いで、床の一部の泡が消え、ジェントリーははじめてルデンコをはっきり見ることができた。ルデンコのブロンドの髪はずぶ濡れになり、木の柄のハンマーを頭の上に高くふりあげ、激しい敵意をみなぎらせていた。

ジェントリーも自分が持っている工具を見た。長さ四〇センチの鋼鉄のバールで、先端が尖っていた。距離が短ければ突き刺すのに格好の武器だったが、敵はそれが届かないところにいて、やはり必殺の武器を持っている。

荒い息をしながら、マタドールがいった。「おまえは任務に失敗した。こんどは自分の命も失うんだ！」

ジェントリーは突進して、大型のカートに体当たりして、不意を衝かれたマタドールが押されてうしろによろけた。ジェントリーは片膝をついて、カートに肩をくっつけ、渾身の力をこめて持ちあげた。

工具が満載された巨大なカートは、重さが九〇キロもあったが、ジェントリーはそれを傾けて、仰向けになりかけていたマタドールの上に押し倒した。マタドールの両脚がカートと床のあいだに挟まれて、動けなくなった。マタドールが苦痛のあまり悲鳴をあげ、ハンマーを投げたが、ジェントリーの頭の上に高くそれた。マタドールが、必死でまわりの泡のなかを手探りした。

ジェントリーがカートの上によじ登ったとき、マタドールの手が泡から出てきた。九ミリHKを握っていた。ジェントリーは前方に跳びおりて、長い鋼鉄のバールをマタドールの胸に突き刺した。

拳銃が発射され、弾丸がジェントリーの顔から数センチのところを飛び、マタドールが衝撃と痛みのためにひとつあえいだ。ジェントリーは上にのしかかり、マタドールが最後の息を吐き出すのを感じ取った。

三十秒近く廊下から物音が聞こえなかったので、スーザン・ブルーアは立ちあがり、角から覗(のぞ)いた。

ゾーヤは仰向けになり、武器は横の床に落ちていて、スーザンのほうに向けられてはいなかった。体の下の廊下のカーペットに血が染み込んでいた。ゾーヤが頭をあげて、スーザンを見ていた。

スーザンは、拳銃をゾーヤに向けた。「弱っていて撃てないの？　それとも弾薬切れ？」

ゾーヤがカーペットに頭を戻し、天井を見つめた。「あんたを撃てないほど弱ってはいない」

スーザンは廊下に出た。「だったら弾薬切れね。よかった」奥の手を隠しているかもしれないので、何カ所も撃たれているゾーヤに拳銃を向けたまま、スーザンは歩きはじめた。だが、ゾーヤはじっと横たわり、まばたきをして、涙が顔を流れはじめた。まわりでカーペットに血が染みていた。

「下でもう撃ち合っていない」一歩ごとに自信を強めながら、スーザンはいった。ゾーヤを制圧しているし、なにもやらなくてもゾーヤはいまにも死にそうに見える。「つまり、あなたの味方かわたしの味方が、もうじきここに来るはずよ。そこの部屋に人質がいるはずだから、結局、あなたはもういらなくなった」

ゾーヤは唇を嚙んで、目を閉じてからいった。「黙ってさっさとやりなさいよ、スーザン」

73

ジェントリーは、マタドールの死体のそばから拾いあげた拳銃を握って、階段を二階へ駆けあがった。なにがなんでもゾーヤを助け、オールトマンの家族といっしょに救出しようと必死になっていた。

手遅れでなければ。

二階の廊下にはいるドアに片手をかけたときに、一発の銃声が大きく響いた。

銃声は、ドアの向こうから聞こえた。

ジェントリーの全身に恐怖のおののきがひろがった。ドアをあけ、拳銃を高く構えて、廊下に駆け込んだ。三メートル左に移動し、角まで行ってから、かがみ撃ちの姿勢でそこをすばやく曲がった。

ゆっくり身を起こし、目の前の光景を見てとった。

廊下にベージュ色のコートを着ている人影が立ち、銃を向こうに向けていた。その人影の前で、GRUの殺し屋がひとり、血まみれのカーペットにうつぶせに倒れていた。その死体の向こうに、ゾーヤ・ザハロワが目を閉じて仰向けに横たわっていた。

ゾーヤは動いていなかった。

ジェントリーは身を起こして、正面の人影を撃とうとしたが、人影が銃を下に向け、ふりむいてジェントリーのほうを見た。

アンジェラ・レイシーの顔には、恐怖と信じられないという表情が固まっていて、ショック状態に陥りかけているように目の焦点が定まっていなかった。銃が床に落ちた。

アンジェラが脇に一歩どいた。

アンジェラの三メートル向こうに、スーザン・ブルーアが仰向けに倒れていた。曲げた脚が体の下になっていた。目があいていて、まばたきをして、ジェントリーのほうを見つめた。赤く光る血が胸であっというまに花のようにひろがった。

ジェントリーは信じられない思いだった。アンジェラに近づいて、床から銃を拾いあげてから、スーザンに近づいた。アンジェラがゆっくりあとをついてきた。スーザンがなおもジェントリーのほうを見あげ、喉から音が出た。

アンジェラが、ジェントリーの腕をつかんだ。

「彼女……息をしている。助けないと――」

ジェントリーは首をふった。「息じゃない。あれは死戦期呼吸(アゴナル・ガスプ)。死ぬ前に最後にたてる音だ」

スーザンがゆっくりと白目をむきはじめ、溜息のような音が口から出てきた。アンジェラは恐怖のあまりすくんでいたが、ジェントリーはすでに向きを変えていた。スーザンのことはもう考えずにそのそばを通り、ゾーヤのほうへ走っていって、そばで両膝(ひざ)をつき、顔を覗(のぞ)き込んだ。

ゾーヤは生きていた。目をしばたたき、またまばたきをして、低い声でいった。小さな声だったので、ジェントリーはどうにか聞き取った。「人質は無事よ。オフィスにいる」

ジェントリーの目に涙があふれ、ゾーヤの体を横に動かして、射入口と射出口を見た。弾丸は左肩甲骨(けんこうこつ)に当たり、胸椎(きょうつい)からわずか二・五センチのところで筋肉を通過して射出していた。出血は多かったが、かなり幸運だとジェントリーにはわかった。

もう一発は前腕を上に抜け、三発目は左腕のもっと上のほうで、肩のすぐ近くに当たっていた。ここから運び出さなければならないとわかっていたので、明らかに痛がっているのもかまわず、ジェントリーはゾーヤを消防士搬送(ファイアマンズ・キャリー)の形でかつぎあげた。

ゾーヤが悲鳴をあげたが、あとで謝ればいいと、ジェントリーにはわかっていた。

肩ごしに見ると、アンジェラがなおも死んだスーザン・ブルーアを見おろしてじっと立っていた。アンジェラが我に返るように、ジェントリーはどなりつけた。「人質だ！　いましめを切って、それから下に来てくれ。おれはベスを運ぶ」

アンジェラが、足もとの死体から目をそむけていった。「日産をとめてある。ドアのそばに」

「よくやった」ジェントリーはいった。そんな誉め言葉では足りないと思ったが、ゾーヤをかついで階段のほうへひきかえした。

日産を運転し、フレッド・ウェーラン・ドライヴを近づいてくる消防車数台とすれちがって、殺戮の場から猛スピードで遠ざかるあいだも、アンジェラ・レイシーは衝撃から脱していなかった。

アンジェラと日産に乗っていたジェントリーたちは、ツキに恵まれた。警察車両が何台か、現場から遠ざかる黒いメルセデスを追うのが見えた。ドレクスラが来るときに乗っていた車だったが、ドレクスラが乗っているのか、それとも運転手が役目を捨てて自分だけ逃げようとしているのか、見当がつかなかった。

ジェントリーはリアシートにゾーヤとともに乗っていて、キャサリン・キングとの電話を終え、日産アルマーダの後部にあった自動車用防災用品のかなり基本的な応急手当用品で、精いっぱいの手当てを再開していた。それをやりながら、ジェントリーはアンジェラに大声でいった。

「傷はすべて筋肉を通過している。動脈、骨、主要臓器は傷ついていない。出血もほとんどとめた。生き延びられるが、もっと医療品が必要だ。肩に弾丸が一発残っている。摘出するのに外科医が必要だ」

「どこへ行けばいいの？」

「ここから遠いところだ。なにもかも、安全なところへ行ってから考えよう」

「わかった」

ジェントリーはゾーヤの手当てをつづけながら、ふたたびアンジェラに向かっていった。

「どうして格納庫にはいったんだ？」

「あなたたちふたりが応答しなかったからよ。もちろん銃声はすべて聞いていたから、この車に乗って、警備員詰所に向かった。警備員のそばを突破しようと思ったんだけど、そのとき警備員たちがターミナルに向けて走り出した。パイロットらしい男がふたり、ドアから出てきて、撃ち合いがはじまったので、そのまま乗り入れて、ターミナルの横を通り、格納庫にまわった。

泡だらけで床の上はなにも見えなかったけど、二階で撃ち合っているのが聞こえた」アンジェラは、運転しながら肩をすくめた。「なかにはいった。どうしてかわからない」ゾーヤはほとんどしゃべらなかった。失血でひどく弱っていたからだが、そっとつぶやいた。「ありがとう」

アンジェラは、それを聞かなかったようにふるまった。「わたしは一生、刑務所にいることになる」

ジェントリーは上半身を起こし、ルームミラーに映っているアンジェラの顔を見た。

「そうはならない」

「どうしてそういえるの？　状況にかかわらず、わたしは――」

「アンジェラ」ジェントリーはさえぎった。「このくその山にパーティハットをかぶせる方法がひとつある」

アンジェラが、ルームミラーを見あげた。「いったいどういう意味？」

ジェントリーは、一瞬考えてからいった。「きみはブルーアを撃たなかった」

「なんですって？」

ジェントリーはいった。「きみは撃たなかった。おれが撃った」

「わたしがそこにいたのよ。あなたはいなかった。わたしが彼女を撃った」

「その罪をかぶったら、きみは終わりだ。きみはスケープゴートにされて、ブルーアがヒーローになるだろう。ブルーアはカービーのために働いていたから」

「わたしがこの罪をかぶったら……そうね……わたしが犯してきた数々の失敗のひとつということになる。世間はそう見る」

アンジェラは首をふった。「でも、あなたに罪をかぶってもらうわけには——」

ジェントリーはさえぎった。「おれがそうするしかないんだ。いいか、おれはきみを信じている、アンジェラ。きみは局(エージェンシー)がまさに必要としている人間になれる。七階の善良な幹部に。物事をあるがままに見て、それでいて信頼を失ったことがない人間に。スーザン・ブルーアのせいで、これまでおおぜいの人間が破滅した。きみはそうなってはならない」

「でも……あなたはどうするの?」

ジェントリーは肩をすくめて、ゾーヤを見おろした。ゾーヤは意識を失っていたが、ジェントリーは心配していなかった。傷は安定しているし、きちんと手当てを受けるまで、包帯がもつはずだった。ジェントリーはいった。「正直いって、おれに関しては、これまでとたいして変わりがないと思う」

アンジェラは、涙をぬぐっていた。「この嘘をどうやって押し通せばいいのか、わからない」

「きみたちは嘘をつくように訓練されているじゃないか、アンジェラ。いいか、おれたちは人質を救出した。オールトマンが突き止めた事実を、キャサリン・キングが公表する。これが終わったときには、きみの本部での立場は、かなり強くなっているだろう。おれがこれまで経験してきた作戦のなかでも、ホームラン級なんだ。予想以上にうまくいった」

「わたし……あなたを犠牲にしてこれをやることはできない。公平じゃない」

「公平だ。信じてくれ。おれは彼女を助けるために、二階にいるべきだった。きみがそこにいた。おれがやるべきだったことをやった。だから、おれがやったというのは嘘だったといわないほうがいい」

アンジェラが、ルームミラーごしに見返した。ややあって、淡い笑みを浮かべた。「彼女が目を醒ましたときに、わたしがやったといってもいいの？　彼女、根に持つかもしれない」

ジェントリーも笑みを浮かべた。「おれは彼女に嘘はつけない」

アンジェラがいい返した。「あなたたちは嘘をつくように訓練されている」

だが、ジェントリーは首をふった。「彼女はおれの嘘を見抜くように訓練されてきた」

「だからあなたは彼女を愛しているのかもしれない」アンジェラはそういって、道路に注意を戻した。

ジェントリーは、膝の上で横たわっていたゾーヤを見おろして、そっとつぶやいた。

「そうかもしれない」

エピローグ

ロシアの諜報員の疑いがある数人と、アメリカのインテリジェンス・コミュニティの未詳の数人がテターボロ空港で銃撃戦をくりひろげ、ロシアの不正な金融取引に反対していた著名な会計士がマンハッタンのミッドタウンで暗殺されてから三日後に、ヴァーモント州ベニントンにある小さな牧場の母屋風の家で、ひとりの男が周囲の積雪に覆われた山々を窓から眺めていた。

数秒後、約束の時刻どおりに、黒いレンジローバーが曲がりくねった細い道を走ってきて、長い私設車道にとまるのが見えた。

窓ぎわにいた男は、玄関へ行った。

ビジネススーツの上に膝まである黒いコートを着たアンジェラ・レイシーが、レンジローバーからおりて、降る雪のなかをフロントポーチまで走り、黒い髪から雪を払い落とした。

コート・ジェントリーがドアをあけて、ハグでアンジェラを出迎えた。ジェントリーは白いTシャツにジーンズという格好で、アンジェラのコートを脱がせ、暖炉のそばで温まるよう勧めた。

一分後、ジェントリーとアンジェラはロッキングチェアに座り、ジェントリーは冷えたビールを渡した。

アンジェラが、腕時計を見た。「まだ午後一時半よ」

ジェントリーは、ビールをごくりと飲んだ。「きみが追いつくように、ペースを落とすよ」

CIA幹部のアフリカ系アメリカ人が笑い、ふたりで瓶を軽くぶつけてから、ひと口飲んだ。

「赤ワインがある見込みはなさそうね」ちょっと顔をしかめてから、アンジェラがいった。

「まったく見込みはない」

アンジェラは瓶を置いた。「あなたの患者はどう？」

「元気だ。二階で眠っている。きみがよこしてくれた外科医が、徹底的に診察した。生命徴候は良好だ。傷口に破片は残っていないし、彼女は愉快だったり、不機嫌だったりする。

そのときしだいで。

つまり、だいたい新品同様だ」ジェントリーはつけくわえた。「なにもかも手配してくれて、ほんとうに感謝している」

「そして、あなたたちふたりがやったことに、わたしは感謝している」この家についていった。「想像はつくと思うけど、その医師も含めて、なんの記録にも載っていない。秘密の賃貸」

「闇の側（ダークサイド）にようこそ」

アンジェラは笑った。「その船は一週間前に出航してしまったわ」

ジェントリーがビールをすこし飲むあいだ、アンジェラは炎をしばし見つめてからいった。「ブルーアを殺したのはあなただと彼らは思っている。わたしがそういった」

「よかった。そうするのが正しい」

「でも、遅かれ早かれ、彼らはあなたを見つけるでしょうね」

「おれを追っている人間は多い。だれかに見つかることはまちがいない」ジェントリーは、アンジェラに笑みを向けた。「でも、悪く思わないでほしいが、きみのところの人間には見つからないだろうね」

「そうあってほしい」アンジェラがいい、急に表情が変わった。「ニュースを見た？」

ジェントリーは、暖炉の炎に視線を戻した。「ニュースは嫌いなんだ」

「このニュースは気に入るはずよ。キャシー・キングが、オールトマンとヴェリスキーの情報を携えて、あらゆる媒体に出ている。すべて裏付けがとれて、立証できる。いまのところ、下院議員五人、上院議員三人の関与が示され、国内の大物ニュース評論家数人、国土安全保障省長官、商業界の大物数人、司法長官まで名指しされている。民主党も共和党も関わっている」アンジェラは、咳のような笑い声を漏らした。「なんと、ドイツ政府でも半数がモスクワから賄賂をもらっていたのよ。

これからいろいろ出てくるけど、すでにわかっていることだけでも、壊滅的よ」

ジェントリーは、たいして感心していなかった。「つまり、〝手首を叩く〟程度の罰がはじまったわけだ」

アンジェラは、きっぱりと首をふった。「ちがうわ。今回はそうじゃない。これは大きな変革になる」

ジェントリーは、溜息を漏らした。「どんなふうに？」

「そうね、まず、ダニール・スパーノフが昨夜死んだ」

ジェントリーはビールを置き、アンジェラの顔を見た。「なんだって。どういうふうに？」

「死因（COD）はまだ発表されていない。でも、クレムリンの期待に背いた人間に共通の死にかただったと思う」

ジェントリーはうなずいてからいった。「地下室の窓から八階下に転落して死んだんだな？」

アンジェラは笑った。「そんなところでしょうね」

「それよりもましなくそ野郎は、そんな目には遭わない」

「くそ野郎といえば、ましだとはいえないけど、ジェイ・カービーが大統領に辞表を提出したわ」

ジェントリーは、ロッキングチェアに座り直した。「理由は？」

「当ててみて」

「家族といっしょに過ごす時間を増やしたい」

アンジェラがうなずき、またひとロビールを飲んだ。「そうよ」

「嘘だろう」ジェントリーはつぶやいた。

「ウクライナ人の保安大隊（SSB）の三人、男ふたりと女ひとりが、マンハッタンで生け捕りにされた。局（エージェンシー）が聴取している。ほかの細胞のことを知っているかどうかわかるでしょう」

「そいつらは、なにも知らないだろう。ロシアは組織を区画化していたはずだ。だから、細胞はほかの細胞のことを知らない」

「たぶんそうでしょう」アンジェラは肩をすくめた。「オールトマンとヴェリスキーの葬儀は、どちらも来週に営まれる。行きたいけど……行かないほうがいいわね」

「そうだね」ジェントリーは、大きな犠牲を払ったふたりのことを思いながらいった。

アンジェラは、この三日間ジェントリーが知らずにすむことを願っていたニュースの概要を話しつづけた。「ともかく協定は調印された。決議は可決され、世界貿易機関（WTO）はロシアにふたたび最恵国待遇をあたえた」

ジェントリーは溜息をついた。「つまり、おれの不信感はほんの一パーセント減っただけだった」

「西側は石油、穀物、お金がほしい。そうはいっても……つまるところ、ロシアのアメリカ、ヨーロッパ、アフリカでの諜報活動に大損害をあたえた。わたしたちが成し遂げたことは大きいのよ」

「ウクライナの助けにはならない」

アンジェラは肩をすくめた。「ロシアに損害をあたえれば、ウクライナの助けになる。大統領はキーウに武器を送りつづけると思う。とにかく、そうであってほしい。ヨーロッパについては、おなじようなことはいえないけど」また肩をすくめた。「全体として、わたしたちはなかなかよくやったのよ。全体像を見たほうがいいわ」

「努力するよ」ジェントリーは、炎に目を戻した。「ブルーアのことだが、壁の星を手に入れるんだろうな」

アンジェラがためらわずにいった。「そうなるでしょうね。世の中はそういうものなのよ。事実に関係なく、追贈の表彰を受けるでしょう」

意外ではなかったので、ジェントリーはただうなずいた。「アンジェラ、まさにきみのような人間にCIA本部（ラングレー）で出世してもらいたいと、おれは思っている。これは絶好の機会だ。しかし、どうか権力をいいことのために使ってくれ」

アンジェラが、歯を見せて笑った。「そうするつもりよ。だって、わたしが道を踏みはずしたら、あなたが真夜中にわたしの家に現われて、思い知らせるはずだから」

ジェントリーは笑みを浮かべ、手をのばして、アンジェラの手を握った。「おれたちは二度と会わないかもしれない」

アンジェラが笑みで応じ、ロッキングチェアから立ちあがった。「それじゃ、失礼するわ。もう行かないといけない。ここにいると落ち着かないの。西ヴァーモントは、CIAの管轄ではないから」

「おれもおなじだ」ジェントリーはつけくわえた。「あすにはここを出る」

アンジェラがうなずき、ふたりはドアまで歩いていった。そこでアンジェラがいった。「コート、しばらくあらゆることから離れていたほうがいいわ。ゆっくりすればいい。そのあと……手伝ってくれる気持ちがあるのなら……わたしに連絡して。よろこんでコーヒーをいっしょに飲んで、おしゃべりをするから」

ジェントリーはうなずいた。出世コースに乗っているこのCIAの中間幹部は、ときどきジェントリーを雇いたいとほのめかしている。

ハグしたあと、アンジェラは表の雪のなかに出ていって、レンジローバーで南に遠ざかった。

ジェントリーはドアをロックし、小さな家の二階へ行った。

二階は屋根裏の寝室だった。ゾーヤがベッドで上半身を起こしていた。新しい白いタンクトップを着て、左腕と肩に包帯が巻いてあった。

ジェントリーが口をひらく前に、ゾーヤがいった。「真面目な話、あなたたちふたり、いちゃつくのはよそでやって」

ゾーヤの目にはおもしろがるような輝きがあり、ジェントリーは一階の暖炉の火よりも温かいものにくるまれた。ジェントリーは、ベッドの端に腰かけた。「そういうことじゃないんだ」

「それじゃ、どういうこと？」

「そのうちにおれを雇いたいそうだ」

「CIAの大出世株の幹部の調教師(ハンドラー)をあわてて見つけるのは、やめたほうがいい。前はあまりうまくいかなかったはずよ」

ジェントリーは笑った。「彼女はきみの命を救った」

ゾーヤはそれを認めた。「そうね。レイシーは、いいほうだと思う」ジェントリーのほうを見あげた。「わたしたち、いつ出発するの？」

「あしただ。動けるだろう？」

「もちろん、それまでには出かけられるようになる。朝に電話して、カナダ国境まで行く車を手配する。そこからヨーロッパに戻る」

ジェントリーは黙っていた。

沈黙のあとで、ゾーヤはいった。「あなたはどうするの？」

ジェントリーは、暗い部屋の向こうの窓の外に目を向け、午後の雪が降っているのを眺めた。長いあいだ口をきかなかったが、ようやくいった。「おれは逃げないといけないんだ、ゾーヤ」

ゾーヤが、一瞬の間を置いてから、そっと答えた。「わかっている。こういうふうに終わると、ずっとわかっていた」

また沈黙が流れ、ジェントリーは不意にゾーヤのほうを向いて、彼女の手をつかんだ。手を動かされたので、ゾーヤは痛みに顔をしかめたが、ジェントリーはそれにも気づいていないようだった。ジェントリーはいった。「おれと逃げてくれ」

ゾーヤは首をかしげた。「なに？」

「いっしょに行こう。どこか安全なところへ行って……それから……なんとかしよう」

ゾーヤの顔にはなにも浮かばなかったが、ジェントリーはなにかの表情が浮かぶかどうか、じっと見ていた。「おたがいに掩護できる」

ようやくゾーヤがいった。「あなたがおままごとのできる男だとは思えないんだけど」

ジジェントリーは、ゾーヤの手をぎゅっと握った。それでも、ゾーヤは握り返さなかった。ェントリーはいった。「高望みはしていない。おれたちがどこへ行こうが、すぐにだめになるという気持ちがどこかに残っているだろう。それは現実なんだ」

つけくわえた。「現実なら、なんとかできる。きみは？」

ゾーヤの表情は変わらなかったが、手を握り返されるのをジェントリーは感じた。あっさり断わられるのではないかという気がした。

だが、そうではなく、ゾーヤはいった。「ほんとうにそれがあなたの望んでいることなの？」

「これは……おれが望んでいることじゃない。だが、おれの望みはきみなんだ。それに、一生ずっと逃げつづけなければならないのなら、毎晩、星を見あげてきみのことを考えるよりも、いっしょに逃げるほうがいい」

ゾーヤの表情が、そのとき変わった。右手でジェントリーの頬に触れ、そのままうなじへのばして、引き寄せた。

ふたりはキスをした。もう一度、キスをした。

ジェントリーの顔が離れたときに、ゾーヤはいった。「わたしはまだひどい状態なのよ。わかっているでしょう。精神的にもしっかりしていない。いまはまだ」

「その気持ちはわかる」

「わたしはただ、おたがいにあまり期待しすぎないようにしたいだけ」

ジェントリーは笑みを浮かべた。「夕陽に向けて馬を走らせ、ずっと仲良く暮らしました、というエンディングにはならないだろうな」

ゾーヤは笑い声を嚙み殺した。「週末を楽しく静かに過ごせればいい。それがうまくいったら、一週間試してみましょう。それがうまくいったとしても……先のことはわからない」

「では、試してみよう」ジェントリーはいった。いままで経験したことがなかったほど、希望で胸がふくらんでいた。

ゾーヤがきいた。「どこへ行くの？」

ジェントリーは笑みを浮かべた。「カリブ海に船がある」

ゾーヤは眉根(まゆね)を寄せた。「CIAが知っているヨットのこと？」

ジェントリーは溜息をついてまちがいを認めた。「くそ、カリブ海の船はもうだめだな」ひと呼吸置いてからいった。「べつのどこかにしようか？」

「べつのどこかのほうが名案でしょうね」ふたりは笑みを交わした。「それはさておき」

ゾーヤがいった。「わたしはいま、べつのどこかへ行かないといけない」

ジェントリーは首をかしげた。「どこへ？」

ゾーヤは笑った。「馬鹿ね、バスルームよ。手を貸してくれないの？」

ジェントリーは苦笑して立ちあがり、ゾーヤが立つのを手伝って、床を歩いていった。

ゆっくりと、慎重に。

ふたりいっしょに。

謝辞

アリソン・グリーニー、トレイとクリスティン・グリーニー、カイル・グリーニー、デヴィン・グリーニー、ジョシュア・フッド（JoshuaHoodBooks.com）、リップ・ローリングズ（RipRawlings.com）、ジャック・スチュワート（JackStewartBooks.com）、J・T・パットン（JTPattenBooks.com）、ドン・ベントレー（DonBentleyBooks.com）、ブラッド・テイラー（BradTaylorBooks.com）、ジョーとアンソニー・ルッソに感謝したい。

バーバラ・ガイ、ジェイニー・〝ザ・マッチメイカー〟・ロワリー、アレックス・アーノルド、ジョン・ハーヴィー、ジョン・グリフィン、バーバラ・ピーターズ、マイク・コーワン、ミステリー・マイク・バーソー、エイヴァ、ソフィー、ケモンズ・ウィルソンには格別に感謝している。

わたしのエージェント、トライデント・メディアのスコット・ミラーとCAAのジョン

・カシア、編集者のトム・コルガンと、ペンギン・ランダムハウス社のすばらしいひとびと――サリーア・ケイダー、ジン・ユー、ローレン・ジャガーズ、ブリジット・オトゥール、ジーン＝マリー・ハドソン、クリスティン・ボール、クレイグ・バーク、クレア・ザイオン、アイヴァン・ヘルドに感謝する。わたしのすばらしい原稿整理編集者、校正者、ペンギン社のすばらしい美術部、わたしの著作の数多くの外国語版を出版しているすべての編集者とスタッフにも、謹んで感謝したい。

最後に、友人だった偉大な故ジェイムズ・イェーガーの家族と友人たちに謹んでお悔やみを申しあげる。ジェイムズ、安らかに眠れ。あなたは惜しまれることはあっても、決して忘れ去られることはない。

訳者あとがき

本書『暗殺者の屈辱』（*Burner* 2023）は、好評を得ているグレイマン・シリーズの十二作目にあたる。節目となる出来事がいくつか起きるので、登場人物を中心にこれまでのいきさつをふりかえるのも一興かと思う。

まず、ゾーヤ・ザハロワだが、第六作『暗殺者の飛躍』ではじめて登場する。ゾーヤは、元GRU（ロシア連邦軍参謀本部情報総局）長官の娘で、SVR（対外情報庁）の秘密精鋭部隊の一員として、中国人天才ハッカーの争奪戦で、グレイマンことコートランド・ジェントリーとまみえる。その最中の出来事でゾーヤはSVRから追われる身になり、ジェントリーの作戦に協力し、CIAによってアメリカに亡命する。

第八作『暗殺者の追跡』で、ジェントリーはロンドンでゾーヤと再会し、CIA地上班とともに、ロシアの一部勢力がからむ陰謀を阻止しようとする。だが、任務終了直前にスーザン・ブルーアの悪辣（あくらつ）な行為によって、ふたりは別れなければならなくなった。

その後、第十作『暗殺者の献身』でジェントリーとゾーヤの運命はふたたび交差する。ＳＶＲに命を狙われているゾーヤを、ジェントリーは身を挺して助けた。ところが、ジェントリーはまたしてもＣＩＡに追われる身になり、ゾーヤと離ればなれになってしまう。

スーザン・ブルーアは、計画立案部に属し、ＣＩＡの国内インフラが一匹狼の攻撃を受けた場合の脆弱性（ぜいじゃくせい）を研究していた。ある理由からＣＩＡが抹殺しようとしているジェントリーがアメリカに舞い戻ったことを知ったＣＩＡ国家秘密本部の上層部は、ジェントリー狩りのチームにスーザンをくわえることを決断した（第五作『暗殺者の反撃』）。スーザンはもともとＣＩＡ本部（ラングレー）七階（幹部のオフィスがある）を目指していたので、非合法活動に手を染めたくはなかった。そもそもＣＩＡはアメリカ国内でのほとんどの活動を禁じられている。だが、この任務を通じて上司の弱みを知ったスーザンは、その上司の失脚を出世の糸口と見なして、べつの上司マット・ハンリーに乗り換え、ハンリーによってＣＩＡの契約工作員になったジェントリーの調教師（ハンドラー）に任命された。

本書で再登場する《ワシントン・ポスト》のベテラン記者キャサリン・キングは、『暗殺者の反撃』でジェントリーの依頼を受け、ジェントリーがＣＩＡの抹殺指令を受けた原因を調査するためにイスラエルへ行き、真相を突きとめた。そのつながりから、今回もジエントリーは重要な情報を伝えて協力を求めた。

おなじく再登場のセバスティアン・ドレクスラは、ジェントリーがシリアの亡命者組織の依頼で現政権を揺るがす情報を得る目的でシリア大統領の愛人を拉致するためにシリアに潜入したとき（第七作『暗殺者の潜入』）、大統領夫人の専属工作員だった。ドレクスラはジェントリーの活動を妨害し、大統領の愛人を暗殺しようとした。最終的にドレクスラはジェントリーの襲撃をかろうじて生き延びたが、ジェントリーに撃たれた傷が原因で膝が不自由になった。

本書では、ロシア軍のウクライナ侵攻によって起きた悲劇――ウクライナ人一家の死と、ロシア軍将校の死――がそれぞれの遺族に及ぼした影響により、ロシア政府からスイスのプライベート・バンクへの送金情報と、そのプライベート・バンクの情報が嚙み合わさることになり、それらの情報をめぐる争奪戦がくりひろげられる。文中でタイヤの劣化によりロシア軍の車両が走れなくなったことが描かれているが、こういう事態はじっさいに起きていたようだ。

現実のロシア大統領ウラジーミル・プーチンは、彼の伝記を書いたイギリス人ジャーナリストによれば、サンクトペテルブルク副市長だった一九九〇年代に犯罪組織との関係を築いたという。その後プーチンが属していた情報機関は、長年、密輸、資金洗浄、暗殺に長（た）けた犯罪組織とのつながりを維持していることが知られている。経済制裁を受けている現在のロシアは、石油の販売や高度なテクノロジーを得るために、犯罪組織に依存している可能性が高い。本書に名前が登場するロシア連邦安全保障会議書記のダニール・スパーノフは、現実の同職にあるニコライ・パトルシェフを彷彿（ほうふつ）させる。パトルシェフはウクライナ戦争を〝ロシアを世界の政治地図から消そうとするNATOとの戦い〟だという認識を示している。

ウクライナ東部の親ロシア武装勢力は二〇一四年に、ドネツク人民共和国として独立することを一方的に宣言し、その後、二〇二二年に、住民投票によってロシアに併合するとプーチン大統領が宣言した。この地域の親ロシア派分離勢力の戦闘部隊は数多くあり、離合集散をくりかえしているので、どれが本書の保安部隊（SSB）に該当するかは定かでない。

ところで、ウクライナはソ連に属しながら、一九四五年にひとつの国として国連に加盟し（もちろんソ連の意向）、一九五四年にはロシア・ウクライナ併合三百周年を記念して、クリミア半島がロシアからウクライナへ帰属変更になった。ソ連時代の共産党書記長にも、ウクライナと深い結びつきがある人物が多い。それだけに、ロシアとウクライナのあいだには、かなり複雑な感情があるといえるだろう。

GRUの29155部隊は実在する。外国人の暗殺とヨーロッパ諸国を不安定にすることが目的だと推測され、二〇一九年に存在が明らかになった。暗殺未遂やクーデター未遂がいくつも報告されているが、これまでのところ際立った成功は収めていないようだ。

ユーロシティはユーロスターと混同されやすいが、ユーロスターがベルギー、フランス、ドイツ、オランダ、イギリスを結ぶ高速鉄道の列車であるのに対し、ユーロシティはヨーロッパのもっと広い範囲に及ぶ主要都市間鉄道の列車で、区間によって車両の種類や編成が異なる。たとえば、本書に登場するユーロシティ42は電気機関車が牽引するタイプではなく、電車の七両編成になっている。平均時速は九〇キロメートル程度（山間部はもっと遅い）なので、高速鉄道の範疇にははいらない。ついでながら、ヨーロッパの国際列車が戦いの舞台になるのは、007シリーズの映画『ロシアより愛をこめて』を連想する。

シリーズ物で前作を超える傑作を書くのは至難の業だと思うが、グリーニーはそれを成し遂げている稀有な作家だ。今回もヨーロッパやアメリカなどさまざまな地域で戦いがくりひろげられるが、グレイマンの戦い、ロシアの秘密工作、東西陣営の諜報戦にはこうした幅広く多様な舞台が似つかわしいと、あらためて思った。

二〇二三年一一月

訳者略歴 1951年生, 早稲田大学商学部卒, 英米文学翻訳家 訳書『暗殺者グレイマン〔新版〕』グリーニー,『レッド・プラトーン』ロメシャ,『無人の兵団』シャーレ(以上早川書房刊)他多数

HM=Hayakawa Mystery
SF=Science Fiction
JA=Japanese Author
NV=Novel
NF=Nonfiction
FT=Fantasy

暗殺者の屈辱(あんさつしゃのくつじょく)

〔下〕

〈NV1518〉

二〇二三年十二月 二十 日 印刷
二〇二三年十二月二十五日 発行
(定価はカバーに表示してあります)

著者 マーク・グリーニー
訳者 伏見威蕃(ふしみいわん)
発行者 早川浩
発行所 株式会社 早川書房

郵便番号 一〇一 - 〇〇四六
東京都千代田区神田多町二ノ二
電話 〇三 - 三二五二 - 三一一一
振替 〇〇一六〇 - 三 - 四七七九九
https://www.hayakawa-online.co.jp

乱丁・落丁本は小社制作部宛お送り下さい。
送料小社負担にてお取りかえいたします。

印刷・三松堂株式会社 製本・株式会社明光社
Printed and bound in Japan
ISBN978-4-15-041518-1 C0197

本書は活字が大きく読みやすい〈トールサイズ〉です。